新潮文庫

# 憎悪の依頼

松本清張著

新潮社版

2892

# 目次

解説　権田萬治

# 憎悪の依頼

# 憎《ぞう》悪《お》の依頼

私の殺人犯罪の原因は、川倉甚太郎《じんたろう》との金銭貸借ということになっている。即《すなわ》ち、私が川倉に貸した金の合計九万円が回収不能のためということになっている。これは私の供述である。警察では捜査課長が念を押し、検察庁では係検事が首を傾けた。

「たったそれだけの金でか?」

とかれらは訊《き》いた。私は答えた。

「あなた方にとっては端た金かも分りませんが、僕にとっては大金です」

無論、私と川倉甚太郎との関係とか生活は、警察側によって裏付け捜査されたが、私の自供を覆《くつがえ》す何ものも出なかった。私は自供する原因によって起訴され、その原因による犯罪の判決をうけた。私は一審で直ちに服罪した。

私は犯行の原因が単純であったせいか、刑量は軽い方である。だが、私は自己の刑量を軽くする企《たくら》みのために、単純な原因を供述したのではない。実際は、本当のことを云《い》いたくなかったからだ。

私は、たいていの服罪者たちが、判決文に書かれた原因以外の実際の動機を、心の中に匿《かく》して持っていると考えている。現に、私がそうなのだ。私はここに、口で云えなかった本当の動機を紙に書こうと思っている。通りいっぺんの概念しか持っていない刑事や検事の前では云えなかったが、独房でなら、ペンで書けるのだ。

私のこの告白文が裁判官の眼にふれても一向に差支《さしつか》えがない。世の犯罪には判決文に無い動機が随分と匿されているというのを知って貰《もら》ってよいのだ。——

私が佐山都貴子《ときこ》と知り合ったのは、私の犯罪の二年前であった。

彼女を知ったのは、友人の関係であったが、その経緯はここに書く必要はない。私は或《あ》る会社の二十八歳の社員、彼女は或る官庁の女事務員で二十四歳であったということを記せばよい。

私と佐山都貴子とは、度々、お茶をのんだり、電車の混雑が緩和する時間を待つという理由で街を散歩したり、時には映画を見たりした。

彼女は、ひどく美しい女とはいえなかった。通りがかりの男達の眼を集める綺麗《きれい》さはなかったが、好もしい女であった。つき合っていると、その内面的な素直な美しさが顔にほの明るく出て感じられる種類の女性であった。

私は彼女にだんだん好意を感じてきていた。彼女も私の呼び出しの電話に応じて、その程度のつき合いをしてくれていたので、私に好意をもっていてくれていたのは確かであった。

しかし、私は都貴子に愛情めいた言葉を云ったことはなかった。が、私の気持は彼女に分っており、先方もそれを迷惑に思っていないことを知っていた。敢《あえ》て急に踏み込むことはなかった。

それは、さまざまな発展の予感を海綿のように含んだ、そのために一層たのしい現状維持の交際であった。

○

そのような状態が半年ばかりつづいた。それが破られたのは、佐山都貴子が私に見せた一通の手紙からだった。

或る夕方、いつもの喫茶店で落ち合い、お茶をのんでいるときに、彼女は途中で口からコーヒー茶碗《ぢやわん》を離して、ひとりで笑った。

「そうそう。いいものを見せて上げましょうか?」

そういって黒色のハンドバッグから取り出したのがその手紙だ。

「何ですか?」

「お読みになれば、分りますわ」

まだ眼もとで笑いを湛《たた》えていた。封筒の裏は女名前だったが、中身を出してよむと男の名があった。文字も文章も上手とはいえない。

文句は、この間、会ったときの貴女《あなた》の服装はよかった。貴女らしい趣味で、自分は貴女が更に好きになった。今度の土曜日の夕方六時までに信濃町《しなのまち》駅前に来て欲しい。自分は貴女の姿が見えるまで一時間でも二時間でも待っている。そういった内容だった。

私はそれを封筒に戻し、彼女に返したが、内心は衝撃をうけていた。それをできるだけ顔色に表わすまいと努力した。

「あなたの恋人ですか?」

私は乾いた声で訊いた。ぐるりの人も声も急に遠くなった。

「いいえ。それだったら、あなたにお見せしませんわ」

と彼女は笑いを消さずに云った。

「ちょっと恩義をうけた方ですが、奥さんもある人ですの。浮気をしたいのでしょうね。しようのない人ですわ。この間から三度か四度、こんな手紙を寄越したりして」

彼女の口吻《くちぶり》には嘲笑《ちょうしょう》があったので、私は一旦《いったん》は安心したが、落ちつかなかった。

「しかし、あなたは、この手紙でみると、一度か二度は行ってその人に会ったのですね？」

「ええ。そりゃ仕方がありませんわ。僅《わず》かでも義理があるんですもの。でも、ただ、一しょに神宮外苑を歩いただけですわ」

彼女は答えて、私の顔をじっと見るような眼をした。

「もう行くものですか。あまりおかしな手紙ですから、お見せしただけですわ」

私は茶碗に残ったコーヒーをのんだが、味が無かった。指先が慄《ふる》えそうだった。

私の今までの平静を破らせたのは、この一通の恋文だった。彼女の言葉は信じるが、知らぬ男と肩をならべて夜の外苑を歩く彼女の姿を想像した。私の胸に熱い暴風が起った。私はこの感情を行動にして出そうと思った。

店を出て、路《みち》を歩きながら私は、

「いまの手紙は僕にショックだった」

空へ眼を向けて云った。

「あら。どうしてですの？」

都貴子は横で振り向いた。いかにも怪訝《けげん》だといいたそうな声の調子であったが、理由は分っている筈《はず》なのだ。

「とに角、ショックでした。このまま家に帰りたくない。映画でも一しょに付き合って下さい」

押しつけるように云った。彼女はうつむいて黙って私についてきた。理由が分っている証拠である。

だが、眼を伏せている都貴子の様子が私に満足を与えた。彼女の心を突き止めたと思った。この上の猶予《ゆうよ》は出来ない。これまでの愉《たの》しい静止の中に内包されつつ膨らんできた激しい発展の欲望に踏み出ようと決心した。嫉妬《しっと》と確信が融《と》け合い、私に火をつけた。

私は映画を見ている間じゅう、横に控えている彼女の手を意識した。動悸《どうき》が静まらなかった。私は息を詰めて指を彼女へ匍《は》わせた。

しかし、私の指は一瞬の感触を当てただけで、彼女の手を見失ってしまった。素早い相手の逃走であった。失望と恥で、画面が分らなかった。

だが、勇気を出させる機会がもう一度あった。映画が済んで、車で彼女を駅まで送る途中である。今まで、何度かそうしたが、ついぞ何事もなし得ていなかった。が、今夜は違う。もう我慢ができなかった。

私が手を思い切って伸ばすと、彼女はさっと手をひいて自分の膝《ひざ》の向うに隠した。いや、という言葉を低く確かに聞いた。それから身体《からだ》を座席の上でずらせた。

私は運転手の背中で、二度とその試みをする元気はなかった。ただ、慰めといえば、彼女の横顔の唇に微笑が漂っているのを見たくらいであった。それだけが、私に細い希望をつながせた。

○

それから、ほぼ一年の間、私は彼女にさまざまな求愛を試みた。ある時は言葉だけの場合もある。ある時は、暗い裏通りで不意に肩を抱こうとしたこともある。いずれの場合でも、佐山都貴子は容易に私の行動をうけ入れなかった。

「お気持はよく分っていますわ。でも、私はすぐにそれについて行けない女ですの。もうしばらくお友だちで交際しましょう」

彼女は、きまってそう答えた。顔にはいつも微笑があった。

肩を抱こうとすれば、空気のようにすり抜けた。手を握ろうとすれば、機敏に遁《に》げた。

「そんな、変な――」

彼女は笑った。私の心を和ませ、苛立《いらだ》たせる笑顔であった。

そうした交際は相変らず続いた。電話で誘い出せば佐山都貴子は、必ず応じてきた。お茶を喫《の》む。街を歩く。映画を見る。今までと少しも変りはない。彼女の顔には、いつでも私を受け入れそうな微笑が浮んでいた。

愉しい現状維持に変りはないが、私の希望する進展は少しもなかった。熱情と焦慮とが、心の中に焔《ほのお》を上げていた。

いったい佐山都貴子の本心はどうなのだろうか。彼女は私をじらしているのか。或いは実際は拒絶しているのだが、翻弄《ほんろう》しているのか。——私は判断に苦しみ、彼女の口辺にある薄い笑いに眼を据えるのであった。

しかし、ようやくのことで或る日曜日に、佐山都貴子を箱根に誘い出すことに成功した。彼女がそれを承諾した晩、私は胸が昂《たか》ぶって睡《ねむ》れぬ位であった。明日こそ決定的な行動をとろうと思った。種々な場面の空想がいつまでも神経を休ませなかった。

箱根は晩秋であった。私は湯本からバスに乗らずに、ハイヤーで裏箱根を廻った。二人だけの時間をなるべく多く持ちたかった。車は仙石原から湖尻《こじり》に向った。晴れ上った空の下に芦ノ湖《あしのこ》があった。私は都貴子の手を摑《つか》んだ。彼女はやはり遁げようとしたが、今度は私は積極的に出た。

彼女は「いやよ」と低く云って、運転手の背中を顎《あご》で指した。が、私はもう構っていられなかった。小さい闘いの後、彼女は抵抗をやめて顔を窓の方へそむけた。彼女の掌《てのひら》は私の両手の中に包み込まれ、膝の上で私はそれを揉《も》んだ。

都貴子はそれに反応を示さなかった。彼女の掌は何か療治でも受けているように柔順で、指に抗《あらが》いの意志がなかった。横から顔をのぞくと笑いが見えた。くっくっと可《お》笑《か》しそうな笑いであった。私は、また苛立った。

「せっかくここまで来たのだから、湯に入りませんか?」

と私は云い出した。案外、彼女はそれにうなずいた。私は再び動悸を打たせた。それから運転手に強羅《ごうら》の適当な旅館に着けるよう命じると、苦しくなった息を吐いた。

だが、宿では私の期待は失敗した。女中が湯の案内にくると、都貴子は私を押しとどめて、ひとりでさっさと浴室へ下りて行った。女中が支度をしましょうかときくと、すぐ帰るからそれには及ばないと、先に彼女は返事をした。

宿での二時間は、私は何をしたか分らなかった。肩に近づけば、彼女はやっぱり身体を遠くに避けた。

「変よ、そんなこと。じっとしてて。静かにお話をしましょうよ」

彼女の眼もとには相変らず微笑が泛《うか》んでいる。下から登山電車が上ってくる音のきこえるその一室で、私は心をあせらせながら無為に過した。

宿を出ると、暮れかけた夕が箱根全山に下りていた。遠くに星があり、黒い渓谷《たにあい》の底には温泉宿の灯が点を綴《と》じて光っていた。私はならんでいる彼女の手を取ろうとした。が、それも彼女は拒んだ。

「いやだわ」

彼女はひとりで先に歩いた。この黄昏《たそがれ》の箱根の雰囲気《ふんいき》も、何ら彼女の情感を唆《そそ》らなかったのである。私は泥を舐《な》めさせられたような気持で東京に帰った。

しかし、それですぐに佐山都貴子と私の間が破綻《はたん》したのではなかった。依然として茶をのみ、路を一しょに歩いた。そのことの状態に変りはなかったが、も早、以前に想像していたような発展は潰《つぶ》れていた。翻弄されている自分だけが残った。

それだけではなく、或る夜、辛抱出来なくなって、人通りのない路で無理に彼女の唇を奪おうとしたとき、彼女は強い力で私を突きのけた。

「私って、そんなことのできない女なのよ。あなたが思ってらっしゃるよりは理性が強いのよ」

彼女は暗い空気のなかで、その言葉を投げつけると、靴音を立てながら歩き去った。

彼女は私に何の興味も持っていないことを知った。だが、私は完全に彼女から離れることができなかった。しかし、執拗《しつよう》に追ったのではなく、別の企《たくら》みが育ちつつあった故《ゆえ》である。そのために、いまの状態に破綻が起らぬよう彼女の意を迎えていた。

私は、自分を翻弄し、思い上っている佐山都貴子に憎悪《ぞうお》を覚えた。一向に酬《むく》いられるところのない私の彼女への愛情は、冷たい壁に刎《は》ね返った。そこで渦巻いて淀《よど》み、黒いものに変質していた。彼女の微笑が嘲笑だとわかれば、私は仕返しを用意しなければならなかった。

○

私はその道具を思いついた。それが友人の川倉甚太郎である。

川倉甚太郎は、自分では詩人だと称していた。しかし一行の詩も印刷されたことはない。噂《うわさ》では、怪しげな雑誌に匿名《とくめい》で実話風なエロものを書き、それで食べているということであった。

彼は三十二歳だが、まだ決った女房はなく、その代り絶えず女出入りがあった。彼は高い鼻梁《びりょう》に縁なし眼鏡を光らせていた。そうしてばさばさの長い髪を指で掻《か》き上げながら、むっつりしていた。無口なのは、彼の自信のあるポーズだった。話し出すと、妙にふてぶてしいことを云《い》い、小悪党ぶった口吻で、相手の女に自己の虚無な感じを与えようとしていた。

私は、川倉甚太郎を新宿の深夜喫茶店に呼び出し、佐山都貴子のことを頼むと、彼は笑いもせず口を歪《ゆが》めて、

「金が要るな。いくらくれるか？」

と云った。私は、さし当り三万円出そうと云った。彼は、

「三万円か。まあ、いいだろう」

と興味無さそうに云った。私の方が興奮していた。

私は日を決めて、佐山都貴子を呼び出した時に、偶然、川倉甚太郎が来合せて紹介する風に仕掛けた。無論、それはうまく運んだ。私と彼女の前で、彼はあまり口を利《き》かずに、長い指を顎に当てて、テーブルのどこかを凝視していた。私は、ははあ、やっているな、と思った。

それから、私は都貴子に会わぬようにした。ことが成就《じょうじゅ》するまで、私は遠ざかっているつもりだった。その代り、川倉甚太郎は度々、私に経過を報告する義務があった。

一週間ばかりすると、彼から会社に電話がかかってきた。私は大急ぎで外出して、

近所の喫茶店に来ている彼と会った。私は彼を素早く見たが、彼の表情からは何も分らなかった。

「格別な女じゃないな」

彼は佐山都貴子を批評した。あんな女に惚《ほ》れている私の気が知れぬ、というようにもとれるし、手に入れるのにわけはない、という風にもとれる云い方であった。

「それで、どうだった?」

私が口を乾かしてきくと、

「電話をかけたら彼女やって来たよ。それから上野まで地下鉄で行って、公園を歩いた。その晩は先ず手を握り合っただけだ」

彼は煙草《たばこ》をふかしふかしして云った。

私は彼の速さに驚嘆した。こうも易々《やすやす》とゆくものであろうか。私が何度となく求めて逃げられた手を、佐山都貴子は初めての散歩の晩に川倉甚太郎に与えたのだ。私は今更のように彼の顔を見つめた。彼は一向に面白くない表情をしていたが、

「どうだ、もう三万円ばかりくれんか?」

と云った。

私は、それを聞いたときに、佐山都貴子がひどくつまらない女に思えてきた。それ

で私は助かったと思った。変に嫉妬めいた感情が騰《たぎ》ってきたらこの計画はぶち壊しになるかも知れない。私は思いの外平静で居られた。有難かった。佐山都貴子が、この女蕩《おんなたら》しの男の罠《わな》に早くかかるがいいと思った。私は川倉甚太郎に、一万円札を三枚渡した。

それからまた一週間ばかり経過した。私は呼び出されて彼に会った。そのとき彼はこんな風に私に報告した。

「昨夜はキッスをしたよ」

「へえ、何処《どこ》で？」

私は胸を轟《とどろ》かせた。一週間の見えない時間が頭の中を走った。

「外苑に連れ出した。二、三回したが、もっとしてやれるんだ。が、まあ最初だからセーブしたよ。そしたら、二、三日おきに会って欲しいとせがまれた」

煙を吐き、いかにもつまらなそうに云った。

○

私が一年半以上つき合って、何としても許さなかった女が、川倉甚太郎には急速に落ちてゆくのだ。しかし、その速度を私は愉しんだ。私に快感がこみ上った。自分に出来ないことを他人に代行させるのは、どこかプロのスポーツを見るのに似ていた。

煩《わずら》わしいから、日の経過は一々書かないが、彼の報告はこのようにつづいた。

「昨夜は、郊外に連れ出した。畠《はたけ》があってね。人家が遠い。抱いたまま倒そうとしたが、どうしても云うことを聞かないのだ。仕方がないから——」

と、ここで彼は或《あ》る種のしぐさをしてみせた。私は唾《つば》を呑《の》んだ。

「それで？」

「恥ずかしがっていたが、結局、顔を僕の肩に伏せて立ちすくんでいたよ。まあ、あせることはない。時間の問題だ」

彼は云い放ち、方々に行かねばならぬから金がかかると理由をつけて、三万円を私から取った。

「昨夜も、この間のところに行った」

彼は次の時に云った。

「やっぱり云う通りにならない。仕方がないからこの前の通りのことをした。苦しそうに息を吐いていたよ」

同じ状態を川倉甚太郎は三、四度かつづけて云った。しかし、その状態では都貴子は彼のものになったと同じであった。ただ最後のものに僅《わず》かな実態の距離があるに過ぎない。――川倉甚太郎は私の感情に関《かか》わりなく、平然と金を請求した。

「昨夜は惜しいことをした」

彼は次に云った。

「ようやく承知させたところが、近所の犬が吠《ほ》え出してね、遠くの家の窓に電灯がついたのだ。それですっかり怯《おび》えて起き上って逃げ出されたよ」

それから、次には、

「この前のことで懲《こ》りたのか、どうしても承知しない。仕方がないから、例のことをして別れたよ」

と云った。川倉甚太郎の言葉には、段々馴《な》れたものが加わってきた。それは喋舌《しゃべ》り方ではなく、佐山都貴子との行為が馴れてきたので、それが彼の言葉に移ったという感じであった。私は、人の、といっても決して他人ではない、近親者の行為を聞くような思いになった。

それから最後の晩が来た。われわれは場末の喫茶店で会った。私は社に居るとき電話でそこに呼び出されたのだった。

彼は先に来ていて待っていた。私が注文のコーヒーをのみはじめたときに、川倉甚太郎は、はじめて眼尻に皺《しわ》を寄せ、口を歪めて、にやりと笑った。

「おい、とうとう、やったぞ。昨夜だ」

私は、その言葉が彼から出るのを予想していたので、格別、不意打ちという感じはしなかった。が、一瞬に身体《からだ》が慄《ふる》えた。周囲がごちゃごちゃになった思いがした。

「そうか」

私は云った。

「何処だ？　どんな方法でやったのか？」

私は、上《うわ》ずった声を出した。

すると、彼はじろりと私を見ると、

「今、云うのは止《よ》そう。とにかく、君に頼まれた目的だけは果したよ」

と、不機嫌そうに云った。彼が私の質問に説明を与えないで、それだけしか云わなかったのは、恐らく私の顔に顕《あら》われた表情を読んだからであろう。

われわれは暫《しばら》く黙ってコーヒーをのんだ。妙にちぐはぐな空気が流れたが、それはそれなりに私の心に融和した。巨大な悲劇のあとに味わうような、枯淡な放心に私は陶酔した。これで仕返しは出来たのだと聞かせる声が遠くでどこかに漂っていた。

「帰ろうか」

川倉甚太郎は椅子《いす》から立ち上った。うん、と答えて、私は伝票をとった。

われわれは、また黙って道を歩いた。夜はまだそう更《ふ》けないのに、大きな邸が多く、黒々と茂った樹の奥に屋根を沈ませて寝ていた。道が遠方の外灯に凍《い》てたようにおぼろに光っていた。

しばらく歩いて、川倉甚太郎は立ち止り、

「寒いな。ちょっと小便をしよう」

と云った。それが久しぶりに出た彼の地の言葉であった。

彼は実際に寒そうに肩をすくめて、暗いところに立った。それから足をひろげて、水の音をさせた。

その黒い後姿を私は視た。両足を突張り、首を前に少し傾けたその格好をである。私に何とも云えぬ激情が突き上ったのは、その瞬時であった。自分の知らぬ間に、抑えに抑えられた嫉妬《しっと》が、身体の奥から噴出してきた。彼の格好は佐山都貴子との世にも醜悪な、憎悪すべき姿態であった。

私は、まだ水音が聞える間に、路傍にあるかなり大きな石をとった。それを両手で持ち、背後から忍び寄って振り上げ、川倉甚太郎の頭上に打ち下ろした。

起訴状は、私の殺人が九万円の貸金に原因していると書いてある。それは私が供述したことなのだ。本当の犯意は、誰にも分りはしないのだ。——分りはしないといえば、近ごろになって頻《しき》りと私に一つの疑惑が湧《わ》いている。川倉甚太郎が、私に報告したことは、果して本当なのだろうかという疑いである。金欲しさに口から出まかせに云ったのではないか。あの佐山都貴子がそうかんたんに川倉なんかに落ちるものかという気がしだいに強くなってきている。

（「週刊新潮」昭和三十二年四月一日号）

# 美の虚像

# 一

石浜庫三《くらぞう》氏の事業が思わしくなくなったことは、かなり前から新聞などにも出ていた。石浜氏の先代は大正期の実業家で一代で綿紡王国を築いたのだが、その事業を受継いだ庫三氏もいわゆる親の七光りでない実力を発揮して企業を伸ばしてきた。ある意味ではその堅実な経営的手腕は先代を凌駕《りようが》しているとさえ云《い》われた。この庫三氏は、西洋美術のコレクターとしても広く知られている。若いときから多少芸術的な趣味のある氏は、そうした西洋の古い絵をぼつぼつ集めていたが、自分の代になると、その財力に任せて名画を買い集めてきた。石浜コレクションといえば、海外にもかなり聞えている。

昭和三十三、四年ごろから始まった設備投資時代に入ると、石浜庫三氏も自己の傘《さん》下《か》の各企業に急速な設備拡張をおこなったが、生産過剰期に入ると、ご多分に洩《も》れず不況に見舞われた。庫三氏の本来の綿紡事業以外に吸収した企業からも弱体が現われ、それがないまざって経営が危うくなってきた。

石浜財閥の事業が面白くないということを聞いたとき都久井の頭にはすぐに、石浜コレクションが売りに出されるのではないかという想像が起きた。都久井は、ある新聞の学芸部に籍を置く美術記者だから、石浜氏の収集品を具体的に知っていた。その中には時価一億円を超える作品も少なくはない。

都久井は、七、八年前、社の主催で「世界名画展」というのが企画されたとき、その出品作品のことで石浜氏のところに交渉に行ったことがある。そのときは岡田主計《かずえ》という美術評論家を仲介に庫三氏に会ったのだが、氏はこころよく愛蔵品のなかから七、八点を貸してくれた。ルーベンス、ファン・ダイク、ドラクロア、ゴッホ、セザンヌといった作品だったが、小品とはいえどもいずれも名匠の作として会場に光彩を放った。

都久井は、石浜氏が事業の危機でそうした作品を早晩手放すような予感がしていた。財閥の儚《はかな》さというよりも、そういう名画が散り散りになるのを惜しむ気持が都久井は強かった。こうした作品はやはり一人のコレクターのところに収まっていたほうが安心である。都久井は、石浜氏のところを離れたそれらの作品がどのようなところに流れてゆくのかと、当時自分の手で氏から借り受けた古い記憶から感傷的な気持になった。

事実、間もなく、そういう噂《うわさ》がちらちらと聞えてきた。だが、真偽は分らない。石浜氏のようなあまりにも有名すぎるコレクターになると、そうしたことが派手な風聞になるのをおそれる。それに、そのことが表沙汰《ざた》になれば、それでなくとも危機に瀕《ひん》した氏の事業がもっと悪化しそうでもある。

都久井は、石浜氏のところに乗りこんで、噂の真偽をたしかめるわけにもゆかなかった。展覧会のときに出来た氏とのわずかな因縁は当座きりのものであって、その後、相手が財界の大物だけにかえってこっちの足が遠のいていた。また、むろん、正面から訊《き》いても正直な答えが得られるはずもなかった。

都久井は画商回りを思いついた。もし、石浜氏がこっそりと所蔵品を目立たないように処分するなら、それは画商の手にぼつぼつと渡るに違いない。それはすぐに彼らの仲間に伝わる。その方面から聞いてみるのが早道だと考えた。

都久井は、銀座裏にある東都画廊に夕方から出かけた。早春の宵で、店の中には、勤めの帰りらしい会社員風の男や若い女たちが、壁にならべられた絵の前に佇《たたず》んでいた。むろん、売絵ばかりで、雑然と商品が陳列してあるのとそれほど大差はない。

都久井の顔を知っている店員が報《し》らせたとみえて、奥から主人の小西が肥《ふと》った身体《からだ》を運んできた。小西は小僧のときから叩《たた》き上げた画商だが、そのまるこい顔には、そんな苦労のあとはどこにも見えず、きれいに分けた半白の髪と赧《あか》い頬とは十分教養のある紳士ととれる。

「やあ、いまお帰りですか」

小西は都久井が社の帰りにでも立寄ったふうに見た。

「いかがですか、景気は？」

「どうも……」

不景気だという意味を苦笑で現わし、正面のテーブルのところまで誘ってお茶を出した。

都久井は、最近の展覧会の話を雑談的に二、三したあと、もう一度、近ごろの商売のことを訊いた。小西は云った。

「不景気になると、大きな絵は動かないし、格安のものばかりしか出ませんから、さっぱりです」

「不景気といえば、手持ちの品を手放す人があるでしょうね？」

都久井はさりげなくたずねた。

「そうなんです。そちらのほうに元手はかかるし、絵は売れないしで、いまは画商も受難ですよ。といって、欲しい絵は何とか無理してでもこの際買っておきたいし、いや、資金ぐりにたいへんですよ」

ひところのように、画商の店舗も古道具屋の店先と見紛うような汚ないことも出来ず、新しく出来た画商がみんな近代的なスマートな設計なので、そのほうにも合わせるために金がかかったと、小西は、改装された店内を多少自慢そうに見回して云った。

「しかし、こういうときでないといい絵は出ないでしょう。それがまた適当な間寝かせておくと何倍にもなってくるんですから、別な考え方をすれば、いまが儲《もう》けの時期ということにもなるでしょう」

「資金の豊富なときはそう云っていられますがね、このごろのように、銀行にお金がだぶついていても、われわれのほうに融資が渋いとなると、咽喉《のど》から手が出そうなくらい欲しい絵でも金がないばかりについ逃しがちなんです。といって、高利の金を借りても、その絵がすぐ売れて引合がとれるというわけでもありませんしね」

「だが、素性の知れたコレクターのもので、しかも有名な画家の作品となれば、足がはやいでしょう」

都久井は、それとなく石浜氏のことをにおわせたのだが、小西は商売人だけあってすぐには乗ってこなかった。不況の根は案外に深刻で、お説の通りと思うが、いい絵は高価だからやはり寝かせる間が長いというのである。

「ね、小西さん」

都久井は辛抱しきれなくて単刀直入に訊くことにした。

「ちらほらと耳に入るんですが、石浜さんとこの絵がぽつぽつ売りに出されてるそうじゃありませんか？」

小西は、眼鏡の縁に隠れた眉《まゆ》を軽く寄せた。

「そういう噂が立ってることはわたしどもも聞かないではありません。もし、そうだとすれば、石浜さんはお気の毒ですね」

「あなたのところには、そういう話は持ちこまれてないんですか。いや、石浜さん直接ではなくとも、だれかを介してでもですよ」

「わたしのところにはお話は来ていません」

小西はあとの言葉を吐いたものかどうか、考えるように湯呑《ゆのみ》を唇に当てた。

「ね、都久井さん。あんた、それを新聞に書くんですか？」

小西は茶を咽喉に流してから訊いた。

「そんなことは書きませんよ。ただ、もし、そうだとすると、たいへん惜しいことだと思うんです。あなたの云う通り、石浜さんも気の毒ですが、ぼくは前に新聞社の仕事であすこの絵を借り出した因縁があるものですからね、それが散逸してゆくと思うと、やはり気にかかるんです」

「全くそうですな。いまごろ手に入れることの出来ない絵があすこにはずいぶんありますからね」

小西はちょっと考えていたが、声を低めて云った。

「都久井さん、これがぼくの口から出たということは黙っていて下さいよ」

「むろんです」

「鏡画廊、ほら、杉原君のところです。あすこに三点ほど石浜さんとこの絵が入るそうですよ」

「三点？　何ですか」

「ルーベンスと、ファン・ダイクと、セザンヌです。このうちファン・ダイクは、ほら、あんたのとこの展覧会にも出た淡彩のペン画ですがね」

「ああ、あれですか」

都久井も、それだけでも眼の前にその絵がひろがった。当時の古い紙に描かれたものので、ファン・ダイクのスケッチだった。何かの制作にかかる前、構図をとるための素描らしく、同じ紙に三カ所ほど群像がかかれてあった。その真ん中の人物の間には、たしか威勢のいい馬が前脚を立てていた。ファン・ダイクらしい的確な描写力で、いまでも都久井は、その雄渾《ゆうこん》な線をおぼえている。

「ルーベンスとセザンヌは十号ぐらいの油ですから、これはおそろしく値が高い。しかし、ファン・ダイクのスケッチとなると油と違って値も安いから、すぐ買手がついたらしいです」

はじめとぼけていた小西も、話すにつれ、知っていることをしゃべりはじめた。

二

「そりゃァいいものが出ましたね。買手がすぐについたのは当り前でしょう。値段はどのくらいですか?」

都久井は訊いた。

「値段のことよりも、その絵がいま宙に浮いているようです」

小西はこっそり話した。宙に浮いているというのは、絵の取引が出来たあと、何かの理由で買手が現物の引取りを渋っているという意味だろう。

「それはどうしたわけですか? 値段さえ合えば、ファン・ダイクのスケッチだったらだれもすぐに欲しいところでしょうがね。しかも、出どころが石浜コレクションだから間違いないはずだが」

「いや、それがですね、大きな声では云《い》えないが、その買手のところに或《あ》る美術評論家が何か助言したらしいです」

美術評論家に云われて買手が渋るとなると、その忠告は絵が悪いということ以外にはない。

だが、都久井にはそれが信じられなかった。石浜コレクションという歴《れっ》とした出所のこともあったが、都久井もそのスケッチ画は展覧会に出したのでよく見ているが、それには遠屋《とおや》則武《のりたけ》の証明がついていたのだ。都久井がそう云うと、

「それはその通りですがね。遠屋さんの鑑定があるから間違いはないはずですが、どういうことでしょうかね」

小西は言葉を濁した。

遠屋則武は、七、八年前に没した有名な美術評論家だった。評論家というよりも学者といったほうが正確であろう。西洋美術における権威であった。永らく国立大学に西洋美術史の講座を受持ち、現在もその弟子たちは著名大学の教壇や第一線の評壇で活躍している。遠屋則武は西洋美術評論界のボス的存在でもあった。だから、彼の鑑定は絶対の権威なのである。

小西は言葉をぼかしているが、買手がそのファン・ダイクのスケッチ画に急に臆《おく》したのは、どうやら或る美術批評家がその絵はいけないと忠告したことによるらしい。するると、その批評家は遠屋則武の権威を全面的に否定したことになる。都久井にはちょっと信じられないことであった。

というのは、遠屋の弟子はいま教授だったり、美術評論家だったりして、ゆうにそのほうで大家になっている。彼らはいずれも遠屋則武の衣鉢《いはつ》を受継いでいるから、さながら遠屋は神様であった。それを否定しようとする批評家だから、遠屋系に属さない、「在野」的な人であろう。

「だれですか、その人は？」

都久井は執拗《しつよう》に小西に訊いた。あながち興味本位からばかりではない。かつて自分の新聞社主催の美術展にその絵を陳列しているのだから、それがいけないとなると彼も責任を感じるのである。

小西は云い渋っていたが、とうとう、その若い批評家というのは梅林章伍《しょうご》だとうち明けた。

「へえ、梅林君がね」

梅林章伍なら都久井も仕事の関係でよく知っている。まだ三十五、六で、かなり鋭い感覚を持った男だった。彼も自分の担当する文化欄に梅林章伍を何度か登場させたことがあった。

では、梅林からそのわけを聞いてみよう、と都久井が云うと、小西は、自分の口からこんな話が出たとは絶対に云わないでくれと、幾度も念を押した。彼は、一つには同業の鏡画廊の杉原に妙な意味に取られるのを懸念《けねん》したのだが、一つにはこうしたことが現美術評壇の主流を占める遠屋系に反発を買うのをおそれたのだった。むしろ、こっちのほうが小西の臆病《おくびょう》な理由であった。万一、それが公になると商売にも差支《さしつか》える。

というのは、画商は顧客に絵を売るのに名前の通った評論家の鑑定書や推薦状や口添えを貰《もら》うことが多い。素人《しろうと》は、画商の多言よりも有名評論家の一行の文章に安堵《あんど》する。画商には内心笑止なわけだが現状では致し方がない。そして、そのアカデミックな評論家の大半が遠屋直系であるから、彼らに睨《にら》まれたら商売が出来かねるのである。小西がうっかり口を辷《すべ》らせたのを後悔したのは無理はなかった。

都久井は、翌日、社に出る前に青山南町のアパートにいる梅林章伍を訪ねた。梅林は美術評論の原稿を書いている傍ら、ある私立大学で講師として西洋美術史を教えている。非常勤だから、講義の無いときはたいていい昼まで寝ていた。

彼は今朝まで原稿にかかっていたといって、赤い眼をして都久井の前に現われた。

「小西君も知っていましたか」

梅林は自分のしたことを否定しなかった。彼はこう語った。

「石浜コレクションのファン・ダイクのスケッチがほかの二点といっしょに鏡画廊に出たのは事実だし、そのスケッチをぼくの知っているある会社の社長が買おうとしたから、ぼくがやめたほうがいいんじゃないかと止めたのも本当ですよ。もう金を渡すだけの約束になっていたのですがねえ」

「絵の出来が悪いというのですか？」

「悪いというよりも……ほら、日本画の画商が云う二番手というやつですよ」

二番手とは婉曲《えんきょく》な表現だが、偽物《にせもの》の意である。

「へええ、あれが？」

予想された答えながら、はっきり梅林からそう聞くと、彼の顔をしばらく見つめるほかはなかった。石浜氏蔵のファン・ダイクの淡彩素描画を疑わしいとさえいった評論家はこれまで一人も居なかったのである。

「しかし、あれは遠屋則武氏の鑑定がついていましたよ」

都久井は遠屋の権威を振りかざした。梅林がそう云う以上、彼が遠屋の権威像の破壊を試みているのは分っていた。しかし、一応はやはりそう云わざるを得なかった。

「そりゃ、ぼくも知ってます」

梅林は黒い歯に真白い煙草《たばこ》を一本くわえて云った。

「しかし、遠屋先生の鑑定があろうとなかろうと、よくないものはよくないですからねえ」

梅林は自信たっぷりな顔つきで眼を笑わせた。

梅林章伍の美術評論は鋭いところがあって都久井は彼に注目し、文化欄の原稿を頼むのも彼から部内に云い出したことだった。だが、梅林章伍には少し気負いすぎているというか、とかく独断的な論調癖があった。しかし、それはそれでまた珍重されるべきもので、近ごろは曖昧《あいまい》な裁断の仕方をする評論家が多いのである。

それに、国立大学を出ていない梅林は、在野精神を発揮してアカデミックな評論家に対立意識を持っているところがある。これもまた、それなりに面白いのだが、そうなると、矢出教授や野沢教授などの現在の権威に突かかってゆく結果になる。新進の評論家が自己を売出す手段は、既成の権威を攻撃して名を知られるのが定跡みたいになっているが、一方から考えればそれだけ当人は勉強していなければならないのである。その点でも、梅林章伍はよく勉強をしていた。

国立大学の矢出教授や野沢教授の恩師が遠屋則武であった。梅林の権威否定は一挙にその偶像を叩《たた》き落そうとするかのようである。ファン・ダイクの素描偽作説を持出したのもその挑戦だろうかと都久井は思った。

「あれが偽作というのは、どういう根拠からですか？」

都久井は当然の質問をした。

「画面の力が弱いですよ。なるほどファン・ダイクの筆ぐせはうまく似せてありますがね。だが、ぐっと迫ってくるものがない。真物《ほんもの》のみが持つ迫力がありませんよ。ぼくは実はあれを最初に見たのが、あんたのところの展覧会でしたな。そのときも首をかしげたんです。だが、これは自分の眼が悪いのかもしれない。なにしろ、遠屋先生自筆の証明づきですからね。そう反省してみたんですが、あとで、やはりいけないということが分ってきたんですよ」

ぐっと迫ってくるものがないとか、タッチが弱いとかいうのは、偽物を断定する評論家の口癖だが、それだけなら主観の問題であって客観的な決め手にはならない。もっともその主観は、経験とか知識とかの累積《るいせき》の上に立つのだが、その程度では結局真偽の断定のしようにはなるまい。経験・知識は無限のものである。かえってそのことでは、梅林章伍よりも遠屋則武のほうが深いといわねばならない。どちらの主観を買うかといえば、世間はアカデミックな遠屋則武に信を置く。

遠屋則武は明治二十五年生。帝大哲学科卒、美学を専攻。大学院に入り、塚本良次教授指導のもとにヨーロッパ美術史研究に従事。大正十四年、帝大講師として欧州留学中に助教授、文部省留学生となった。

昭和四年帰国、講壇で西洋美術史を講ずる傍ら帝国芸術院付属美術研究所嘱託となり、十五年欧米に視察出張、十八年帝大教授となって美術史講座を担当した。二十六年定年退職、その後は私大の講師や私立美術館の館長、文教政策審議会委員などをつとめるほか、その間、国宝保存委員会委員、西洋美術振興会理事などになった。三十年三月十二日没で、ときに六十三歳であった。著書に「ルネッサンス美術研究論」「西洋美術汎論《はんろん》」「近代美術の胎動」「欧州美術行脚《あんぎや》」など多数に上っている。それによって日本の近代美術批評は確立されたという者がある。文章は晦渋《かいじゆう》であった。

——こういう絢爛《けんらん》とした遠屋則武の履歴にくらべると、梅林章伍の一部世間的な信用などはものの数ではない。梅林にはまとまった著書一冊すら未《いま》だなかった。

三

真贋《しんがん》の判定が主観以外に決め手があるとすれば、それは材料の問題に残っている。古画の偽絵には、当時のものに見せかけるためにその頃のものを使っている。ただし、これは油絵の場合で、油絵だと、当時の絵を買ってきて、画布から絵具を削り落して、その上にかくことが多い。もっと幼稚だと、前の絵の上に偽絵の絵具を塗るのだが、これは科学的鑑定法の発達した今日では看破されやすい。

しかし、問題のファン・ダイクの素描はその時代の画紙にかかれたものである。画布ではない。そのことを都久井が訊《き》くと、

「たしかに紙は当時だけにあったものです。ワットマンに似た質の、厚手なものです」

梅林は髪をかき上げながら答えた。

「ぼくはあなたの社の展覧会で不審を起してから、ずっとあの絵が気にかかっていたんです。それで、今度鏡画廊にその絵が出て、ぼくの知ってる人がそれを買う約束をしたのだが、念を入れる意味でその人はどうだろうかとぼくに相談したんです。それで、ぼくはその絵をよく見る機会を得たのですが、紙も当時のものなら、使っている絵具も当時の古いものですね。新しい絵具だと化学成分が違うので、どうしても変色の具合からそれが分る。だから、材料的にはファン・ダイクの制作していた十七世紀

のものに間違いないと思います」

それでいて、どうして贋作と梅林は云うのだろうか。その点を都久井が訊くと、やはりそれは直感だと彼は答えた。

「ただ、こういうことは云えると思いますよ。素描はほかにもあるが、そのいくつかにやはり共通的な疑問点があるのです。しかも、それがみんな遠屋先生の推薦になっているんです」

新聞には書かないでくれと梅林は念押しして、その証拠としてセザンヌやドラクロアなどのデッサンを彼は挙げた。その作品の収まっているところは、有名な美術評論家や、企業経営家や、コレクターなどだった。

「ぼくはみんな見てまわりましたよ。美術評論家のはしくれという肩書のおかげで先方もこころよく見せてくれましたからね」

「みんないけないんですか?」

「さっきも云ったように、どうも真に迫ってくるものがない。それぞれ特徴はよく似せてあるが、弱いんです」

「紙は?」

「やはりファン・ダイクの紙の十七世紀のものと同じに、ドラクロアの素描は十九世紀頃の紙のようです。しかも、古さの色もほとんどが一致しています」

梅林の云いかただと、それはもはや偶然ではなくなってくる。彼の口吻《くちぶり》では、明らかに偽造が一カ所から出ていることを暗示していた。

「それぞれの出所は分ってるんですか？」

「分っています。ほかの絵といっしょに向うから買ってきたと云われるものの中に入っていたんです」

「では、日本出来ではないわけですね？」

「材料は絶対に日本にはない品です」

外国にはもちろん古い画家の贋作が多い。だれかがその事情を知らずに向うから買ってきたのが、いま、それぞれに収まっている、石浜氏蔵のファン・ダイクもその種類だろう。――梅林はそう云いたげであった。

「ただ、石浜氏蔵のものは、その前の所有主のところにいつごろきたかは分らないんです」

彼はつづけた。

「だが、これだけははっきりしています。いけないとぼくが思うそれらの絵が初めて明るみに出たのは戦後になってからです。時期的にいえば、ぼくの調べたところによると、大体、昭和二十三年以降です。終戦直後からですな」

「というと、それまではもとの所有主のところにあったが、世間には分ってないという意味ですか?」

「そうです。画商もその絵の存在を知っていなかったんです。公開されてない絵だったんですね」

「………」

「その存在が分ったのは、もとの所有主が戦後の経済混乱期に遭遇して金が必要になったからです。なかには、財産税を納めなければならないために金に換えたものもある。石浜氏もそのときに買ったようです」

「そうすると、もとの所有主を追求してゆけば、その絵がどこから流れてきたか、経路が突き止められるんじゃないですか」

「そういうことなんですが、これがなかなかむずかしい」

　梅林はまた新しい煙草をくわえた。

「こういう世界はあまりオープンなことを云《い》わないものでしてね。金が欲しいために名画を手放したとなれば世間体が悪い。また、そういうことをたずねる側も礼儀を考えて、つい遠慮するわけです。そんなこともあって、戦後の落ちつき先に訊いてみても、その前の所有者のことがよく分らないんです」

「だが、それらはみんな画商の手を経て流れてきたんでしょう。そうだとすれば、画商に訊けばいいんじゃないですか？」

「もちろんぼくもそれとなくやってみた。だが、画商も直接先方から買ったのではなく、仲介者があって、そこから絵を引取ったというのが大部分です。名前が分ってるのもあるが、直接交渉はしなかったと云っています」

「では、その仲介者が問題だが、それはだれですか？」

「仲介者ですか。あなたにその見当がつきませんか？」

と、梅林は都久井の顔をじっと見た。都久井が分らないと云っても梅林の返事はなく、自分の口からはこれ以上云えないというのである。

「ただ、あなたがそれを調べるぶんにはぼくも何も云う権利はありませんからね。お調べになるなら、千草画廊の大村君のところに訊いてみたらいかがです。そうした絵を二、三点、彼は扱っているはずですからね」

千草画廊の社長大村も都久井は知っていた。

梅林に会ってから二、三日して、彼は京橋にある千草画廊を訪ねた。

「わたしのところで扱ったのは、ドラクロア一点と、セザンヌ二点と、石浜氏におさめたファン・ダイクのスケッチです。三点とも素描でしたが、みんな然《しか》るべきところにおさまっていますよ。あれは遠屋先生のおかげでみんな喜ばれましたね」

頭の禿《は》げた大村はにこにこして云った。彼は梅林の話など少しも気づいていなかった。もちろん、大村は遠屋則武《のりたけ》の推薦だというので絵に磐石《ばんじゃく》の自信を持っていた。

「さすがに遠屋先生ですね。あのくらいになると、われわれが気がつかなくとも、どこそこにはこういう絵があるということがちゃんと分っているんですね。おどろきましたよ」

「その絵があるということは遠屋さんから聞いたんですか?」

「そうなんです。先生が教えて下さいました」

「いつごろのことです?」

「ドラクロアが最初で、たしか昭和二十二年の秋だったと思います。次がファン・ダイクで、おしまいがセザンヌだったと記憶しています。いや、実際、びっくりしましたよ。夢にもそんなものが日本にあるとは知りませんでしたからな」

「どういう方が持っていらしたんですか?」

「名前は憚《はばか》りますが、最初のドラクロアは古い外交官ということでした。なんでも、どこかの国の大使をなさってるときに向うで手に入れたんだそうです。ファン・ダイクとセザンヌは、ある会社の社長の先代のコレクションだそうです。やはり日本で買ったものでなく、向うからのものだそうですがね。もちろん旧コレクターの名は秘しておきます。礼儀上ね」

「それらの絵はあなたのほうからずいぶん高い値で売れたんでしょうね」

「まあ、あの当時としては相当な値だったですが、現在ではとてもそんな値では手に入りません。いまとなれば、貨幣価値の変動もありますが、おそらく七、八倍くらいになってるんじゃないですか。そういう点でお買上げいただいた方にもたいへん喜んでもらっています」

「あなたはその絵を買うときに、持主へ直接行ってその品物を引取ったんですか?」

「それが、やはり先方が画商の出入りを嫌われましてね。絵はお屋敷の使いの方が持って見えたと思います。代金のほうは遠屋先生の立会いであとから見えた使者へお渡ししましたよ」

「お使いというと、奥さんとか、そういう家族の方か、秘書みたいな人でしたか?」

「そうですな、ドラクロアのときは、その元大使の甥御《おいご》さんとかいう方が見えました。まだ二十七、八くらいの人でしたが……それから、あとの二点のときには秘書といわれる女性がお見えになりました。この方も当時二十二、三くらいの人でしたがね。わたしのほうも当時としては相当高い値でお買いしたので、お金を渡すのにちょっと心配でしたが、遠屋先生が保証されたからお渡ししたんです。まあ、それでよかったんでしょう。あと、何の問題も起りませんでしたからね」

「ぶしつけな質問ですが、遠屋先生にはお礼をどのくらいされましたか」

「あれくらい偉い先生ですから、なまじっかなことをしては失礼だと思って、ほんのお車代を差上げたと思います。それも先生は要らないとお断わりになったのを、こちらで無理に受取っていただきました」

千草画廊の大村は「お車代」の金額にはふれなかった。しかし、それは当時としても相当な謝礼ではなかったかと都久井は想像した。遠屋則武くらいになると、まさかそんなことはあるまいが、なかには、そうした仲介を半ば収入源の一つとして、公然と高いリベートを要求する「専門評論家」もいる。

都久井は鏡画廊が客と約束した、ファン・ダイクの淡彩スケッチ画がいま宙に迷っていることをこの大村が知っているかどうか分らなかった。大村の話にそれが出てこないからである。同業のことで大村がそれにふれるのを憚っているのか、あるいは、同じ遠屋則武の世話で扱った素描だから避けているのか、そのへんの判断はつかなかった。

だが、都久井は、新聞記者の立場を意識的に利用して、そのことをたずねてみた。

「そういう噂《うわさ》は聞かないではありません」

やはり大村は耳に入れていた。彼は気のない声で云った。

「しかし、だれがケチをつけたか分りませんが、世の中にはずいぶん眼の利《き》かない人があるものですね。遠屋先生が折紙をつけられたんですから、まるで自分の無知を暴露するようなものです。矢出教授にしても、わたしが入れた絵を絶讃《ぜつさん》なさっていますからね。つまらない若い評論家の云うことなど気にするほうがどうかしてますよ」

大村には、その故障を入れたのが梅林章伍《しようご》と分っているらしく、暗にそんな言葉で彼を非難した。遠屋則武が自ら世話をし、保証したのだから、それが真物であることを彼は地球の存在のように疑っていなかった。

## 四

都久井は、梅林章伍の言い分を全面的に信用したわけではなかった。だが、梅林の鋭い感覚の部分を認めているので、一応彼の主張に沿って考えてみることにした。もし、梅林の云う通りだと、新聞社の世界名作展には堂々とファン・ダイクの贋作《がんさく》がならんだことになる。あの場合、半ば不可抗力だといっても、やはり責任感が疼《うず》いた。

偽作が秀《すぐ》れた美術批評家の眼を掠《かす》めて真物で通った例は、これまでも珍しくなかった。殊《こと》に日本の絵や工芸にその例が著しいが、洋画も決して少なくはない。

そうした例で思い出されるのは、Tという名の画家が制作した「泰西名画」である。Tは若くしてフランスに渡った日本人だが、お定まりの酒と女に身を持崩して、パリでは十五年もごろごろしていた。この男が日本からくる客を相手に、自分の描いた有名画家の偽作を売りつけていた。

彼は主としてエコール・ド・パリの贋作をなじみの深いフランス人画商の店に埋《い》けこんでおき、そこに日本人を案内して買わせるということを仕事にしていた。ユトリロ、モジリアニ、シャガール、ブラック、ピカソなどのほか、セザンヌやキスリングなどの絵が彼の手に成った。これが日本に持込まれて堂々と美術館に入ったり、一流画商の手で売買されたりした。彼が自分の手でかき、売りつけた「泰西名画」は百点近くにも上るであろうといわれている。また、ある画商だけの被害でもいまの値打ちにして一億円以上といわれている。

日本に流布《るふ》しているこうした偽《にせ》の名画は、もとより日本人Tの制作のものだけではない。ヨーロッパ人のかいたものも多いが、それが堂々と罷《まか》り通ったのは多くの鑑賞経験者が彼らに瞞《だま》されたからである。というのは、だれしもそうした絵をひとり決めで買うものはなく、たいていがその道の権威者に相談したり、鑑《み》てもらったりして決心をつけるからだ。あとで偽物と分った場合、鑑定家たちは面目ないわけだが、自分ひとりの責任ではないという連帯感に彼らの安心の余地がある。つまり、それは半ば不可抗力だったという言訳が生じる。

だが、遠屋則武の場合は、そうした凡百の評論家や経験家とはいささか訳が違う。彼はヨーロッパ美術の日本における最高権威者だった。彼がいいと云えば、絶対性をもって決定する。なかには疑わしいと思う連中がいても、遠屋の決定がかえって彼ら自身の不見識を反省させる結果となった。

それに、この場合は遠屋則武が名画を「発見」して、その存在を画商たちに知らせたものだった。よそから持込まれて、気のない顔で鑑定したのとわけが違っていた。遠屋という権威者が自分で積極的に動いて推したのだ。だから、これまでそれらに対して梅林章伍みたいなことを云い出した評論家は一人もいないのである。

都久井は、何とかして梅林の主張に結論を得たいと思った。遠屋則武はいまから七、八年前にすでに死亡しているので、彼自身の口からはその弁明を聞くことはできない。代りとなるのは、遠屋の弟子である矢出雄介教授くらいなものだった。ほかにも弟子は多いが、矢出は遠屋の愛弟子《まなでし》として師の傍らからほとんど離れないでいた。矢出なら、その理由を説明してくれるであろう。

しかし、都久井は、何回か会っている矢出教授の人柄を考えて、彼に直接遇《あ》う気持は起らなかった。矢出は一応丁寧だが、遠屋のあとを継いだ西洋美術学者の第一人者として自らを持している。世評では、慇懃《いんぎん》だが、実は冷たくて、倨傲《きょごう》だというのである。それに、教授は遠屋則武の名前を口に出すとき、あたかも最上の人格者の名を称《とな》えるときのように直立不動もしかねまじき有様であった。そういう人に今度のことを訊《き》いても返答は分りきっている。いや、そんな疑いを持って訊きに行ったことさえ恩師に対して不遜《ふそん》だとして怒鳴られるに違いなかった。

すると、次はだれが適当だろうかと都久井は考えた。いろいろと遠屋の弟子の名前や顔が泛《う》かんだが、どれも思わしい人物でなかった。遠屋則武に最も近く、そして彼の私生活にさえ入りこんでいた弟子といえば、やはり矢出教授しかないのである。

そんなことで、都久井は五、六日ほどこの問題から足踏みをしていた。だが、人間、妙なことからひょいと考えが泛かぶもので、社から近い或《あ》る小さなギャラリーで新人の個展が開かれている看板を通りすがりに見た。それで思いついたのが小坂田二郎の名前だった。

小坂田二郎といえば、昭和二十四、五年ごろに名前が急速に現われて、約五、六年間、新人としてもてはやされた。しかしいまではその名前も忘れられたくらいに没落している。

小坂田二郎が画壇に名前を知られた頃は、たしか二十七、八歳であった。だから現在は四十歳くらいになろう。都久井も、その小坂田二郎に何度か会って知っている。瘦《や》せぎすの、色の浅黒い男で、はじめは卑屈なくらい腰が低く、如才のない態度だった。新聞や雑誌記者などに愛想がよく、いかにもこれから引立ててもらうのに熱心な新人にみえたが、しまいごろになるとかなり傲慢《ごうまん》な態度に変っていて、自分以外に天才はないという顔つきをして人々をおどろかした。しかも、これからの画壇は自分が主流になってゆくような自負をあからさまにその思い上った態度に現わしていた。

その姿勢はどこからきたのか。すべて小坂田二郎が遠屋則武によって見出《みいだ》され、彼の絶大な称讃によって画壇に颯爽《さっそう》と現われたことに由来している。一流の画商だと新人画家などは相手にしないものだが、小坂田二郎のものだけは、遠屋則武の推薦でほとんどの画商が争うように彼の絵を欲しがった。こうした流行作家になるには、他人だと二十年も三十年もの雌伏時代がはさまるのだが、小坂田二郎は、そういう苦労なしに一挙に躍り出たのだった。

事実、遠屋則武《のりたけ》は小坂田二郎の画才について何度か新聞や雑誌に書いている。要約すればこういうことである。

「現在の日本の洋画家には天分というものが全くない。彼らは徒《いたず》らに乏しい才能を濫《らん》作《さく》によって摺《す》りへらしているのであり、その才能もせいぜい他の森林から落葉を掻《か》き集めて運んでいるような借りものである。

しかし、小坂田二郎は、そうした才能の森林の奥深いところにどっしりと構えていて、みずからの若葉を尽きるところなくつみ取っている天才的画家である。このまま彼が進めば、ゆうに世界的な画家に伍《ご》すだろう。いや、あるいは、すでにその入口にさしかかっているかもしれない」

洋画評壇の「神様」の絶讃であった。

小坂田二郎の絵は抽象画だったが、都久井が見てもその絵が遠屋則武の称讃に値するかどうか疑問に思っていた。そこには独自のエスプリが見られない。しかし、遠屋則武の推賞は神権的な折紙なので、都久井なども自分の鑑識眼の曇りを反省してみたのだった。そういう人たちはほかにも多いにちがいない。遠屋則武の美神に対する観察と、凡百評家のそれとは格段の隔絶がある。卑俗にいうなら、画壇の神様がほめているのだから間違いようはあるまい、自分たちの鑑賞眼がまだ足りないのだと、凡百は自信を喪失するのだった。

遠屋則武の周囲もこぞって小坂田二郎を推した。矢出教授などは、その最たるものである。師匠の賞《ほ》めたものだから、当然弟子が追随したといえばそれまでだが、矢出といえども、すでに遠屋が教壇を去ったあと、その講座を受持っているアカデミイの第一人者だから、心にもないことを云《い》うはずはない。また、それまで矢出教授はめったに画家の仕事を賞めたことはなかった。その教授が小坂田を極力推賞したのだからたいへんなことだった。

こうして「他人の才能という森林から落葉を掻き集めたのではなく、みずからの中にある才能の若葉をつみ取っている」小坂田二郎は、羨望《せんぼう》と驚異の眼に見守られながら画壇に幸福な数年を送った。画商は小首をかしげている顧客の前に、遠屋や矢出の推薦文をそのまま口先に唱えて解説した。遠屋先生が推されるのだから、いま、この絵を買っておくと、大きな投資となるだろう、というのである。

もっとも、その言葉には説得力があった。というのは、洋画壇に全盛を誇った松原・西岡を世に出したのはほかならぬ遠屋則武であった。ずっと昔、彼が某一流新聞に松原と西岡をしきりと書き立てたので、両人は華々しく画壇に登場し、遂に絢爛《けんらん》たる松原・西岡時代の出現となったのである。そういう実績があるから、遠屋則武の推賞する若い「天才」は画商にもてはやされた。

もっとも、陰口はどのような場合でも利かれることである。たとえば、小坂田二郎の絵を見て、

「あの絵のどこがいいんですかね？」

と、ぶつぶつ呟《つぶや》く者は多かった。

「遠屋さんも少しぼけてきたんじゃないかね。松原・西岡を世に出したときは烱眼《けいがん》だったが、どうも今度の小坂田の場合はね、少々ピントが狂っているような気がする」

画壇の神様の言葉に従いながらも、本心はそうした陰口に同感する者も少なくはなかった。そこでは、やっと自分の鑑賞眼不足という自信喪失が取返される。だが、このようなことはあくまでも陰口の範囲だった。表面立って勇敢に小坂田二郎の絵をけなす者はない。せいぜいの抵抗が無言か無視だった。小坂田の絵をけなすことは、すなわち洋画評壇の大御所遠屋則武に楯突《たてつ》くことであり、誹謗《ひぼう》することだった。そうなると、たとえば、画壇で飯を食っている限りの人物は没落を意味するしかない。洋画壇は遠屋派が主流を占め、隅々までその網の目が行渡っていた、といっても過言ではなかった。

五

小坂田二郎の絵は日本で最も権威のある展覧会にたびたび特選で入った。だが、そこでは審査員の大半がその絵の通過に手をあげたわけではなかった。良心的な審査員は彼の絵に賛成しなかった。すると、遠屋系の某大家がすっくと起ち上って、滔々《とうとう》と、その絵について審査員一同に解説をするのだった。その熱弁に動かされたというよりも、彼が遠屋直系ということに射竦《いすく》められて手をあげざるを得ない審査員も多かった。そういう舞台裏のことが職業柄都久井の耳にも入っていた。――そういうことを都久井はいま思い出していた。

そういえば、あれほど破竹の勢いだった小坂田が急に画壇から去って、いまでは、その所在が分らないくらいになっていた。都久井は、その小坂田の没落時期が遠屋則武の死亡と一致しているのを知っている。つまり、遠屋の死によって小坂田は巨大なうしろ楯を失い、神通力を喪失してしまったのだ。現在では小坂田の絵はどこの画商の店先にも見られず、倉庫の中で他の持てあまし絵といっしょに埃《ほこり》を積んでいる。

いまでは、あれは遠屋則武の目利き違いであったというのが通説として落ちついていた。遠屋則武も神様ではない。松原・西岡を世に出した輝かしい過去がある一方、そうしたミスもあったのだ。しかし、そのことは別に遠屋則武の権威を傷つけることでもなかった。かえって、傲岸不遜で知られた一代のボスに人間性をすら感じさせていた。

それはそれとして、とにかくファン・ダイクの贋作説をたしかめるため、都久井は小坂田に会ってみたいと思った。小坂田は遠屋の推輓《すいばん》をうけて以来、ひところ新聞社文化部の都久井のもとに近づいていたものだった。矢出教授から聞き出すのが無理だとすれば、小坂田しかない。彼なら、今は世間的な地位は何もなく、したがって、矢出教授のように自分の発言が画壇に影響するといった斟酌《しんしやく》はないはずだった。むしろ、敗残者としての彼は洗いざらい何でもしゃべってくれそうに思えた。

「小坂田二郎のことですか」

彼の絵を熱心に扱ったことのある画商は、都久井の訪問をうけて云った。

「さあ、いま、彼、どうしてるんでしょうかね。なんでも、巣鴨《すがも》の奥のほうにあるアパートに行ったということは聞いていましたがね、このごろはさっぱり消息が分りません」

先物買いとして小坂田の絵を集めるのに熱中していた画商が、このように冷淡であった。

「あれは遠屋先生の一代のミスでしたね。いや、こちらも悪かったが、遠屋先生に云われてみると、神様のご託宣を聞いたみたいに、こっちも胸がふくらみましたからね」

　抽象画は悪くいえば誤魔化しが利《き》く。たしかなデッサン力を持っていなくとも腕が分らないというのである。主人は、店に飾ってある古い画家の絵の前に都久井をつれて行った。

「この人なんかは」

　薔薇《ばら》を描いた画面を指した。

「具象で進んでいれば、いまごろはとっくに芸術院会員になってる人です。それが流行《はやり》の抽象画に気持を奪われたばかりに未《いま》だに足踏みしてるんです。われわれがいくら鉦《かね》や太鼓で宣伝しても抽象画は結局売れなかったですからね。この作品は無理に売絵としてかいてもらったんですが、こういう絵だと、まあ、ぼつぼつと売れます。絵かきさんだって食わないわけにはいきませんから、やはり独りよがりのものばかりをかいてるわけにはいきません。この人も惜しいことです。以前のように、自己の天分のままに描いてゆけば、いま値段もうんと高くなっている作家なんですがね」

画商は、次に都久井を別の画家の絵の前に立たせた。

「ご承知の、具象では稀有《けう》のテクニックを持ってる画家です。この人ですら抽象によろめいて、一時期、わけの分らない絵をかきましたね。ぼくにはどうもそれが分りません。他人がまねようとしてもまねることの出来ない技術を身につけてるんですから、その天性を生かして徹底的に具象でゆけばいいものを、わざと自分の絵を晦渋《かいじゅう》にしてしまったんです。そいつをまた批評家が賞めるんですからね。どうも批評家という存在は、実際に作家と大衆とのパイプになってるのか、それとも遮断《しゃだん》の壁になってるのか、よく分りませんね」

抽象画のいけない例として、また小坂田二郎のことに戻った。才能のない男だったが、その未熟さが抽象画という妖怪性《ようかい》に騙《だま》されて分らなかったと、絵で苦労しているこの商売人が云うのだった。

「しかし、さすがに遠屋先生が亡《な》くなってからは、彼のメッキが剝《は》げましたね。わたしの倉庫には、彼の絵が十四、五枚も縄で括《くく》って放りこんでありますよ。絵を買って下さった人におまけとしてつけようにも、そんな絵は要らないと断わられてる始末です。さあ、いまはどうして居ますかね。なんでも、一時期は自棄酒《やけざけ》を飲んで、すっかり自分の生活を失ったということでしたが……」

ありそうなことだった。

「ぼくは、どうして遠屋先生が小坂田などに騙されたか、よく分りませんよ。いや、全くあれは騙されたという感じですね。あるいは、こういう想像も出来ないことはありません。はじめ、遠屋先生が目利き違いで彼を推薦した。途中で気がついてみたところ、もう、小坂田二郎の存在は画壇でのっぴきならないところにきていた。なにしろ、遠屋先生が一口でも賞めたのだから、周囲が黙っているわけにはいかない。それに、遠屋さんの周囲には取巻の人が多うござんしてね。先生の意を迎えるというのか、あるいは、その尻馬《しりうま》に乗ったというか、わあわあと小坂田に騒ぎ出したんです。いまさら引込みもつかないというところで、遠屋さんは自棄糞《やけくそ》半分に小坂田を押出したんじゃないですか。遠屋さんには、そういう皮肉な一面もありましたよ。逆に考えると、世の中のあき盲《めくら》千人が自分の一言に踊っているのを見て遠屋さんは奥津城《おくつき》で舌を出しているかもしれませんね」

「なるほど、そういう見方もあるな」

都久井は感心した。

すると、妙な考えがふいと都久井に起った。あのファン・ダイクや、ドラクロアや、セザンヌのデッサンは、もしかすると、小坂田二郎の贋作《がんさく》ではなかろうか。——

突拍子もない想像だが、いま、この画商があき盲千人の踊るのを見てぺろりと舌を出してる遠屋則武という表現を用いたので、そんな考えが泛《う》かんだのだ。

そういう例は無いではない。贋作者はむろん金銭的な利益を狙《ねら》うが、もう一面の動機は、もっともらしい美術評論家や批評家の鼻をあかすためにそういうものを作ることも入っている。数年前に騒がれた古瀬戸の陶器の贋作品も堂々として重要美術に指定され、美術事典には原色版として巻頭を飾っていた。これには金銭的なものはなかった。

たしかに遠屋則武には画商が指摘する皮肉な性格が無くはなかった。彼が小坂田に泰西名画の贋作をかかせ、自分の推薦で売らせたということも考えられなくはない。この場合は、小坂田の未熟な贋作が罷《まか》り通ったというよりも、遠屋の箱書が神通力を発揮したのである。贋作の場合とは違うにしても、制作者が自己の腕をためす代り、遠屋は自己の権威を世間にためしたといえなくはない。しかし、小坂田に西洋の大家の絵を模写する腕があったのだろうか。——

「小坂田二郎は、ああいう絵をかいていたのでよく分らないんですが、デッサンのほうはどうでしたか」

都久井が画商に訊《き》いた。

「さあ、ぼくも見たことはありませんが、全然駄目でしょう」

画商は即座に云った。

小坂田二郎のデッサンはだれも知っていないのである。もしかすると——あるいは、そこに遠屋則武の箱書した素描贋作の秘密があるのではなかろうかと都久井は思った。

小坂田二郎は、案外達者なデッサン力を持った若い画家ではなかったろうか。途方もない想像だが、これも一つの推定であった。彼は他人には流行の抽象画だけしか見せなかった。だが、実際にはすごい素描力を持っていた。ただ、彼はそれを他人に知られるのを恥じていたのかもしれない。写実を卑《いや》しとする若者らしい考えである。写実を芸術でないとして、そうした絵を描くのを職人《アルチザン》とする風潮——若い小坂田はそれを潔癖に考え、達者な自分のデッサンを秘密にしていたのではないか。その秘密を知っていたのが、彼の推薦者遠屋則武だったと考えられないだろうか。

これは小坂田が贋作をつくっていたという推定より何倍かの恐ろしい想像だった。洋画壇の神様が偽作に真物の折紙をつけたのだ。むろん、事情を知ってのことだろう。なぜなら、それらの発見者が遠屋則武だからだ。ファン・ダイクやドラクロアやセザンヌのスケッチが名もないところからごろごろと出たのでは、忽《たちま》ち画商に疑われてしまう。

その詐術には二重の用意があった。一つにはそれがスケッチであることだ。こうした西洋の大家の油彩画だと、ほとんど洩《も》れなく記録されてある。目録に収録された作品以外の新発見は今では不可能といっていい。だが、作者が気軽な気持で描いたデッサンやスケッチは、まだまだ公に知られていないものが残っている。こうした理由で、これらの「新発見」にはあまり疑いを持たれない。

もう一つは、その出所がみな相当な地位の人になっていることである。理由も財産税を納めるための処分になっている。昭和二十三、四年ごろに、これらがはじめて遠屋氏によって画商に知らされたのだから時期としても符節が合う。さらに、所蔵者が社会的に名のある人ということから、いわゆる世間体を考慮に入れ、某家ということだけにして、具体的な名は買取った画商も知っていない。すべては遠屋氏を信頼しての取引だった。遠屋氏の鑑賞力を画商が盲信したのは当然としても、出所が具体的に分らないというのは曖昧《あいまい》な話だった。その曖昧さが遠屋則武の名声にかくされている。そこにも盲点があった。

# 六

都久井はこういう恐ろしい想像をつくりあげたが、これだけで偽作の謎《なぞ》が全部解けたのではなかった。

分らないのは用紙の点である。絵具のこともあるが、まず画用紙に絞ってみよう。あの紙だけは当時のワットマンに似た厚手の紙だ。たとえばファン・ダイクは十七世紀の紙がたしかに使用されている。紙に古色を付ける方法はいくらでもあるとしても、紙そのものの偽造は不可能である。小坂田二郎がそうした紙を買えるはずはない。これは彼の偽作説を破壊する大きな武器だった。こんな紙は、日本ではむろんのこと、外国にもありはしない。

この物的証拠の前には、都久井の推測も縮まってしまう。大体、彼の想像も思い切った飛躍だから、ちょっとした反対の資料が出ると忽ち崩れてゆく性質のものだ。

しかし、都久井は自分の推測が捨て切れなかった。いや、もっとこれを掘り下げ、推しすすめてゆきたい。そのためには、この障害となるもの、用紙という材料的な問題は一応棚上げして、先に進もうと決めた。

都久井は梅林章伍《しょうご》に会いに行った。

今日も梅林は睡《ねむ》たそうな顔をしていたが、都久井が話しだすと、だんだんに彼の眼が醒《さ》めてきた。都久井が云《い》ったのは、遠屋則武《のりたけ》の折紙をつけた淡彩デッサンやスケッチの図柄について徹底的に研究してみてくれないかというのである。もし、偽作者がだれかの絵を模倣《もほう》してかくなら、当然、そこに「見本」がなければならない。人物にしても、風景にしても、それを原作者に似せようとすればするほど偽作者は本ものの特徴を出そうとする。だから、どこかにその似通った絵の部分が出てくる。

もう一つは、偽作者の腕はとうてい原作者に及ばないから、原画の複製を横に置いて写さなければならない。これまでの偽作のほとんどがそういう方法だった。昭和の初めに世間を騒がした或《あ》る大がかりな肉筆浮世絵の贋作《がんさく》は、偽作者がいろいろな見本から部分的に取って、それを組合せたものだった。

たとえば、立っている女と、坐《すわ》っている女は、それぞれ別の原画から取っていっしょにしたもので、その背景の絵は、これも別な原画から写している。また、それだけでは恰好《かっこう》がつかないから、右に向いている顔を左に向けるようなこともしていた。洋画では、例のT氏贋作のマチスは「帽子を被《かぶ》った女」からそのまま取っているし、同じくT氏贋作のルノアール「街の少女像」は真物のルノアールの「果実を持てる少女」から写しているという具合だ。

このように、もし、遠屋則武が推薦したファン・ダイク、ドラクロア、セザンヌなどが小坂田二郎の偽作だとすれば、当然、同じようなケースがみられなければならない。その比較を徹底的にやってみてくれないかと、都久井は云ったのだった。

「面白い想像だが、小坂田二郎がそんな腕を持ってるとは絶対に思えないな」

梅林章伍は答えた。

「だが、それはともかくとして、なるほど、この際徹底的に遠屋さんの手で紹介されたスケッチを丹念に比較してみましょう。ぼくは偽作説を出したものの、そこまではまだやっていなかったからね。この際いい思いつきだから、すぐにも手を尽してみんな写真に撮ってみることにしますよ」

梅林章伍はひどく乗気になって約束した。ただし、偽作者が小坂田二郎という点では、あくまでも彼は否定的なのである。

「小坂田がいくら抽象画だけを人にみせて、実は写実の技術に長じていたといっても、それが表面に出ていないわけはないからね。彼のデッサンはだれも見てないのだから、初めからそういう腕はなかったと思わざるを得ませんよ。それに、あの抽象画だって、ぼくの見るところではデッサンの力は全然ないね。あれは単なる思いつきで絵具を飛ばしてるだけです。どうも、ああいう絵にどうして遠屋さんが肩を入れたのか、いまだにぼくも謎です。単なる目利き違いにしてはおそろしく熱心だったからな。まあ、そういう点で、小坂田二郎が泰西名画の偽作をかき、それに遠屋さんが折紙をつけるという、突拍子もない君の推理が生れるのだろう。話としては面白いとしても現実性は全くないですね」

真作と贋作の比較研究はこころよく引受けた梅林も、都久井の壮大な想像には全く乗ってこなかった。

「第一……」

と、彼は云った。

「遠屋則武ともあろう人物が、なぜ、他人に贋作を描かせて、それに真作の折紙をつけなければならないかね？」

「いや、描かせたとは云わないが、はじめ真作と思ったものが、途中で気がついたけれど、もう自分の権威の手前、訂正が利《き》かなくなった。あとは……」

「どうでもなれ式で暴走したというのが君の考えですか。では、どうして、遠屋さんは気がついたときに、それだけで止《や》めなかったのだろうか。つづけて、どうしてそんなことをやったのだろうか」

「そこに特殊な問題がありそうです。小坂田二郎は遠屋さんが生きている間だけ画家として通用したが、遠屋氏が亡くなると没落してしまった。つまり、メッキが剝《は》げたのだ。ぼくは、遠屋さんが小坂田二郎を異常に買っていた裏には、やはり複雑な秘密があったように思われますね」

「それが小坂田の贋作に関係があるというのですか。しかし、もし仮りに百歩ゆずってそうだとしても、遠屋さんは、その名画を画商に世話して相当なリベートを取ったことになる。それほど遠屋氏には金が要ったのだろうか？」

「………」

「昭和二十二、三年から数年間は、たしかに生活は苦しいときだった。遠屋氏の家族は奥さんと子供三人の五人家族だが、その家計を支えるのにそんな無理をすることはなかったはずだ。たしかに遠屋氏は華やかな地位にかかわらず、世間が思っているほどの収入はなかった。大学教授の月給は知れてるからね。だが、結構、雑誌や新聞に雑文を書いていたから、そのほうで十分収入はあったはずだよ」

「しかし、昭和二十二、三年というと、まだ、新聞もそうした寄稿を載せる余裕はなかったはずですよ。美術雑誌だってまともなものはまだ出てなかったですからね」

「そういえばそうでしたな」

梅林は、その点は納得したようだったが、まだ都久井の主張には賛成しなかった。

「そうなると、君、君の云うように、遠屋さんは贋作を真作と鑑定したミスだけでなく、はじめから贋作を計画していたことになりますよ。つまり、それらの絵は、いわゆる某家から財産税の費用として出たことになってるからね。画商に世話したのはほかならぬ遠屋さんです。そのなかの一枚を石浜氏が買上げたのだが、それも遠屋氏の折紙つきだったからです。してみると、その贋作は遠屋氏自身が某家に埋めて石浜氏に買わせたことになる。こりゃ、君、悪質な知能犯罪だ。……」

理屈はそうだった。しかし、都久井は、そこまで遠屋則武が積極的に犯罪を計画していたとは思えない。自分の推定が、ここでも現実性と衝突していた。

とにかく贋作と真作のそれとを作品の上で比較研究してもらいたいということを頼んで、都久井は梅林章伍の家を出た。

彼は遠屋と小坂田の人間関係を追求することが、この問題を知る最大の途《みち》だと思った。

小坂田二郎の現在はだれも知っていない。かつてフランスの絵の贋作をやっていたT氏のその後が杳《よう》として行方が分らなかったように、小坂田二郎もまた完全に消息を絶っていた。現在、彼の行方を突き止めることが早急には出来ないとなれば、当時の彼の友人を捜し出すほかはない。

都久井はまた千草画廊の主人大村を訪ねて行った。

「当時の小坂田は、原宿の豪華なアパートに居ましたよ。二間つづきの部屋で、完全に流行作家を気取っていましたからね」

　と、大村は話してくれた。

「アトリエもそこだったんですか？」

「その一間をアトリエ代りに使っていましたね。いまのマンション式の豪華なアパートを考えるとそれほどでもなかったんだが、ぼくらが訪ねた頃はずいぶん立派な部屋だと思いましたよ。彼は、その一部屋を管理人に断わってアトリエ風に改装していました。それだけの収入があったんですな」

「細君は居なかったんですか？」

「当人に訊《き》くと、ただニヤニヤと笑って、居るとも居ないとも云いませんでしたがね。しかし、彼にはたしかに、そういう世話をする女が居たと思います。小坂田は、身のまわりのことはあまり気にかけない性質です。しかし、その部屋はよく整頓《せいとん》されてありました。だから、ぼくは、ときどき、細君だか同棲《どうせい》してる女だか知りませんが、彼の傍《そば》に居て、われわれの前には現われなかったんだと思っているんです」

　最後に、小坂田が写実に秀《すぐ》れた腕を持っていたのではないかと訊くと、この千草画廊の主人は首をかしげた。

「そりゃ面白い想像ですな。実際、われわれは彼のデッサンなんて見たことはないんですからね。しかし、ドラクロアやファン・ダイクと見紛うようなデッサンを、あの小坂田が描けるとは思えませんよ。いや、それは絶対に出来ません。いくら彼が自分のデッサンを見せなかったといっても、そんな素晴らしい腕を持っていれば、ぼくらにも分るもんですよ」

七

都久井は、小坂田二郎が住んでいたという原宿に、そのアパートを訪ねた。

その頃の建物は崩されて、現在では豪壮な新しいアパートになっている。しかし、当時の古い建物も現在と同じように都内では一流のアパートだったのだ。

管理人を訪ねると、当時の人間と替っていた。その人なら、いま世田谷のほうに居ると教えたので、住所の地図を書いてもらい、都久井はタクシーを拾った。

三軒茶屋《さんげんぢやや》の奥のほうだったが、都久井はようやくその家を捜し当てた。現在、雑貨屋を営んでいるのが手がかりだったが、三十ぐらいの主人は奥から父親を呼んだ。六十くらいの老人が片脚を引きずるようにして店に出てきた。

「あの絵かきさんなら知っていますよ」

当時の管理人はいくらか不自由な口で話した。

「たしか二十四、五年か、もっとあとくらいだったかも分りません。とにかく、その時分から小坂田さんは二年間ほどアパートに二部屋借りていたと思います。ああいう絵がどうして売れるのか分りませんが、毎日のようによく描いていましたよ。画商というのですか、そういう人たちも始終来ていました」

「生活は派手でしたか?」

「あの頃としても派手なほうでしたね。なにしろ金がたくさん入って、若くはあるし、面白くてたまらなかったのでしょう。よく舶来のウイスキーを手に入れては飲んでいました」

「仲間が大勢来たんですか?」

「それがふしぎに友だちの無い人でしてね。いつもひとりで飲んでいましたな。もっとも、本人がふらりと出かけて外泊することはありましたがね」

小坂田二郎に友人がなかったという理由は都久井にも分る。いや、それがかえって彼を贋作者に考える有力な材料のように思えた。

「奥さんは居なかったんですか?」

「そういう人はなかったですな。入居するときも独身のように書いてありましたから

「……」

「すると、恋人というのか、そういう女性はどうでした？」

「女はだいぶん来ていましたな。バーの女みたいなのが多かったですよ」

「そういう女性たちが彼の身のまわりの世話をしていたんですか？」

「いや、世話をしていたのは一人だけでした。これは二年間、ずっと変ることはありませんでした。ちょっときれいな女で、それほど派手な恰好はしていませんでしたな。その人が二、三日おきくらいには来て部屋を片づけたり、食事を作ったりしていましたな」

「その女が泊ることは？」

「ありました。くれば必ず小坂田さんの部屋に泊って、翌《あく》る朝早く帰って行ってました。それくらいですから、彼女だけは合鍵《あいかぎ》を持っていましたよ。だから、小坂田さんが留守でも、その部屋に入ってきて片づけものなどしていたようです」

「すると、同棲というわけでもないんですね？」

「まあ、半分同棲みたいなものですが、そこんところがよく分らないんです。一度、小坂田さんに訊いたことがありますが、ただ笑ってるだけで何も云いませんでしたからね」

「小坂田君の外出先はどんなところでしたか?」

「画廊もあるし、展覧会みたいなところも回っていたようです。ときどき池袋のほうに行くというようなことを云っていましたが、そこに何があるのか、わたくしには分りません。想像ですが、その池袋にさっきお話した女性が居たんじゃないですかね」

「池袋のどのへんです?」

「さあ、わたくしは聞いたこともないから、それだけしか分りません」

都久井は失望した。もし、その女が分れば、小坂田の生活の秘密はとけるのに、と思った。

「あなたは小坂田さんから絵をかいてもらったことはないですか?」

試みにそう訊いたのは、そういうものがあれば抽象画でなくデッサンだろうと見当をつけたからだった。

「一枚ももらっていません。大体、あんなおかしな絵はわたくしには分りませんからね」

「では、彼はそういう分らない絵ばかりかいていたんですか? いや、少しはかたちになってる絵をかいてるようなことはなかったですか?」

「いつも、いつも、小さい子がかくような絵ばかりでしたよ。まともな絵は一枚も見たことはありません」

少なくとも管理人の話では、小坂田二郎に写実的なデッサンのあったことを窺《うかが》うことはできなかった。

「そうそう、そういえば、小坂田さんの先生とおっしゃる方がときどき見えていましたな」

老人は思い出したように云《い》った。

「先生って何という名前です？」

「何といいましたかね。背のひょろ高い、瘦《や》せた人でした。頭が半分白くてね。ひどく上品な顔で、まるで華族さまみたいでしたよ」

「遠屋さんとはいいませんでしたか？」

都久井は急《せ》きこんで訊いた。老人のいう風貌《ふうぼう》は遠屋則武《のりたけ》そっくりだった。彼は学生たちから「殿様」という渾名《あだな》をつけられていた。その渾名の半分は、彼の画壇における大御所的な存在にも通じていた。

「そうそう、そういう名前でしたな。ひょっこり訪ねておいでになっても、小坂田さんが居ないときがありましたからね、そんな名前を一度か二度云われたことがあります。あとで小坂田さんに訊くと、あれはぼくの先生だと云っていましたから」

では、遠屋則武はときどき小坂田二郎のアパートを訪ねていたことになる。これも都久井の心をはずませる話であった。遠屋則武は自尊心が強く、自分からは決して同僚はもとより、後輩や弟子のところに出向くことはなかったのだ。この性格は、いまでも彼を知る者によって語られている。その遠屋が小坂田二郎のアパートだけは自ら何度も訪れたというのだ。

何かがある。二人の間には他人の分らない何かの秘密があった。

都久井は、遠屋則武が小坂田二郎に贋作《がんさく》をかかせ、それに自分の証明をつけてペロリと舌を出していたように想像したことがあった。彼は遠屋がまやかしものを自分の証明で世間に通用させる魔術を愉しんでいたと考えていたのだが、遠屋にそうした性格の一面があったとしても、ただ、それだけではないような気がした。もっと何かがある。それが小坂田二郎との特殊な関係だろうと想像した。

都久井が熱心に訊くので、元管理人は小坂田の友人というのを一人、やっと思い出してくれた。黒田という名の男がときどき訪ねていたという。

「黒田？　やっぱり絵かきさんですね」

老人はそうだと答え、小坂田より少し年上だが、これはひどい恰好《かっこう》をして小坂田にお世辞を云っていたから、多分、金でももらいに来ていたのではないか。しかし、それも長つづきはせず、いつの間にかこなくなった、と話した。

都久井は、黒田という名前の絵かきを捜した。これはわけなく分った。大体の見当をつけて絵かきの連中に訊くと、多分、それは黒田忠夫《ただお》だろうということになった。そういえば、あいつ、あのころ、小坂田のところに行っていたっけ、と云う者さえいた。

黒田忠夫は、北多摩郡田無《たなし》町に居た。五十近い男だが、小さな家でひどい生活をしているのは、その様子を見ただけでも分った。黒田は都久井の名刺を見、その来意を聞くと、

「家の中はとり散らかっているので、そのへんに出ましょう」

と、そのまま古い下駄《げた》をつっかけ、町の喫茶店に都久井を誘った。貧乏な生活ぶりを他人に見られるのが辛《つら》いようだった。

黒田忠夫は、半分白髪の混った長い髪を掻《か》き上げながら、黄色い乱杙歯《らんぐいば》を出して小坂田二郎のことを語った。

「小坂田はいまどうしているか、全然ぼくにも分りません。なんでも、画壇から消えてからは巣鴨のアパートのほうに居たということは聞いていますがね。だが、ぼくは彼とは絶交状態になっているので、訪ねてゆく気もしませんでした。一口に云って、

あいつが遠屋先生の推輓《すいばん》で画壇に出たころは颯爽《さつそう》としていましたね。ぼくら仲間は、彼の幸運な登場を嫉妬《しつと》と羨望《せんぼう》で凝視していたわけです。遠屋先生が天才だと称讃《しようさん》するものだから、ぼくらもあいつのかく絵が素晴らしく新しいものに見えたからふしぎでした」

黒田は、それだけが絵かきの象徴のように、話の間に汚れたパイプを口にくわえた。

「なんでも、あなたとはだいぶん仲がよかったそうですね？」

「仲がよかったというか、とにかくあいつの制作を見たいと思いましてね。当時、小坂田は原宿の素晴らしく立派なマンションに住んでいました。われわれが食うや食わずの生活をしているのに、その二間つづきの豪華な部屋は、まるで宮殿みたいにぼくの眼に映りましたよ。大体、あいつは傲慢《ごうまん》な男で、人を近づけなかったんですが、どういうわけか、ぼくだけは出入りを許してくれました。まあ、こういう云いかたが彼とぼくとの当時の位置を説明するでしょう。ぼくは彼より年上ですが、遠屋先生の云う天才的な絵がどうして作られるのか、その制作の秘密といったものを見たくて心にもないお世辞を使い、彼のもとに通ったんです」

「で、どうでした？」

「どうだったと訊かれると困りますが、やはり遠屋先生の折紙の後光で、あいつのかいてるのが天才的に見えたから、自分ながら画壇の権威に眼が眩《くら》んでしまったんですね。あいつのはわけの分らない絵だから、よけいに誤魔化されるんです。それに、彼の態度といったら傲岸そのもので、これもよく天才的な画家にありがちな性格として、こちらはますます惑わされてしまったのです。ぼくらが何を持ちこんでも一向に相手にしてくれない一流の画商が、あいつにはペコペコするんですから、もう、嫉妬とか反感とかいうものを通り越して、ぼくはあいつにすっかり降参してしまいましたよ」

「そんなに威張ってたんですか?」

「鼻持ちがならないんです。自分でも遠屋先生から世界的な作家の仲間に入るだろうというお墨付をもらった意識があって、ひどい高姿勢なんです。彼が画壇に出た頃はそれほどでもなく、だれにでも卑屈なくらい頭を下げてぺこぺこしていたんですが、わずかな間に、そんなふうに豹変《ひょうへん》したんですね。すっかりのぼせ上ってしまったんでしょう」

「小坂田二郎には、何かこう暗いというか、そうした生活をしていながら、ふっと翳《かげ》のようなものが射《さ》しているときはありませんでしたか?」

「そうですな、いや、ぼくの見る限りでは、そういうとこはなかったですな。なにしろ、得意の絶頂でした。すっかり日本の画壇を占領する気持で、意気軒昂《けんこう》たるものBでしたよ。その頃、ヤミで手に入れた洋酒の瓶《びん》を棚にずらりとならべましてね、そいつを自慢そうにがぶがぶと飲むんです。そして、この一本はどれくらいしたとか一々、値段を自慢そうに披露するんですから、あの成上り者根性といったら、鼻もちがなりませんでしたよ。そんなわけで、あいつがあまり威張るものだから、とうとう別れましたよ。結局、彼の天才的な絵も分らずじまいでね」

黒田は笑った。都久井は、この黒田が小坂田に取入って相当な金を引出したように密《ひそ》かに想像した。

「彼には女は居なかったですか？」

「一人いました。もっとも、同棲《どうせい》はしてないが、ときどきやってくるんですね。ちょっと垢抜《あかぬ》けのした顔の、肉感的な女でした。ぼくは彼の部屋に行ってるとき、二度ばかり、その女がきたのに遇《あ》いましたがね。ほかのバーの女などと違って、すっかり彼との生活がしみついたような、いわば女房みたいな感じでした。それがどうしていっしょに居ないのか、ぼくもふしぎでしたが、小坂田に云わせると、制作の間は、そういう女が横に居ると邪魔だというんです。といって彼は別に世帯を持っているというふうでもなく、なんだか変な具合でした」

都久井は、元管理人の話した女がそれだと思った。

「その女は池袋のほうから来ていませんでしたか？」

「あなたはかなりのことを知っているんだなあ」

黒田忠夫は、都久井の顔を見た。

## 八

その女のことについて、黒田忠夫の話はこうである。

――一度だけ彼は小坂田に誘われて池袋の西口の飲み屋に行ったことがある。当時、昭和二十四、五年ころの西口は汚ない飲み屋がごたごたしていたが、そういうところに小坂田がどうして黒田を伴《つ》れてゆく気になったのか、よく分らなかった。その晩は、いつになく小坂田は荒れて安酒を飲んだ。それから、彼は途中でどこかに電話をかけていたが、黒田を誘って、いっしょにこいという。

黒田がついて行ったのは、目白寄りのひっそりとした住宅街の中だった。そのへんは焼け残った一画だったが、その一軒の中流程度の構えの玄関で小坂田はベルを押した。出てきたのは、黒田も小坂田のアパートで遇ったことのある例の女だった。女はいやな顔をして小坂田と黒田を入れたが、その中はほかにだれも居なかった。

小坂田は酔っているし、女は彼が押しかけてきたのを歓迎していないふうで、不機嫌だった。早く帰ってくれという素振りが露骨に見えた。それを小坂田が押切って、酒を出せとか云っていたが、女は茶だけを二人の前に出して、ますます迷惑そうな顔をしていた。だが、その様子も他人同士の間ではなく、ちょうど夫婦間の諍《いさか》いのように黒田の眼には映った。

「今夜はこないのか?」

小坂田が女に訊《き》いていた。だれのことだか黒田には分らない。そのうち、酔った勢いで小坂田がすっくと起ち上り、隣の襖《ふすま》をあけた。女はあわててそれを止めたが、ちょうど黒田の坐《すわ》って居るところから、開いた襖の向うが瞬間だったが正面に見えた。

おやと思ったのは、かなり大きな机があって、そこに灯のないスタンドが据えられてある。その机も普通のと違って二十度くらい斜めに傾斜した板、ちょうど画板のような板が上に載せられてある。襖があいた空間は僅《わず》かだったし、それも女がすぐに閉めたので詳細なことは分らない。こちらの電燈《でんとう》の光が隣の部屋に流れた明りで見たことだし、これもうす明りの中にそれだけが黒田の眼に泛《う》かんだだけだった。

女に襖のところから押返された小坂田は、面白くないから帰ろうと云い出して、黒田と連れ立って出たが、結局、それは女から急き立てられて追い返されたような恰好であった。黒田が道々、あれはどうした家かと訊くと、小坂田は顔を歪《ゆが》めて何も答えなかった。そのことが妙に印象にあると、黒田は都久井に話した。

「その家はいまでもおぼえていますか?」

都久井が訊くと、

「あのへんがそのままなら、たずねて行けば大体の見当がつくかも分りませんね」

黒田はいま記憶にはないが、ゆけば分るかもしれないという。都久井は、いまからでもそこまで行ってもらえないかと頼んだ。

「あいつのことで何か書くんですか?」

黒田は不愉快げに問い返した。いまごろになって新聞社が小坂田のことを取上げるのが面白くないといった顔つきだった。

結局、黒田はしぶしぶながら承知して新聞社の車に乗ってくれた。車の中で、都久井が小坂田に写実的な素描力があったか、と訊くと、

「そんなものはありませんよ」

と、彼は大口をあけて笑った。

「大体、あれで絵かきとして通用するのがふしぎなくらいでしたよ。とてもデッサンの出来る男じゃありません。遠屋さんがどうしてあんな絵を推薦したのか、さっぱり

分らないですな。いうなれば、敗戦後の混乱で遠屋さんの眼も狂っていたんじゃないですか。いや、たしかに小坂田なんかは狂い咲きということでしょうな」

黒田は池袋の西口を基点に心おぼえの場所を捜して車を乗り回した。ずいぶん前だし、夜のことで、はっきり分らないが、と云《い》いながらも、ああ、ここに酒屋があった、ここに見おぼえがあるとか、煙草《たばこ》屋の横の路《みち》がどうもそれらしいとか云いながら、自分で車を降りて歩いたりして、一時間も捜し回った。

「どうも、この家のようですな」

彼が指さしたのは平屋の低い石塀《いしべい》の家で、標札には「西田」と出ている。

「ぼくが訊いてあげましょう」

黒田が中に入って玄関でその家の人としばらく話していたが、十分ばかりもすると、にこにこして出てきた。

「やっぱりこの家でした。もちろん、あれから何代も家の持主が替っているんですが、ずっと前に絵かきさんが借りてたということは話に聞いてるというんです」

「絵かきさん？　じゃ、あそこも小坂田君の家だったのか？」

「あの家で、絵かきがいたというから、そうでしょう。小坂田のやつ、原宿にもアパートを借りて、しかも、ここであの女と同棲していたんですね」

「しかし、あんたの話だと、ちょっと辻褄《つじつま》の合わないところがありますね。別に家を持って同棲してるなら、なぜ、小坂田君はその女に追い出されたのですか？　あんたの話だと、まるで他人の家に行ったような印象ですが……」

「そうですな。そういえば、ちょっと妙ですな」

黒田も気づいて、しきりと首をひねっていた。

九

小坂田二郎が画壇を逐《お》われてから巣鴨辺のアパートにいた噂《うわさ》はあったが、都久井はそこを探す必要はないと思った。むしろ、この目白の古い家を中心に調べるのが決め手だと考えた。彼には、別な、新しい想像が生れつつあった。

一週間ほど経《た》ってから、梅林章伍《しょうご》が昂奮《こうふん》した声で新聞社に電話をかけてきた。

「君、判《わか》ったよ。いま、近所の喫茶店まで来ている。すぐ出られるかね？」

都久井は机の上を片づけた。

梅林章伍は喫茶店の奥に坐っていたが、気色ばんだ表情で都久井を迎えた。横に大きな風呂敷《ふろしき》包を置いていた。

「やあ。君に家まで来てもらう時間が惜しくてね。こっちから出向いたよ」

彼は昂《たか》ぶった声で云った。

「結果は？」

都久井はいきなり訊《き》いた。

「図星だ」

梅林は叫ぶように答えると、眼をぎらぎらさせて笑った。

「見てくれ」

梅林はすぐに風呂敷を解いた。大型の画集四、五冊の上に茶色の四角い封筒がのっていた。彼はその封筒から二十枚ばかりの写真をとり出して都久井の前に置いた。いずれも素描画をうつしたものだが、そのなかに都久井も知っているファン・ダイクの例のスケッチがあった。

「いや、案外あるものだね。全部で十九枚だ。ファン・ダイク、ドラクロア、セザンヌ、それに新発見ではドーミエとルノアールの素描があった。……まだまだ他《ほか》にあるかもしれないが、大急ぎで駆けずり回っただけでこれだ」

運ばれてきたコーヒーも一口すすっただけで、二人は茶碗《ちやわん》を隣のテーブルに遠退《とおざ》けた。客の混《こ》んでない時間だったから、助かった。

「いいかい、一つ一つ云うから、よくこっちとくらべて見ていてくれ」

まずファン・ダイクのフランス版の大型画集がひろげられた。

「手もとにはファン・ダイクのものが無いから、国立美術館から借りてきたのだ」

梅林はシオリ代りに紙をはさんだところを開いた。

「ほら、これだ」

そこは素描の部で、人物と馬が描かれていた。肖像画に長《た》けていたこのアントワープ生れの画家は、男や女の半身像もあったが、あきらかに旅先の風俗を写したと思われる群像もあった。馬もこの画家は得意である。線が達者なのは走筆のせいだが、もとより腕がたしかだからである。

「この人物と、こっちの……」

と彼は、自分が撮影してきた石浜氏蔵の素描を指でたたいた。

「ほら、似ているだろう?」

都久井は両方に眼を近づけて比較した。彼は唸《うな》った。

たしかに同じ人物が原画から片方の絵に写しとられていた。それは部分的には少し変っているが、明らかに模倣であった。ただ、組合せの妙で、すぐにはそれと気がつかないように工夫されている。馬のかたちもそのままではなく、どこかが少しずつ違っていた。

少しずつ違っている——この原理がほかの画家のもの全部にわたっていた。ドラクロア、セザンヌ、ドーミエ、ルノアール……どのデッサンにもこの原理が応用されていた。梅林は昂奮して、震える手先で画集の一枚々々をめくり、撮影した写真を都久井に比較させた。

「実に巧妙な模写だ」

梅林は感歎《かんたん》した。たいていの偽作には原画と全く同じ形で写し取られているのが多い。永いこと贋作《がんさく》と分らなかったT氏製の「泰西名画」もその例外ではない。その類《たぐい》ですらそうだから、こんな巧妙な作り替えによる模写が偽作だとは誰にも分らなかったはずだ。大した腕だと、都久井は偽作者を賞《ほ》めた。

「惜しいことに真作でないから、見た感じでは力が足りない。迫ってくるものがない。これはやむを得ない。だが、原画のかたちをこれくらいに変えてこれだけ描ける作家というのは、現代の一流写実派画家の中にもそうざらにいるものではない」

全部を見終ったときは二時間はたっぷりとかかっていた。

都久井は、えもいえぬ陶酔感に陥っていた。美事な欺瞞《ぎまん》を成し遂げた相手への憧憬《どうけい》といったらその感情は当るだろうか。精緻《せいち》な陥穽《かんせい》にすっぽりはまりこんだときの爽《さわ》やかな意識でもあった。

「ところで、君には、この偽作者が誰か見当がついてるかね？」

都久井は梅林に訊いた。

「これだけの絵をかいた人物だもの、ぼくには、その推察がついている」

梅林章伍は、これも酔ったように赧《あか》い顔をして云った。

「そうか」

都久井は梅林の眼を見つめた。梅林は、そうした都久井の凝視の表情のなかに何かを気づいたのであろう。声には出さなかったが、その眼は、君もそうか、と叫んでいた。

「しかし、おそろしいことだ」

梅林はすぐには都久井には質問せずに、肩を落して大きな呼吸《いき》をした。

「まさかと、ぼくは何度も考え直した。まさに君から聞いた小坂田の偽作説以上の奇想天外さだ。……君、これはうっかり口に出せないよ。口に出すと、自分でも怕《こわ》くなる」

梅林は、あたかも妖怪《ようかい》でも見たあとのように云った。

「しかし、ぼくにはまだ分らないことがある」

都久井は、そうした梅林を見守りながら云った。

「紙のほうはどうだ？　あの紙はたしかに当時のものだ。たとえば、ファン・ダイクは十七世紀、ドラクロアは十九世紀、そのほか、セザンヌにしても、ドーミエにしても、ルノアールにしても、全くその頃と違わない用紙が使われている。これはどういうことになっているのだ？」

梅林がふところから別な写真のようなものを出した。古い雑誌の一部を写真に撮ったものだった。

「国会図書館にぼくの友人がいてね、昭和の初め頃のぼろぼろになった雑誌からこれを発見してくれたんだ。それをマイクロに写して拡大して紙焼きしたんだが、まあ、読んでみてくれ」

記事の一部なので題名も筆者も分らなかった。あるいは、梅林がわざとそこだけは都久井に伏せたのかもしれない。とにかく都久井は、その写真の活字に眼を走らせた。

《……パリに滞在中、私は、ルーヴルをはじめ、重立った美術品を遺《のこ》している場所をしばしば歩いたが、或《あ》る日、サン・シュルピス教会を訪れた。ここはドラクロアの壁画があるので有名だったが、「神殿を追われるヘリオドロス」という壁画の前にきたとき、一人の日本人が丹念にそれをスケッチしているのを見かけた。その男と私の顔とが偶然に合ったとき、おや、君だったか、ということになった。それが十年ぶりに遇った友人の某氏だったのだ。

　私が彼のスケッチ帳をのぞくと、実におどろいたことに、的確な線で、馬に乗ったエンゼルの騎士や宝物を奪いかけて馬脚の下に倒れているヘリオドロスなどが実に原画そのままに生々と描かれているではないか。階段の上からのぞいている宮殿の侍女、ターバンを巻いた侍僕、両手をひろげている王、その部分々々が原画とそっくりの躍動した線で捉《とら》えられている。

　君にはこんな画才があったのか、と私が云うと、彼は恥ずかしそうにそのスケッチ帳を閉じ、いや、将来美術評論家になるためには、実際に画家の技術も知っておかなければならない、だが、これはあくまでもアマチュアとしての習得だから、日本に帰ってもだれにも云ってくれるな、と彼は私に堅く口止めした。なるほど、評論家になるには、実作のことまで知っておかなければならないのかと、その苦労を思ったものだが、後年、某氏が素晴らしい美術評論を打ち立てたとき、なるほどと膝《ひざ》を叩《たた》いたものだった。実作を試みないでする批評ならだれにでも出来る。某氏のようなことはなかなか出来るものではない。これにも天分が必要だ。彼の美術批評が壮大な理論のもとに確乎《かっこ》とした現実をふんまえているのはそのためかと、改めて感服したのだが、それにしても、彼の素晴らしい素描技術は、ゆうに作家としても一流になれる素質を持っていると思う。それを世間に発表しないのはまことに惜しいことである。私は、あのとき彼からそう口止めされた関係上、ここに氏名を明かすことはできないが、とかく空論を弄《もてあそ》ぶ大方の批評家には、彼のその心がけの爪《つめ》の垢《あか》でも煎《せん》じて飲ませてやりたい。かれら評論家の多くは作家になりそこねた者である。

われわれはサン・シュルピス教会の前にあるレストランに入り、いっしょに茶を喫《の》んだが、おどろいたことに、そのとき彼は片手にかなり厚い紙の束を巻いて包装紙に包んで持っていた。何だと私が訊《き》くと、やはり彼は気恥ずかしげに、君だけにはこっそりと云うが、これは十七世紀から十九世紀までのデッサン用の紙だ、パリじゅうを走り回ってやっと残部を見つけて集めたのだが、これも大事に日本に持って帰ってしまっておくつもりだ、だから、だれにもこんなことは云わないでくれと、彼はちょっと悪戯《いたずら》っぽく私の顔を見て笑ってみせた。こんなことを書くと彼から叱《しか》られるかもしれないが、すぐれた美術評論家の一面としての某氏の精進を同人諸氏に伝えたくて実はこっそり書く次第である。……》

都久井は読み終って、地下から突き出た露頭を見た思いだった。その露頭の先端は、「紙の問題」という絶対な壁を粉々と突き崩していた。

「この文章の筆者はだれだね？」

「松平政嘉だ」

美術好きで有名な旧華族である。

「雑誌は、この松平さんの旧藩士だけで組織されている、いわば親睦《しんぼく》的な同人雑誌みたいなものだ。だから、この文章は世間には全然気づかれていない。だからこそ松平さんもこういう文章をこっそり書く気になったのだろう。つまり、公の眼にふれないというので安心したのだろう」

梅林章伍はそう云って、今度は都久井の顔を見返した。

「君のほうはどうだ？」

「その前に」

都久井は逆に訊いた。

「なぜ、彼が贋作をつくっていたか。その理由をどう思う？」

「分らない」

梅林は激しく首を振った。

「彼の単なる特殊な性格からではあるまい。何かの秘密が動機になっていると思う。やはり小坂田がそれに関連しているのだろう？」

「そうだ」

都久井はうなずいた。

「あの人には女がいた。終戦直後にその関係が出来たんだ……」

「そうだったのか」

「だから、相手の女への生活費をあの人は稼《かせ》がなければならなかった。その女ひとりのことではなかったのだが、そのわけは次に話す。とにかく、物凄《ものすご》いインフレの時代だ。それでなくとも、だれもが生活するのに苦労していたからな。あの人も自分の家族のほかにそれだけの負担を背負いこまねばならなかった。それで、つい、ドラクロアかファン・ダイクか知らないが、そのあたりから偽作をかいたのだろう。あの人は、それを当時財産税のために旧家から手放される絵の中にまぜて画商に紹介したのだ」

「うむ、うむ」

「方法は巧妙を極めた。あの人は、その絵が某家にあると画商に教えるだけで相当なリベートを取った。それから、自分が仲介だから、使いをもって画商のとこへ金を取りにやらせた。その中から偽作のぶんはそっくり自分のふところに入る。リベートと偽作の絵の代金と収入は両方だ……」

「その使いをしたのが小坂田だったのか?」

「いや、小坂田があの人の前に現われたのはもう少しあとだ」

都久井はつづけて云《い》った。

「女には小坂田という画家志望の亭主がいた。それは、女があの人と関係を持ってから告白したのだ。だが、あの人は、もう、それで女と手を切る勇気はなかった。なにしろ、あの人にとって絶対の愛情の対象だったからな。そこで、あの人は女と小坂田との間を解決するための金を作らねばならなかった。だから、贋作はあの人によっていよいよ数多く制作されることになる」

「それは自宅かね？」

「目白辺に女は居た。その家も、あの人が女を亭主と引離すために高い権利金で借りてやったものだ。制作は、その家の一間で行われた」

「見た者がいるのか？」

「だいぶん後のことだがね、あの人は居なかったが、その部屋を小坂田の友人がちらりと見ている。ちゃんと絵が描けるような設備になっていたそうだ」

「じゃ、小坂田は別居してからもときどき女のところにも行っていたんだな？」

「おそらく、小坂田のほうで女とは別れないと云ったのだろう。そこで、ぼくの推定だが、あの人と小坂田の間に奇妙な協定が出来たのじゃないかな。つまり、小坂田は妻と別れないが、女はあの人の所属になるという奇体なかたちだ。そのほうが小坂田にとってずっと強いからね。……実をいうと、ぼくは小坂田の当時の友人で黒田という男に目白のその家を記憶によって捜してもらったのだ。むろん、現在の家の住人は替っているが、その家に絵描きが居たということだけは分った。ぼくは、それを聞いたとき、はじめはその絵かきが小坂田のことかと思ったよ。だが、それにしてはいろいろ辻褄《つじつま》の合わぬところがある。で、はっとしたものだ。そこで、あとで一人になって近所の旧《ふる》い米屋に訊いてみると、当時、ひどく上品な顔の初老の人が、二日おきぐらいにその家に出入りしていたそうだ。両人で仲よくいっしょに道を歩いている姿も見かけられたというのだ。それが近所に何となく絵かきというふうになって伝わっていたんだな。事実、その上品な男が絵をかいていたのだから、やはり噂《うわさ》というものは真実を伝えるよ。……」

「それで、小坂田の奴《やつ》はあの人によって画壇に出してもらったのか？」

「ぼくの想像だが、おそらく小坂田はあの人が贋作をかいてることにも気がついたんじゃないかな。これは当然、そう考えていい。自分の女房がその家にあの人といっしょに居るんだからな。そうなると、小坂田のほうが君主だ。いつでも、あの人の秘密を暴露して、社会的に葬《ほうむ》ることができるんだからね。だから、女も、ときどき自分のアパートに呼びつけるようなことさえした。……そこから先は、もう、云わなくても分るだろう？」

「分る」

梅林はうなずいた。そのあと、しばらく両人は深い無言に落ちた。梅林がふいと顔をあげて、云った。

「しかし、小坂田のほうが完全にあの人に復讐《ふくしゅう》されたね」

「そうだ。おそらく、あの人はムチャクチャに小坂田を推薦したときから、それを考えていたに違いない。彼を天才と賞《ほ》めあげれば賞めあげるほど、自分の死後の小坂田の没落が悲惨になるからね。……小坂田のやつ、いまごろは、どんな所でどんな生活をしているかな？」

二人は再び長い沈黙に陥った。

「しかし、以上はぼくの推測だ。そして、君のも推定だ。ぼくは、この推定をもっとたしかめてみるよ」

その沈黙を破って突然、都久井が叫んだ。

——あくる日、都久井は新聞社の用事を作って、矢出教授を大学に訪ねて行った。

その、どっちでもいい仕事の話が終ってから、都久井は何でもないように遠屋氏の愛《まな》弟子《でし》の教授に訊いた。

「ところで、先生。最近、ファン・ダイクやドラクロア、セザンヌ、ドーミエなどの素描の贋作《がんさく》が出回っているんですがね。ご存じでしょうか？」

「えっ」

矢出教授が眼をむいた。

「そ、そんなばかな。どこにそんなのが出ているんだね？」

「石浜庫三氏蔵《くらぞう》のファン・ダイクのスケッチ画が完全な偽作だそうですよ」

矢出教授の顔色がさっと変った。彼は憤り出した。

「君、あれを偽《にせ》というのかね。だれが云ってるのだ？　そんなばかなことはない。あれはぼくが鑑《み》ている」

「先生はご覧になっているんですか。そいじゃ、たいへん困ったことになりますがね」

「え、何が？」

教授は急に不安げな表情をして彼を見つめた。

「噂がひろがっているんです」

「………」

「先生、それに、こりゃもう大ぶんひろがっていますよ。あの絵は遠屋先生が昭和二十二、三年ごろにこっそり描かれたそうですね」

「君」

矢出教授は椅子《いす》を蹴倒《けたお》さんばかりの勢いで起ち上った。死者のような真蒼《まつさお》な顔だった。あとの言葉が口から出なかった。

「噂です。先生、噂ですから、それを活字にするわけにはゆきません」

矢出教授の反応を見ただけで都久井の目的は果せた。予想通り、この愛弟子は師の秘密に気づいていた。

都久井は教授に一礼して、ほかにだれも居ない教授室から出て行った。

（「小説新潮」昭和四十一年三月号）

# すずらん

# 一

六月の半ばであった。

秋村平吉は、午後零時すぎに新宿駅にきた。真直《まつす》ぐに出札口に歩いて、行先までの切符を買った。窓口の釣銭を待っていると、うしろから軽く背中をつかれた。だが、彼は振返らなかった。分っているからである。

釣銭をゆっくりと財布の中に押しこみ、切符を上衣のポケットに入れてから、はじめて向き直った。ベージュのツーピースを着た、二十七、八くらいの女の微笑がすぐ前にあった。

「困るな」

秋村は女の前を過ぎるときに云《い》った。顔をしかめる表情は、彼がキャンバスに向って絵の調子を見るときにすぼめる目つきと同じだった。

「三十分も前から来て待ってたのよ」

女は云った。やや肥《ふと》った感じだが、眼の大きい、派手な顔だった。手にしゃれたスーツケースを提げていた。画家のほうは、野暮ったい普通の旅行鞄《かばん》だった。

「離れていてもらいたいな」

秋村は横にならんで歩きたがっている女に云った。眼をあたりに配っていた。待合室には大勢の客が坐《すわ》っていた。

「知った顔はないわ」

女は説明するように云った。

「どこに眼があるか分らない……とにかく約束だ。向うに着くまで話しかけないでもらいたい。車輛《はこ》も違えて坐るはずだったな」

「相変らず用心深いのね。……」

女は、男の不機嫌な声に負けたように云った。

男の眼がほっとしたように、はじめて女を見まもった。なるべく目立たない風采《ふうさい》できてくれ、という云いつけを女は実行していた。ベージュのツーピースは、この女にしてはずっと地味なのである。ただ、画家の眼は、ふと女の上衣の胸につけられた奇妙なかたちのブローチに止った。

黒っぽいものだったが、よく見ると、それはリスがとまっているのだった。金属ではなく、ミンクの細い毛をあつめて出来たもので、写実的に作られてある。その眼には小さな真珠が嵌《は》めこまれていた。

「昨日銀座に出て、或《あ》る店で買ったのよ」

女は男の視線に気づき、顎《あご》をひいて自分のそれを見るようにした。

「そうか」

そのブローチに眼が注がれたのは、やはり画家であった。

「そんなのがいま流行《はや》ってるのか？」

「ううん。その店で初めて出してみたというのよ。案外いけるでしょ？　でも、ちょっと恥ずかしいから、アパートを出るときはつけてこなかったわ。さっき、はじめてつけてみたの。ね」

それをきっかけに、女は男の脚に歩調を揃《そろ》えていっしょに歩こうとした。

「離れてくれ」

秋村は邪慳《じやけん》に制した。

「列車が出るまで、あと二十分だ」

画家は、その声を最後にして勝手に売店のほうへ大股《おおまた》で歩いた。そうした男を女は寂しそうに見送ったが、思い返したように、ひとりで改札口のほうへ行った。切符も別々である。鋏《はさみ》を入れてもらって、女が振返ってみると、男は週刊誌を二、三冊買い求めているところだった。三十六歳だし、身体《からだ》ががっちりとしているので、女には、彼のその後ろ姿が立派に見えた。

新宿駅を発車した列車の中で、秋村は全く見ず知らずの別な女と椅子《いす》にかけていた。彼は買い求めた週刊誌をしばらく熱心に読んでいた。この車輛に入ったときに知った顔がなかったのも彼を安心させたのだが、活字に顔を伏せることで、なおも人から見られないようにした。

次の車輛に乗っているはずの女も、そのように云いつけてある。しかし、彼女がその通り忠実に実行するかどうか分らなかった。こちらの考えを話していないし、先方は何も知らないのである。その警戒に女が賛成しているのは、こうして二人づれで汽車に乗っているところを知った人間に見られてはならぬという戒めだけだった。

女は他人のもちものだった。

――殺人の動機はさまざまである。金の目的では、所持金の奪取、財産の横領、保険金の詐欺《さぎ》。愛欲、憎しみ、妬《ねた》みもある。そのほか、怨恨《えんこん》、復讐《ふくしゅう》、防衛などがある。出世の手段も、その目的の中に入ろう。

出世の？　いや、それも無いとはいえなかった。

いま、秋村の横の席に坐っている見知らぬ女は、四十年輩で黒っぽいきものを着ていた。ほんの隣合せの、ゆきずりの他人で、はじめは互いに口を利《き》かなかった。だが、八王子を過ぎてトンネルが多くなったころから、秋村は雑誌を諦《あきら》めた。光線の断続で眼が疲れるからである。それを機会《しお》に、二、三、短い言葉を交した。世間話だが、他人の眼からみたら静かな同伴者と思われるかもしれない。それはそれでよかった。次の車輛にいる女も、こんなふうに見知らぬ隣席の男と話をしてくれていたら、と秋村は望んでいた。最も困るのは、ひとりでいる彼女が寂しくなって、ここまで彼をのぞきにくることだった。汽車を降りるまで絶対に離れて坐っていることが、この旅行を決めたときの彼の条件であった。

女は秋村に惚《ほ》れていた。始終、彼には弱い立場だったので、その申し入れに柔順だった。不満や小さな抵抗はみせても結局は服従した。現に甲府を過ぎ、韮崎《にらさき》を通過しても、女は男の横に姿を見せなかった。乗客は甲府でほとんど半分は入れ替っていた。

小淵沢《こぶちざわ》駅に着いた。秋村は網棚から鞄を降ろし、同じく甲府で入れ替った隣の商人風な男に会釈《えしやく》して、昇降口に歩いた。

この淋《さび》しい駅で降りたのは二十数人くらいである。案外人が降りるのは、ここが小海線の起点になっているからだった。乗りかえ客は、四十分の待合せ時間があるため、一応構内に入った。その中にベージュの服の女がいた。

「三時間以上もたった独りぼっちでいて、寂しかったわ」

女は待合室に入ってから彼の傍《そば》にきて云った。辛抱した揚句だった。

秋村はあたりに眼を配った。むろん、知った顔はなかった。ほとんどがこの地方の人間のようだった。

「此処《ここ》までくれば、もう、いいでしょ？」

女は彼に寄添って云った。

「向うに着くまで、もう少し、離れたままのほうがいいな」

秋村は云った。女は当然に不服な顔をした。

「だって、もう、だれも知った人間はいないわ」

知った人間よりも、これから知られる人間が彼には警戒を要するのであった。それでも、さすがにむげには女の云うのを拒絶できなかった。半ばは、女の気持をあわれと思い、半ばは、みっともない喧嘩《けんか》の起きるのを避けたかったのだった。

「何時に汽車が出るの？」

「五時十分だ」

秋村はぼそぼそと云った。

「じゃ、向うの温泉に着くときは暗くなってるわね」

女は、もう、何かを夢みるような目つきになっていた。

列車の発車まで、あと二十分であった。秋村は便所に起った。彼が女のもとに戻ってくるまで七分間を要した。つまり、その間だけ、男には女が何をしたのか分らなかった。

先ほどから彼女のほうを遠くで見ていた売店の女の子がいた。十八、九ぐらいだが、むろん、この近所の娘であろう。白衿《しろえり》に浅葱《あさぎ》色《いろ》の制服を着ていたが、男が去ると、その売子は、思い切ったように店を離れ、女の傍に行った。

彼女は何か遠慮気味に女にものを訊《き》いた。女は笑って、それに答えていた。

「どうもありがとう。わたし、明日お休みですから、東京に行くつもりですの」

頭を下げた女の子は最後に云い、また売店の中に戻った。だから、秋村が帰ったときは、すでに女の子は自分の職場で、母子《おやこ》連れの客にチュウインガムか何かを売っていた。――

駅員の案内があって、乗客は支線の列車に乗った。終点は信州小諸《こもろ》である。

「また別々の車輛《はこ》に乗るの？」

ホームを歩きながら女は秋村に訊いた。そうでないのを希望する口ぶりだった。

「なるべくなら、そうしてもらいたいね」

「いやよ」

女は頭《かぶり》を振った。

「こんなところまで来て、そんなに遠慮することはないわ」

車掌が入ってきて、この列車の終着駅小諸の時刻を云い、つづいて信越線の連絡時間を案内した。

「いい旅だわ。うれしいわ」

女は、気むずかしい顔をしている男に甘えるように云った。

目的地は、長野県の戸倉温泉である。上田の近くだった。それなら上野から信越線で行ったほうが直接で早い。それを避けたのは、その線だと知った人間と乗り合わせる危険がある、というのが秋村の云い分だった。面倒な乗換えをいとわずに中央線経由を択《えら》んだのは、そのためである。もっとも、気分がむいたら、どこかに途中下車してもいい、と女に云っていた。

二

画家秋村平吉は、群馬県の伊香保《いかほ》温泉に夕刻着いた。古臭い鞄を片手に提げ、たった一人だった。女連れだった日とは違っていた。

ホテルは、旅館街から少し離れた山ふところにあった。旅館街は山麓《さんろく》に層々と家を積み上げて石段が多いが、このホテルだけは山林と谿谷《けいこく》に囲まれていた。大正時代から建っているような古びた気品を持っていた。画家が喜びそうなホテルであった。

実際、秋村は、このホテルとは顔馴染《なじ》みとみえて、フロントの事務員と顔を合わせたときに云った。

「予約をしていたはずですが」

「はい、戴《いただ》いています。秋村さん、ずいぶんお久しぶりでございます」

「そう、去年の秋でしたかね」

「もっと前だったと思います。夏の終りかけるころで、てまえどもは避暑客で混雑したあとですから、よくおぼえています」

「そうでしたか。今度は半月ばかり滞在さして下さい」

「ありがとうございます。いまごろは静かですから、絵をお描きになるのには丁度よろしいと思います」

「この辺をのんびりとスケッチして回りたいんです」

「秋村さんは、今日は真直ぐ東京からお越しで?」

「いや、こちらにくる前に軽井沢にいましたよ」

「はあ、さよで」

こうして画家の秋村は三階の奥まった部屋の主《あるじ》になった。すぐ下が谿谷で、その細い路《みち》に毎日ハイカーの姿が見られた。

秋村平吉も毎日、大型のスケッチ・ブックを小脇《こわき》に抱えて出て行った。画家は、近ごろ名前の出てきた新進作家である。将来有望というので、早くも一流の画商がついていた。もっとも、こうなる前に、秋村は彼なりの苦労をしていた。二十二歳から三年間パリにいて、絵を勉強して帰った。だが、一向に芽が出なかった。乏しい費用を工面して画廊を借り、個展を開いても、注目してくれる者はなかった。ようやく或る団体に属して、展覧会には常連となっていたが、批評家には一向に認められず、一行も彼については書かれなかった。

それがようやく二年前から、その独特な画風が画壇の一部で注目されるようになり、画商が絵を買ってくれるようになった。どういうカラクリが裏にあるか分らないが、一流画商が彼の絵を仕入れるようになってから、美術批評家が秋村の絵に注目しはじめた。なかには、早くも、これからの彼の仕事如何《いかん》によっては日本の画壇の将来が一変するような賞《ほ》め方をする批評家もいた。

上げ潮に乗ったという自信が、ここにいても彼の姿に現われていた。幅広い肩にも、山路を踏んで歩く脚にも、生命感が充実していた。

彼は朝十時に起き、昼すぎからスケッチに回った。宿の上の榛名山《はるなさん》に登ることもあるし、水上《みなかみ》温泉の近くに行くこともあった。また、四万《しま》、草津あたりまで回ってくることもあった。山林をテーマに描きたいというのが秋村の意図だった。

「夏には百号ぐらいの制作にかかるんでね」

秋村は、夜、酒を飲みながら、ホテルの従業員に写生を見せて云《い》った。スケッチは丹念な写生もあるし、クロッキー風なのもあった。

「どの辺をお描きになるんですか？」

宿の者は訊いた。

「まだ決っていない。なかなか、同じ場所にぼくのイメージに合うものがないんでね。そうなると、あるいは、自分の頭でほうぼうのものを合成するよりほかないかもしれないな」

榛名山の山路を歩くと、彼はときどき狐《きつね》に出遇《であ》った。すぐに藪《やぶ》の中に駆けこんで草むらを騒がせるだけだが、一瞬に捉《とら》えた狐の姿に、画家は、ふと、ベージュの上衣の胸につけられたミンクのリスを思い出すのだった。しかし、それもほんの僅《わず》かな間である。秋村は、やはり自信に満ちた足どりで、小脇のスケッチ・ブックをひとゆすりさせると、山の小径《こみち》をゆっくりと登って行くのだった。

画家はホテルにいる間、誰とも交通しなかった。訪ねてくる客もなかったし、よそに電話をかけることもなかった。彼は大作の準備に余念なくみえた。したがって、昼から出かけて夕方に帰ってからの生活は、風呂《ふろ》を浴び、酒を飲み、いくらかの読書をして、ひとりで寝るだけであった。

滞在して九日目、宿の者は秋村から、ひとまず勘定してくれ、と云い渡された。

「おや、もっと長いご滞在ではなかったので？」

「いや、どうしても東京に行かなければならない用事があるんでね。三日ばかりしたら戻るつもりだが、いままでのぶんを、ひとまず計算してほしいのです」

「それなら、お戻りになってからで結構です」

「いや、こうして荷物を持って出るので、とにかく払っておきますよ」

秋村は片手でトランクをゆすってみせた。宿に気をつかってくれる行届いた客だった。

ホテル側では客の好意を受けて勘定した。

「三日あとには戻るから、なるべくいままでの部屋をあけておいて下さい」

画家は車に乗るときそう頼んだ。夏には客で混《こ》むが、それまで、ホテル側でその部屋が必要になることはなかった。

秋村は昼すぎに東京に着くと、ひとまず自分のアパートに帰り、荷物を置いて、また外出した。例のスケッチ・ブックを脇に抱えて都心に向うと、画商「草美堂」の入口をくぐった。

店にはさまざまな絵が金色の額縁に収まって、隙間《すきま》なく壁を飾っていた。大きいのもあるし、小さいのもある。みんな高名な画家のものばかりであった。秋村は、それらを一瞥《いちべつ》すると、軽蔑《けいべつ》したような表情をした。ここに置かれているのは、過去の名声にあぐらをかいている画家たちの売絵ばかりで、新鮮なものは何一つなかった。要するに、素人《しろうと》向きのマネキン画ばかりであった。

奥から支配人が出てきた。秋村は、それまで見せた不遜《ふそん》な目つきを、謙虚なそれに俄《にわ》かに改めた。

「やあ、どこかに行ってましたか?」

小僧の時代からこの店に仕えている支配人は訊いた。

「はあ、例の百号にとりかかる前に、その材料として、ずっと伊香保にいました。あの辺の山林を毎日写生していたんです」

彼はスケッチ・ブックをひろげて見せた。

支配人はいちいち見てはうなずいていたが、なんだか日ごろの元気がないようだった。秋村は、自分の絵が相手の意に満たないのかと、少し心配したが、

「今日は社長はいらっしゃいませんか？」

スケッチ・ブックを閉じて訊いた。

社長の藤野猛夫《たけお》は六十一歳だが、この人も若いときからほかの画商のもとに住みこんで叩《たた》き上げ、戦後は都内でも一流の画商にのし上がった。現在の大家クラスで藤野猛夫の世話になっていない者はない。だから、彼に絵を買ってもらう新進作家は、それだけ将来の道が保障されたようなものだった。それかあらぬか、藤野は画壇にも潜在的な勢力を持っていて、悪口をいう者は、藤野の掛声一つで批評家の筆がどうにでもなる、とまで云っていた。

それくらいだから、目をかけられた新進には、藤野ほど頼りになる人間はいなかった。藤野がそのまま太陽なのである。

秋村の絵が藤野に注目されはじめてから、彼はこの偉大な画商からたびたび激励やら叱咤《しった》を受けた。絵にはふしぎに鋭い眼を持っている人で、画家自身の気づかない才能をもレントゲンのように透視して引出し、伸ばしてくれる。名前ばかり高い批評家

などの及ぶところではなかった。その代り、いけないところは容赦なくやっつけた。画家たちには怕《こわ》い人だった。もっとも、藤野自身にすれば先物買いの投資だから、懸命になるはずであった。

「社長は今日は休んでいます」

支配人は秋村に云った。秋村にすれば、自分の唯一《ゆいいつ》のパトロンに会えないのが寂しいのである。賞められるにつけ、叱《しか》られるにつけ、とにかく、藤野の批評を聞かないと秋村には物足りなかった。

「どこか具合でも悪いんですか？」

彼は心配そうに訊いた。

「いや、そうじゃないんです。ただ、ちょっと心配ごとがありましてね」

「ほう、それはいけませんね」

相手が社長の心配ごとと云ったから、それ以上に秋村も訊けなかった。それは私事にわたりそうであった。

「いつ、お店のほうにおいでになりますか？」

「さあ」

支配人は暗い顔をしていた。道理で先ほどから何となく元気がないように見えたはずだった。社長の心配は支配人の屈託でもある。

「ぼくは、明後日、もう一度伊香保に帰りたいのですけれど、その前に社長にお目にかかれればありがたいんですけれど」

秋村は希望を云った。

「さあ、それまでにこっちへくるかどうか分りませんよ」

支配人ははずまない声で答えた。

秋村は、それからレストランに入り、飯を食った。友だちを訪ね、折から開かれている展覧会をのぞき、夜はバーに入り、帰途、友だちを誘ってアパートで麻雀《マージャン》を開いた。

その翌日も、大体、同じような行動だった。或《あ》る美術館で陳列品の取替えが終ったというので、そこを参観し、喫茶店ではぼんやりとコーヒーをすすり、映画館に入ってあくびをし、夜はまたバーに行って女たちをからかった。

その翌る朝は、約束した友だちが三人づれで来て麻雀になった。もっとも、その間に二度ばかり草美堂に電話したが、社長はまだ出て来ていないということだった。秋村は、昼すぎまでに麻雀を終り、友だちといっしょにアパートを出ると、その足で上野駅に向った。

る生活に入った。
その夕方、伊香保のホテルに着いた画家は、再び山中でスケッチ・ブックをひろげ
秋村が、そのホテルを引払ったのは七月の半ば近くだった。彼は東京に出た三日間を除けば、前後約一カ月、そこに滞在したことになった。

三

警視庁に草美堂の支配人から、砂原矢須子《やすこ》の失踪《しっそう》届と捜索願とが出されたのは六月の終りだった。
だが、実際には、それは草美堂の主人藤野猛夫から願い出たことである。砂原矢須子は藤野氏の愛人で、或る高級なマンションという名のアパートに独りで住んでいたが、昼間は友だちの洋裁店に手伝いに行っていた。もちろん、収入が目的ではなく、一日じゅう何もすることがないので、いわば退屈紛れに遊びに行っているようなものだった。藤野氏とそういう間柄になってから二年経《た》っていた。彼女は藤野氏の援助で不自由なく、というよりも贅沢《ぜいたく》に暮していた。六十一歳と二十八歳では均衡がとれないようにみえるが、二人の間は十分うまくいっているようであった。

六月十八日の朝、砂原矢須子は、その自室のドアに鍵《かぎ》をかける音を聞かせたのを最後にどこかに行ってしまった。近くの部屋の人が、スーツケースを片手に持ち、豪華な階下のロビーを横切った彼女を見ている。それきり砂原矢須子は空気の中に溶けこんだように消えてしまった。

尤《もっと》も、その前に短い会話は残した。おや、どちらへ、とアパートの人に訊かれたとき、砂原矢須子は答えている。

「ちょっと北海道に行って来ますの。三、四日したら帰って来ますわ。六月の北海道はとてもいいそうですから」

その人は羨《うらや》ましがって頼んだ。

――帰りにはスズランをお土産に持ってきて下さいね。

それに対して砂原矢須子は、「いいわ」と応《こた》えて、愛嬌《あいきょう》よく笑っている。

ところで、彼女がそのアパートから居なくなる前、北海道に行きたいという話は別の者も聞いていた。その第一は、やはり藤野猛夫で、そのときは、旭川《あさひかわ》にいる女友だちを訪ねるということであった。彼女を信用している藤野氏は、それを許可した。日ごろ退屈しているので、彼女に二、三日の解放を与えてやりたい気持であった。

藤野氏と砂原矢須子とは、二年間、そうした仲になっているが、ついぞいままで、彼女がほかの男と仲よくなっているという形跡は見えなかった。素直な女だった。

また、彼女は日ごろ手伝いに行っている洋裁店のマダムにも、やはり三、四日北海道を見てくると云《い》った。いい季節だし、だれの考えも同じとみえて、マダムも土産にスズランの一束を頼んだ。このときも、砂原矢須子は気軽に請け合っている。

「北海道はどこまで行くの？」

「旭川なの。姉妹《きようだい》のように仲よくしている友だちがいて、別れてから五、六年経つけど、まだ一度もそこに行ったことがないの。手紙を出したら、ぜひこいというので、思い切って行くことにするわ」

「旭川なら丁度いいわ。あの近くにスズランの群生地があるそうだから、そこに寄ってね」

「そう。そんな所があるの？」

砂原矢須子は、それについてはあまり知識がないようであった。

予定の日数がすぎても、砂原矢須子はアパートのドアに鍵をさし込む音を聞かせなかった。画商のところにも連絡はなかった。二、三日おくれた程度では藤野氏も心配しなかったが、五日をすぎると、さすがに気がかりになってきた。いままで、そういうことのなかった女である。

藤野氏は、砂原矢須子から出発前に聞いていた、その旭川の友だちというのに問合せの手紙を出した。その返事がくる間に砂原矢須子が彼の眼の前に現われると期待していたが、それはなかった。旭川から返事はきたが、砂原さんは一度もここにこなかったという内容だった。

藤野氏は、俄かに疑惑を覚えた。彼女が失踪したと気づく前に、彼の胸はまず、嫉《しっ》妬《と》で乱された。彼は、信じていた女にそむかれたと思った。彼女の北海道行の裏には男との同行が推測された。

だが、藤野氏がひそかに手を回して砂原矢須子の日常生活を探らせると、別にそんな男も浮かんではこなかった。もし、そういう男がいたとすれば、彼女はよほどうまく相手と逢《あ》っていたことになる。だが、藤野氏は、自分の頸《くび》に両手を回してくる砂原矢須子を回想して、彼女がそのような悪だくみをする女とはどうしても思えなかった。

ひとりで汽車に乗って行きたいと云っていたから、そのほうをたしかめる方法はなかった。

さらに一週間経った。いくら好きな男と隠れ遊びしているとはいえ、もう、とっくに東京に帰っていなければならない。藤野氏は、次第に彼女が気がかりになってきた。もし、別な男と秘密な旅行をしているのだったら、体裁を整える上から云って予定より早く帰っては来ても、遅れることはないはずだった。

何か不吉なことが彼女の身に起ったのではないかと藤野氏は悩んだ。それだけ彼は、この若い愛人に惹《ひ》かれていたのである。彼女がほかの男と旅行をしたのではないかと思っていた時期も夜がおちおち眠れなかったが、今度はもっと不眠になった。

藤野氏の悩みは、それを表沙汰《ざた》にすることが出来ないことだった。届け出ると、当然、自分との関係が判《わか》ってくる。

だが、いつまでも放ってはいられなかった。こうしてまず支配人の名前で砂原矢須子の家出人捜索願が出された。警視庁では事情を知ると、こっそり藤野氏を呼び出して様子を聴いた。若い女がひとりで出かけて連絡を絶ったのだから、最も不吉な想像を依頼者は述べた。

行方不明前の所持品が訊《き》かれた。服装の点は、アパートの人がロビーで遇った印象を述べている。合鍵で部屋を検《あらた》めたことのある藤野氏は、宝石などの貴重品はそのまになっていると答えた。

現金は、見当だが、大体十万円程度。もちろん、書置はない。ただ、小型カメラが一つ無くなっている。近ごろ流行《はや》りのハーフ・サイズであるから、これは多分彼女の提げていたスーツケースの中に入っていたと思われた。

カメラのことを聞いた警視庁の係官は、藤野氏が最悪の事態を申し述べたので、そこから手がかりを求めようとした。つまり、カメラ店で砂原矢須子に該当する女性がフィルムを買うか、現焼きを頼むか、とにかく、そうした形跡はないかと、北海道の警察に捜索を依頼した。旭川までという彼女の言葉もあったが、当然、函館、札幌、旭川のカメラ店が、その問合せの対象になった。

そのカメラは札幌市内から出てきた。現焼きを頼んだフィルムだけではなく、カメラ自体もいっしょに発見された。札幌の繁華街の大きなカメラ店で、そういえば、と店員が思い出したのである。

「若い女の方が見えて現焼きを頼まれたのですが、ちょっと用事があるので二、三日してからくる、それまでついでにこのカメラも預ってくれとおっしゃったので、とにかくお預りしました。だが、未《いま》だに取りにお見えになりません」

その依頼者は、札幌の市内の町名を云って、名前は山田と告げた。これは店員が先方の云う通りに伝票に書き入れたのである。プリントされた女の顔と、その依頼者は同じかと訊いたところ、非常に店が混んでいるときなのではっきりとはおぼえていないが、服装はこの通りだったと思うし、年齢も、髪のかたちも合っていると云った。

カメラに装塡《そうてん》されたままだったフィルムはその店員がとり出して現像処理をした。

そのフィルムと、焼きつけられたキャビネ型のプリントとは、航空便で東京警視庁に送られてきた。

「このカメラに間違いはありません」

カメラを見せられて藤野氏は叫んだ。自分が買ってやったもので、その後、彼女がフィルムの入れ替えのときに不注意にも落してボデーに微《かす》かな疵《きず》をつけた。この疵と全く同じだと、藤野氏はカメラを手に取って指摘した。

「これです。これが矢須子です」

気の毒な画商は、プリントされた写真の女を見て叫んだ。

一面にスズランの咲いている中で、一人の女が膝《ひざ》を折って笑っている。いろいろな角度から撮っているが、ほとんどが人物を撮り、スズランを写そうとして、似たような構図ばかりだった。背景には、その草原の涯《はて》の黒っぽい森の一部が見えるだけだった。画面の北海道のスズランは、いまや花盛りであった。

服装も、アパートの住人がロビーを横切る彼女を見たときと違わない。胸には何やら黒っぽいブローチがついているが、藤野氏は知らないと云った。彼女が旅行前に買ったものらしかった。とにかく、砂原矢須子がこうしてスズランの群生の中に坐《すわ》っているのは、土産の約束を実行しているかのようであった。

ここで一つの判断が下された。

砂原矢須子は、その言葉どおり北海道に行っている。ただし、彼女は一人で出向くといっていた。だが、この写真は誰かが彼女を、そのカメラで撮影したことになる。セルフタイマーも三脚も持っていなかったと藤野氏は証言した。通りがかりの人に頼んでシャッターを押してもらうことはよくあることだが、この場合は、まず彼女の秘密な同行者とみていい。もし、これが殺人事件なら、その同行者が砂原矢須子を殺した犯人ということになりそうだった。うれしそうに微笑し、まるでこちらに甘えかけるような写真の表情なので、むろん、日ごろから彼女と親しい人間に違いなかった。

北海道におけるスズランの群生地は、札幌と千歳《ちとせ》の間にある島松・恵庭《えにわ》地区が有名である。次には、十勝平野にある美瑛《びえい》町のスズラン高原がある。そのほか、名の知れたものに日高の宿志別《しゅくしべつ》がある。写真をいろいろ検討したところ、どうやら、それは十勝のスズラン高原であろうと推定された。残念なことに背景の森が一部しか見えていないので、島松、美瑛、宿志別、いずれとも地形を明確に断定することはできない。だが、スズランの群生状態とその背景の一部の森の具合からみて、十勝美瑛のスズラン高原に最も似ているように思われた。ここは彼女が目的地と称した旭川にも最も近いのである。

## 四

カメラ店の伝票を見ると、現焼き注文と共にカメラを預けたのが六月二十八日になっている。だから、十八日に東京を出発した砂原矢須子は北海道のほうぼうを回って二十八日に札幌に着いたことになる。もっと正確に云えば、その前に札幌を訪ねたかもしれないので、そうなると、そこから北のほうを回り、十勝平野のスズラン高原で写真を写し、札幌には再び戻ったことになるのである。したがって、彼女がアパートを出た十八日からかぞえると、それは十一日目ということになる。もっとも、それには東京から北海道に渡る時間が入っているが。——

当然、そのカメラを預けた二十八日まで、彼女はどこかに泊っていたと北海道の警察は考えて、道内のそれぞれの警察署に命じて管内の旅館を調べさせた。結果は該当者なしの報告だけだった。

すると、彼女はそれまでどこに泊っていたのであろうか。旅館でないとすると、普通の素人《しろうと》の家庭ということになる。旭川の友だちが疑われたが、これは間もなく容疑が晴れた。

カメラに装填されていたフィルムは、最初からスズランである。彼女が北海道に着いて各地を回ったとすると、当然、それまでの旅行地が写されていなければならないが、それは別なフィルムであろう。つまり、スズラン畠《ばたけ》のものは、その何本目かの最初のコマに当ることになる。そこで、全道のカメラ店について、このような写真を現焼きした記憶はないかと調査したが、それは出なかった。してみると、砂原矢須子は、当人の身体《からだ》につけていた衣類やスーツケースと共に、撮影し終えたフィルムもいっしょに消え失《う》せたことになるのだ。もっと具体的な推定をするなら、そういう品々といっしょに彼女は道内のどこかに死体となって埋没されているのかもしれなかった。

服装について、もう一度藤野氏は訊かれた。出発のときにアパートの人がロビーで見たベージュのツーピースは、藤野氏が一年前に買い与えたもので、色が地味だというところからあまり彼女の気に入らないものだった。大体、好きな男といっしょに旅行する場合、女は最も気に入った服を着るものだ。それをなぜに心に染まぬものにしたのであろうか。

「そんなブローチはつけてなかったように思いますわ」

写真の彼女の胸にある黒点のブローチについて、同じアパートの目撃者は証言した。すると、彼女はアパートを出てから、このブローチを胸につけたことになる。

この点についてカメラを預った店員に訊くと、彼は頭をかいた。

「なにしろ忙しい最中で、チラリと見ただけですから、どうも印象にありません」

六月二十八日にカメラを預けているのだから、少なくとも、それまでは砂原矢須子は生存していたことになる。問題は、その後に殺害されたとすれば、どこに死体が埋もれているのだろうか。あるいは、札幌からどこに連れ出されたのだろうか。聞きこみが行われたが、列車、バス、タクシー関係には全然聞きこみは取れなかった。これは六月二十八日以前、つまり、彼女が札幌のカメラ店に現われる前の足どりについても同様であった。折から北海道の春を目ざして内地から訪れる遊覧客の混雑期であった。彼女は、その騒がしい群れの中にひっそりと潜んでいたようであった。

北海道方面の足どりが取れないとなると、前からつづけていた砂原矢須子の内密の恋人の捜索に重点がかけられた。捜査員の懸命な聞きこみは、遂に彼女と画家秋村平吉とが街をいっしょに歩いていたという事実を得た。もっとも、それは彼女が行方不明になるだいぶん前のことだった。

「それは人違いでしょう」

新進画家の秋村平吉は、訪ねてきた捜査員二人に答えた。

「そういう人は初めて聞く名前だし、むろん、顔も知っていませんよ」

目撃者も、そのとき二人と直接話したわけではないので、証言としては弱かった。弱いといえば、これは正確には殺人事件とは云えなかった。死体が出てこないのである。のみならず、彼女が殺されたという証跡も何一つなかった。彼女の体内から洩《も》れた一滴の血痕《けっこん》も発見されなければ、彼女が危険な状態にあったという情況もなかった。死体無き殺人事件という言葉はあるが、この場合はそれがもっと薄弱であった。砂原矢須子はみずから失踪して、こっそりとこの世のどこかに生きているのか、誘拐《ゆうかい》されてひどい目に遭っているのか、それとも、彼女自身が北海道のどこかの断崖《だんがい》から荒海に身を投じたのか、一切分らなかった。

——しかし、捜査当局は秋村平吉の行動を調べていた。

砂原矢須子がアパートから消えた日、六月十八日の当日、あなたはどうしていましたか、と捜査員に訊かれたとき、秋村平吉は平気で云った。

「だいぶん前のことで、その日のことはよくおぼえていませんが、十九日には伊香保温泉の××ホテルに午後四時ごろ入っていますから、その前日ということになりますね。そうそう、その日は、スケッチ・ブックを揃《そろ》えたくて、十一時ごろ銀座のB文房具店に行き、それを二冊ほど求めました。出発の用意にね。そのあとは別にすることもないので、映画を見たり、展覧会をのぞいたりして時間を消しました。……さあ、だれにも遇《あ》わなかったですね。その晩はアパートに戻って寝ましたが、いつも夜は遅いので、だれとも話していません。それから、翌日はいま云ったように伊香保に行ったわけですが、その前に軽井沢に行きましたよ。……アパートを出るときですか。なにしろ六時半ごろに起きて出かけたので、まだ、どの部屋も起きてなく、だれとも顔を合わせませんでした。軽井沢に着いたのが十時半ごろで、朝飯を食ってないものですから、すぐMホテルに入り、遅い食事をとりました。ホテルでは知った顔がいましたから、聞いてごらんになれば分ります。午後は同じ絵描きのS君の別荘を訪ね、いっしょにゴルフをやり、二時半にやめました。それからタクシーに乗って伊香保のホテルに行ったのです」

伊香保に入ってからの行動は彼によって明確に述べられた。捜査員は伊香保に出向いてホテル側の話を取った。秋村の供述と少しも違わなかった。彼は滞在中一晩もホテルをあけてないのである。

ただ、六月二十七、二十八、二十九の三日間は、一時、ホテルを引揚げて東京に出ている。

「なにしろ、ああいう山の中のホテルにいたんですから、仕事のほうははかどるにしても、やはり寂しくて仕方がありませんからね。それで、息抜きに東京に戻ったんです」

　その三日間の行動も詳細に述べられた。画商の草美堂に顔を出したことも、展覧会をのぞいたことも、美術館をうろついていたことも、バーも、麻雀も悉《ことごと》く事実であった。みんな証言者がいたのである。

　しかし、捜査員は二十八日に彼が東京にいたことに注意を向けた。この日は、札幌のカメラ店に砂原矢須子らしい女が現焼きの注文とカメラを預けに来た日であった。だが、それは偶然のことでしかない。なぜなら、秋村平吉は、札幌のカメラ店に矢須子らしい女が現われた時刻には東京の美術館を参観していたし、その夜はバーに行き、翌《あく》る朝はアパートに友だちを呼んで麻雀《マージャン》をやっていた。それを早く切り上げた彼は、次に上野に駆けつけ、夕方には伊香保のホテルに再び現われていた。

　要するに、秋村平吉が北海道を往復する時間はなかった。たとえジェット機で往復しても、飛行時間だけでも一時間半はかかるし、千歳空港に着いても、とても旭川や十勝平野までは一日で往復できない。かりに、写真のスズラン群生地が、千歳から近い島松・恵庭地区にしても、東京から北海道往復の時間はなかった。

　こうして砂原矢須子の行方は分らないままになった。彼女が殺害されたのではないかという疑いは消えなかったが、警察の処理としては表向きには普通の「家出人」と変るところはなかった。何かの偶然で彼女の死体か遺品が地上に掘り出されるまでは。

秋村平吉のもとにも捜査員はこなくなった。彼は、八月に入ると、仕事場として借りている友だちの広いアトリエに入り、いよいよ百号の制作にとりかかった。彼は半身裸になって汗を流しては パレットに移した絵具を調合し、脚を踏ん張ってはキャンバスに立向った。

その年の秋のはじめから、リスのブローチが流行しはじめた。はじめはミンクの短い毛で作られ、その目玉に真珠を使ったが、それでは高価すぎて一般向きではないというところから、ミンクはモヘアとなり、真珠は養殖真珠に替った。はじめて、そのデザインで売出した店は大儲《おおもう》けをした。模倣品が続々と作られたが、全国のデパートではいつも品切れに当惑していた。

このような現象がどうして起ったか。現代の奇跡を論じるのは、どうやら週刊誌が最初の光栄を担《にな》うようである。或《あ》る週刊誌は報じた。

「この最初の流行はもちろん東京だが、いかにそれが早かったかは、山梨県北巨摩《こま》郡大泉村竹原の一女性が、まだ流行の兆《きざし》を見ないときにミンクと真珠のリスのブローチを東京の或る販売店に買いに来たことでも分る。そのころはまだ販売店自身が、それを売出しても当るかどうか五里霧中だったので、びっくりしたと云《い》っている。その若い女性に店の者が訊《き》くと、実は昨日、自分の勤めている中央線小淵沢駅で、このブローチをつけていた一女性の乗客を見かけ、急に欲しくなり、ちょうどあくる日東京に出てくる用事があったので、その人に店の名前を聞き、買いに来たのだと云ったという。少し値段が高いので、その女性は躊躇《ちゆうちよ》していたが、結局、買い求めて行った。これで自信を得た販売店では大いに気を強くし、値段の点を考えて、ミンクをモヘアにし、目玉の真珠を養殖真珠と替えてコスト・ダウンしたそうである。これが当って、以来、現在の爆発的流行をみるにいたったという」

捜査員の一人が、この記事を読んで畳から跳ね起きた。

彼は翌日、東京から中央線小淵沢の駅に行き、売店に坐っている女の子に週刊誌の話を直接に聞いた。しかし、難物は依然としてスズランであった。捜査員は、スズランは北海道だけにしか出来ないと信じこんでいた。内地には絶対に無いものと思い込んでいた。

「この辺にスズランは咲きませんかね？」

と、彼は無いものねだりをするような気持で売店の女の子に訊いた。

「ありますわ」

女の子は当り前のことのようにすぐに云った。

「この小海線に乗って行くと、三つ目に清里《きよさと》という駅があります。そこから北のほうに行くと、美《うつく》しの森という高原がありますが、そこは六月の半ばから七月の初めにかけてスズランがいっぱい咲きます」

砂原矢須子の腐爛《ふらん》死体がその高原の一個所で掘り出されたのは、それから三日後だった。高原をしばらくさまよっていた警察犬は、俄《にわ》かに脚を止めて唸《うな》り声を立てると、まっしぐらにその地点に鼻を突込んだのである。死体のまとっていた服の胸に飾られていた、ミンクと真珠のリスのブローチは無慙《むざん》に壊れていた。

秋村平吉のもう一人の愛人は——秋村が美しの森の高原に咲き乱れるスズラン群生の中で砂原矢須子を撮影したフィルムをおさめているカメラを託された女であった。その女は、二十七日に伊香保から東京に出た秋村から、フィルムを装塡《そうてん》したままの矢須子のカメラを受取り、彼から旅費を貰《もら》って二十八日の朝に羽田を発《た》ち、札幌市内にカメラを預け、その日のうちに東京に戻ったのであった。

その後の秋村の自供によると、六月十八日の晩に砂原矢須子を殺し、土の中に埋め、自分はそこからあまり離れていない、咲き乱れるスズランの野に横たわって夜を明かしたと云っている。そして翌十九日の朝、再び小海線に乗って小諸に着き、軽井沢のホテルに現われたのだといった。

「砂原矢須子は、ぼくの大事な唯一《ゆいいつ》のパトロンである草美堂社長藤野さんの愛人です。この仲を知られたら、ぼくの前途は破滅します。それまで彼女とは藤野さんに絶対分らないように逢ってきたのですが、これがいつまでもつづくとは思われない。万一、藤野さんの耳に入ったら、そのときこそぼくの全生命が絶たれるのです」

　捜査員の一人は、この自供を聞いて呟《つぶや》いた。

「スズランの咲く野に女と一晩寝たとは、風流な男もあったものだな」

　その捜査員は何か云いかけたが、それは言葉にしないで彼は自分の胸の中で呟いた。

「春の野に菫《すみれ》摘《つ》みにと来《こ》しわれぞ　野をなつかしみ一夜《ひとよ》ねにける」

　万葉集である。これをもじって「スズラン摘みにと……」と云いたいところだが、これは、語呂《ごろ》が悪かった。しかし、犯人が殺害した死体の近くに寝たと考えるよりも、これは、たしかに風流であった。


（「小説新潮」昭和四十年十一月号「六月の北海道」を改題）

# 女囚

# 一

法務事務官、馬場英吉は、ある県のある刑務所長に赴任した。ここは女囚だけを収容している。女囚刑務所は全国で四カ所しかない。馬場は今度の転勤の前もその一カ所の女囚刑務所長であった。だからこの赴任には別に心配はなかった。少なくとも最初に普通の刑務所総務部長から女囚刑務所の所長になったときのような不安はなかった。むしろ、今までの三年間の経験を生かして、新任地でも十分な成績をあげる意気込みを持っていた。

馬場英吉はクリスチャンであった。日曜ごとには、事情のゆるす限り教会に行った。前任地は田舎で、教会のある都市までは遠かったが、便利の悪いバスに乗って家族ででかけた。しかし、馬場英吉は、女囚たちを集めての訓話に決して聖書の文句を引用することはなかった。それが逆効果で反感をもたれることは十分に知っていたし、ナマに出すよりも自分の考えで咀嚼《そしやく》し、思索を凝らし、説話の工夫をするのが愉《たの》しみであった。当然のことに彼は心理学も勉強していた。

馬場英吉は、新任の刑務所の所長室に初めて出た日、総務部長から受刑者の犯罪分類を見せられた。数からいって窃盗《せっとう》、賭博《とばく》、詐欺《さぎ》、殺人、放火、傷害、文書偽造の順である。これは馬場の前任地の刑務所でも大体同じであったから、教育方針その他でも迷うことはなかった。戦前の女性犯罪だった姦通《かんつう》罪は消滅し、堕胎罪は死文となっている。

馬場は、総務部長、管理部長、教育部長、医務主任といった幹部たちから所管の報告をそれぞれ聴いて、大体これまでやってきた方針でゆけると思った。女ばかりの受刑者の特質、たとえば生理日の精神現象が作業その他に及ぼす状態とか、同性愛とかについてかなり突込んだ質問もした。そして、その答えも、前の経験から彼に動揺を起させなかった。

馬場英吉は、その日の午後、三百五十人の女囚を、以前は教誨堂《きょうかいどう》といった講堂に集めて新任の挨拶《あいさつ》を兼ねた最初の訓話をした。壇上からみると、ここの受刑者は縞木綿《しまもめん》の筒袖《つつそで》にモンペをはいている。縞柄は若いほうから年配に従って粗から密になっている。馬場の前任地では縞ではなく絣《かすり》であった。

その日の聴衆はおとなしかった。三百五十人の眼は馬場に集まっている。それは半分は新しい所長への好奇心と、半分は男を見る興味であった。男として見つめられる眼には慣れていたが、弥次《やじ》一つ飛ばなかった。馬場が前に初めて所長に就任したときは、女囚たちに弥次られたり、十年以上もいるという老女が演壇の前に躍り出て彼の鼻先で嘲罵《ちょうば》したものだった。嘲笑のために話が支離滅裂になり、しばらくはそういう状態がつづいたものだった。

だが、馬場がはじめて見たここの女囚たちにはそういうことはなく、ひどくおとなしかった。

みんな静かに聴いている。もちろん、彼女らの表情には、軽侮、反感、無視、好奇心などがそれぞれ露骨に出ていた。それは壇上から見廻すとよく分る。とぼけた顔、うすら笑いしている顔、居睡《いねむ》っている顔、私語している顔、絶え間なくあたりを見廻している顔、あくびしている顔。なかには新所長の注目を惹《ひ》こうとするかのように媚《こび》を泛《うか》べている顔などがあった。真白い髪もあれば、パーマをかけた黒い髪もある。若い受刑者もうす化粧と口紅くらいは許されている。

馬場は話しながら、まんべんなく聴衆の顔を眺め廻していたが、その中で、ふと、熱心な眼つきで彼の訓話に聴き入っている一つの顔を見出《みいだ》した。三十三、四歳くらいで、かなり整った顔立ちだった。馬場のそのときの話は「罪の意識と救い」といったようなテーマだったが、その女は瞬《まばた》きもしないでそれを聴いていた。初めは自分の話がよく理解されているのかと思ったが、気がついてみると、彼女は彼の話に少しもうなずいてはいなかった。これほど熱心に彼の口の動きを見つめているのだから、多少の反応がその表情にあってもいいはずなのだが、それが少しもないのみならず、何か彼の話を批判しているようにさえ思えた。

馬場は、その女を見て、これは既婚者ではなく、未婚のままここに収容されて、そのまま年を取った女だと判断した。三年以上も女囚と接していると、自然とそういう直感が働く。その女の頬のあたりにはどこか稚《おさな》いものが残っているようだし、肩の線も清潔に見えた。

馬場は、話の途中であまりその女のほうばかり見るわけにはいかない。彼は壇上を降りて、横手にならべられた椅子《いす》にかけた。次に締め括《くく》りとして管理部長が登壇したとき、彼は隣の教育部長にそっとささやいた。

「前から五列目で、真ン中から右のほうにかたまっているのは、どういう作業班だね?」

「はあ、あれは」

教育部長はちらりと所長の眼の方向に瞳《ひとみ》を動かした。

「製本部ですが」

受刑者はこういう場所に集まると、作業班ごとにかたまる。

そのときは馬場はうなずいて黙っていた。

翌日、馬場所長は管理部長に連れられて各作業班を巡回した。工場の入口には模範囚が班長のような役をして幹部の見廻りを受けることになっている。馬場が製本部まで来たとき入口の脇《わき》に立っていたのが、昨日訓話のとき彼の話を熱心に聴き入り、しかも少しの反応もみせなかった女だった。

やあ、お前だったのか、と馬場は心の中で声が出たが、彼女のほうも新所長にお辞儀をしたとき、他の班長よりも表情が少し違うように見えた。つまり、昨日壇上で馬場が彼女を意識したことを、彼女のほうでそれが分っているといった眼つきであった。

その女は、総員何名、事故何名、就寝何名、その内訳は何々と報告し、最後に、異状ありません、と軍隊調に管理部長へ報告した。

彼女は所長の少し前を管理部長といっしょに歩いて工場内を案内した。馬場は製本部の施設をいちいち詳しく見た。前の任地ではこういう製本工場などはなかった。だから半分は見学者のように珍しくもあり、半分はよくおぼえておこうと思って足が一ところに止まりがちだった。

断裁場というのは大きな断裁機があって、スイッチ一つでピカピカする刃が上から降りてくる。全紙分の大きさなので巨大な器具に見えたが、馬場がひやりとしたのは、その刃物の下に首でも差入れると、ギロチンのような役目を立派に果せる兇器《きょうき》に思えたからだ。もし、受刑者同士が憎しみ合ったりした末、発作的にこの機械を扱う者が相手の首を刃の下に差入れかねない心配を感じた。紙を揃《そろ》えて刃の下に差入れるときも、うっかりするとこの機械は指の二、三本ぐらいは飛んでしまう。

ところが、いま案内して廻っているこの班長は、その断裁機を取扱う係であった。これがこの人の持ち職場です、と、女看守が馬場に説明したのであった。ボタン一つで一連分ぐらいの紙は剃刀《かみそり》を当てたように截《た》ち切られ、夥《おびただ》しい紙屑《かみくず》が湧《わ》き出る。

馬場は、その女の顔をときどき偸《ぬす》み見た。横顔の線は壇上から眺めた通り、稚いものがやはり残っていた。それから、昨日は受刑者たちが坐《すわ》っていたので肩だけしか見えなかったが、腰のあたりの線も固くすぼまって、曾《かつ》て男を知らない身体《からだ》のように思えた。太目の縞の着物もよく似合うのである。ほかの者がうす化粧しているのに彼女だけは何もつけてなく、髪も無造作に束ねていた。

馬場が断裁場を最後にして出口に歩いているとき、その女は見送るようにしてそこまで蹤《つ》いて来たが、突然、立停ると、小さな声で呼んだ。

「所長さん」

馬場はさりげないように足を止めて、

「何だね？」

と、問い返した。このとき初めて近い距離で彼女の顔を真正面に見たのだが、黒い瞳《め》は澄んでいて、唇《くちびる》のあたりにはほほえみさえ泛んでいた。明るい顔だった。

「所長さん、少しうかがいたいことがございます。いつか、少しの時間、面会させていただけますでしょうか？」

彼女は臆《おく》せずに言った。

「いつ来てもいいよ」

馬場の返事に女はさらに明るい顔になってお辞儀をした。

全工場を見廻って所長室に戻ったとき、馬場の頭には製本部の班長のことが鮮かに残った。彼は管理部長を呼んで聞いた。

「はあ、あれは筒井ハツといって三十四になります。罪名は殺人罪で、十五年の刑です」

思ったより重いので、馬場は聞き返した。

「それは誰を殺したのですか」

「はあ、父親です。尊属の殺人ですから刑が重いのです。もっとも、これには情状を酌量すべき事情もございましたが、当人が一審で服罪しております」

「何年ぐらいここに居るのですか」

「丁度、十年になります。恩典によって減刑がありましたから、あと二年くらいでしょう」

馬場は、なるほど、それであのように若く見えるのだと思った。どう見ても二十六、七としか思えなかった。

二

馬場英吉は管理部長に言って、あとで筒井ハツの判決文の写しの綴《と》じ込みを持ってこさせた。彼はそれを熱心に読んでみた。

筒井ハツは、筒井甚二とナミとの間に長女として昭和×年に生れ、犯行当時は二十二歳であった。東京に近い山間部の小さな町外れがその生地である。父甚二は当時四十九歳だったが、生来怠け者で、大工職であるにもかかわらず仕事を怠け、飲酒と博奕《ばくち》にひたり、家にはあまり寄りつかなかった。ハツには下に当時十九歳のスミ子と十七歳の恵子という二人の妹がいたが、父甚二が仕事をしないため家計は苦しくなり、そのため妻ナミは日傭人《ひやとい》夫となって働き、ハツは近くの製紙工場に女工として勤めて、ようやく生活を維持していた。

甚二はこの二人の僅《わず》かな収入をアテにし、飲酒代や博奕の元手を度々家に取りに戻った。そのたびに夫婦喧嘩《げんか》が起ったが、甚二は妻ナミを蹴《け》る殴るの暴行をし、また長女ハツにも殴打を加え、金銭を奪うのみか、家の中のめぼしいものを質種《しちぐさ》に持出すなどしていた。そのため一家は貧窮のどん底に陥り、ハツは父親に対して、この父さえ居なければ、と思うようになった。

犯行当日の午前七時ごろ、甚二は三日目ぶりで家に戻ったが、このときも酩酊《めいてい》していた。そして相変らずナミに対して「金ヲ出セ」と言った。ナミは「金ナンカ無イヨ」と答えて相手にせず、朝飯の支度のため竈《かまど》に火を焚《た》きつけていた。

甚二は次にハツに対して「オマエ、小遣グライハ持ッテイルダロウ」と言ったが、ハツが「コノ前、オ父チャンニ持ッテ行カレタノデ一文モ無イ。コレカラ工場ニ行ッテ友ダチカラ少シ借リネバナラナイ」と答えると、甚二は怖《おそ》ろしい剣幕で彼女を睨《にら》んだ。

ハツにも相手にされない甚二は急に、竈の前にしゃがんで火吹竹で火を起しているナミの背中に廻り、「今日ハドウシテモ金ガ要ル。質種ガ一ツモ無イハズハナイ。隠サズニ出セ」と怒鳴った。ナミは見返りもせず、「無イモノハ無イカラ、オマエノ好キナヨウニスルガイイ」と言い返した。酩酊していた甚二はかっとなり、「質種一ツ置カナイヨウナ女ハ甲斐性《かいしょう》無シダ。オマエノヨウナ女房ハ出テ行ケ」と怒鳴った。ナミは「ワタシハ子供ヲ食ワセナケレバナラナイカラ出テ行クワケニハイカナイ。出ルナラオマエノホウガ出ルガヨイ」と言い返した。甚二は「ヨクモソンナ口ガ利《き》ケタナ。オマエノヨウナ女ハ殺シテヤル」と叫ぶと、ナミの髪をうしろから摑《つか》み、土間に倒して引きずった上、「殺シテヤル」とまた言った。ナミが「殺スナラ殺セ」と下から言ったので、甚二は「ヨシ」と言い、傍《そば》の松の割木を振り上げた。

これを見たハツは母親ナミが殺されると思い、畳から土間に飛び降りると、竈の横にあった刃渡約七センチの手斧《ておの》を取上げると、父親甚二のうしろに廻り、いきなり刃先をもって甚二の後頭部に打ち下ろした。甚二は一声唸《うな》って倒れたが、この創傷は深さ十センチで延髄に達したため即死であった。

被告ハツが父親甚二に対し、かねてから殺意を持っていたことは疑いないところであり、かつ、その犯行は刑法第二百条により直系尊属の殺人罪に該当するのであるから、検察官は無期懲役を求刑したが、被告ハツの心情には同情すべき点もあるので、その情状を酌量し、懲役十五年に処する。——

判決文は、大体、こういうことを述べている。

馬場は煙草《たばこ》を吸いつけて考えた。この判決文で初めて筒井ハツの犯罪が分ったが、なるほど、これでは十分に情状酌量するところがあると思った。懲役十五年は少々重刑のように思われる。ところが、裁判記録は一審だけのもので、二審がない。つまり、筒井ハツは一審の判決に服罪してここの刑務所に送られて来たのである。

なぜだろう。無法者の父親は、この場合一家の破壊者であった。また、そのときも母親を割木で殴り殺そうとした。それを防ぐため、このハツが本能的に父親の後頭部に手斧を打込んだ。ある意味からゆけば、母親のための防衛行為ともみられる。馬場の判断では、これは二審に持ってゆけば必ず減刑は可能だと信じられた。それをなぜ一審で服罪したのか。

馬場が、筒井ハツのおそらくは処女のままだと思われる顔と身体つきを眼に泛べているとき、管理部長が入ってきた。

「この筒井ハツのことですがね」

馬場は前の椅子にかけた管理部長に言った。

「いま記録を読んだのですが、かなり同情していい犯罪のようですな」

「そうです、そうです」

部長はうなずいた。

「ひどい父親があったもので、尊属の殺人ですが、もっと軽い刑でもよかったのじゃないかと思います」

管理部長も同意見だった。

「筒井ハツは一審で服罪していますが、これはどうしたのでしょう？　弁護士はきっと上訴を勧めたでしょうに」

「勧めました。ですが、ハツが、わたしは父親を殺したのだから、一審通りの判決に服する、と言って聞かなかったのです」

「減刑の嘆願などは、世間から寄せられなかったのですか？」

「それは随分とありました。新聞に出たものですから、ぜひ執行猶予《ゆうよ》の恩典にあずかるようにという投書や嘆願書が来ました。なかには、彼女が出所するのを待って結婚したいと申込む男性の手紙も十通ばかり参りました。気の長い話ですが」

「それはその通りになったのですか？」

「いや、刑が決ってここに送られてからははたと熄《や》みましたがね。それでもまだ三年ばかりは、熱心にそれを言いつづけてきた男性の手紙もありました」

「ハツは断わったのですか？」

「断わりました。そんなことは一時の気まぐれで当てにならない、と笑っていましたが」

世間の同情というものは一時の熱に浮かされたみたいなもので、時が過ぎると冷却してゆくものだ。

「しかし、結婚の申込みは今でも時折りありますよ。当時の新聞は読まない人でも、何かのときに彼女のことが雑誌に出るものですから、感激してそういう手紙を寄こすのですね。そのときになると、差入れの金品が急にふえたりします」

「母親はどうしていますか?」

「これは今から五年前に病気で死亡し、今は妹二人が残っています。よく姉に面会に参りますが」

馬場英吉が筒井ハツと会ったのは、その翌《あく》る日だった。所長はわざわざ独りで応接室のような小部屋まで出かけて行った。個人的な身上話を聞くときは他の受刑者を寄せつけないようにしている。むろん、担当の看守はそこに同席していた。

「所長さん、先日のお話はありがとうございました」

筒井ハツは椅子から起って馬場に深いお辞儀をした。眉《まゆ》の濃い、明るい顔であった。

「話というのは何んだね?」

馬場はやさしく聞いたが、むろん、適度の威厳は崩さなかった。

「はい、あのお話について、ほかの者は存じませんが、わたしのことだけを申しあげたくて、昨日、あんなお願いをしたのでございます。ご承知かも存じませんが、わたしは父親を殺しました。どうにも手のつけられない父親でしたから」

筒井ハツは脣に微笑を湛《たた》えて話しだした。

「父親のために一家は、どんな不幸な目に遭っていたか分りません。家の中は、それこそ金目になるものは残らず父親に持って行かれて、何一つ残っていませんでした。あの朝も父親は酔って三日目に外から戻り、いつものように母親に乱暴を働きました。父親が母の髪を左手に巻いて土間に倒し、片足をかけて割木を振り上げたとき、ほんとにわたしは母が殺されると思いました。そのときは夢中でした。ただ、今でもおぼえているのは、竈の下の藁《わら》や小枝が勢よく燃えはじめて白い煙を噴き上げていたことです。あの季節の朝の七時ごろは家の中がまだ暗く、その火の炎は竈の横にある手斧の刃に真赤に映っていました。それはとてもきれいな色でした。わたしは、その手斧の柄を握って振り上げましたが、そのとき刃先の赤い色がきらりと流れました。丁度、父親の後頭部に打ちおろしたときも赤い色が同じようにほとばしったのを見て、似ているなと思ったことです」

「すると、おまえは父親を殺しても悪いことはしていないというんだね？」

「はい」と、筒井ハツはほほえむように大きくうなずいた。「ちっとも後悔はしていません。わたしは直系尊属を殺したかもしれませんが、そのため一家は幸福になったと思います。その証拠に、妹二人が近ごろよく面会に来てくれますが、くるたびに服装がきれいになっています。お金も溜《た》めているらしく、わたしに差入れするものもだんだん金額が多くなり、夏冬の下着などもものをくれるようになりました。もし、父親が生きていたら、妹二人はあんなに立派な着物は着られなかったでしょう。父は、必ず妹の稼《かせ》ぎも根こそぎ持って行き、酒と博奕に使ったに違いありません。ほんとに、あの頃は地獄でした。わたしはもとより、妹二人も十九と十七でしたが、着るものも無く、みすぼらしい恰好《かっこう》で我慢していました。その頃を思うと、わたしはほんとにいいことをしたと思います。妹たちが仕合わせになってゆくのが眼の前で見られるので、こんなうれしいことはありません。わたしは後悔していません。所長さんのお言葉ですが、わたしに限って言えば、悪いことをしたという意識は全然ないのでございます。所長さん、わたしの考えは間違っておりますでしょうか？　それを伺いたくてご面会をお願いしたのでございます」

馬場は、そのときすぐに返事が出なかった。ただおぼえているのは、筒井ハツの実に明るい笑顔だった。

馬場は、その職業柄、刑罰に関係した本を読んでいる。むろん、森鷗外《おうがい》の「高瀬舟」も読んで知っていた。彼は筒井ハツの微笑を見て、その小説に書かれている護送役人の庄兵衛が、罪人の喜助の話を聞き終ったとき、「喜助の頭から毫光《ごうこう》がさすやうに思つた」という一句がふいと頭に泛《うか》んだ。

三

馬場英吉は考えこんだ。刑罰というのは何なのか。普通、これを犯罪に対する応報と考えられている。犯罪の度合によって刑罰の軽重が決められる。それは国家権力によってなされるのである。しかし、応報である刑罰苦と犯罪人の精神苦とは必ずしも一致しないのだ。たとえ、同一の刑を科せられたとしても、人間は社会的な環境も違うし、財産も違う。性格、年齢、体質、知能、感情、思想、経歴などみんな違うから、肉体的苦痛や精神的苦痛は同一ではない。

いい例が罰金刑だが、同じ三万円の科料でも、貧乏人の負担と金持ちのそれとは精神的に大違いである。金持ちは、むしろ金額の問題よりも、罰金刑に処せられたことに精神的苦痛を感じる。しかし、金のない者は、罰金を払うのが苦痛だから、すすんで体刑を願ったりする。しかも、体刑は財産刑と大きく違って、人間としてのあらゆる本能を封鎖され、自由を拘禁される。この精神苦は自由な人間の想像以上である。

その体刑にしても、受刑者の入所前の環境や、性格、体質、年齢、知識などが違うから同じ五年の刑といっても各人のうけとる主観的な肉体苦、精神苦は均一ではない。つまり、犯罪に対する応報が均一ではないのである。ところが、裁判官は刑法に準じて客観的に量刑するのであるから、こういう受刑者の主観的苦痛の差に無頓着である。同じ五年の刑期でも、苦痛に呻吟《しんぎん》している者もあれば、鼻唄《はなうた》でもうたいそうにして「満期」を待つ者もいる。それでは彼らの応報の根元である犯罪そのものに対する悔悟意識も違ってくるのである。

馬場は、刑務所勤務を長らくしていて、いつも受刑の主観的不公平ということを考えていたのだが、いま、筒井ハツに接して、もっとそこを考えこんだ。筒井ハツは晴れやかな顔をしていて、受刑生活が愉《たの》しくて仕方がないようにもみえる。彼女は父親を殺したことで、一家が仕合わせになったと喜んでいる。母親は病死したが、妹二人は幸福になり、面会にくるたびに服装がよくなって豊かな暮しをしていることが分る。父親が生きていたころには考えられないことだという。筒井ハツは自分が犠牲になった甲斐があったのに満足し、一家の破滅を救ったことで「少しも悪いことをしたとは思わない」と言っている。彼女は、十五年という重刑だが、ほかの者の二年よりも苦痛が少ない。

　しかし、筒井ハツの場合は、馬場がかねて思っていたこととは少し違う。ハツは貧家に育ったため身体《からだ》も健康だし、中学卒だけの教養で、女工をしていた。粗食にも労働にも慣れている。異性に接した経験がないからそのほうの苦痛も少ないに違いない。いわば、馬場の考えている主観的苦痛の少ない典型のような受刑者である。ハツの苦痛の無さはそれだけではない、犯罪に悔恨がないのである。

　なるほど、彼女は父親殺しの罪を意識して一審の判決に服罪したが、それは真の罪悪感からではなかった。彼女は、多分、そのとき「父親」を感じないで、母の生命を脅《おびやか》す一個の加害者から母親を防禦《ぼうぎょ》したと信じたであろう。

　その行為は妹たちが仕合わせになることによって報いられた。してみると、筒井ハツの刑罰は応報ではなく、一つの安らぎである。

　新刑法には「自己又ハ配偶者ノ直系尊属ヲ殺シタル者ハ死刑又ハ無期懲役ニ処ス」とある。この場合に言う直系尊属とは、十分にその資格を持ち、尊敬され、直系卑属に対して愛護の義務を果す者でなければならない。

　筒井甚二には、その資格が無いばかりか、彼は家庭の破壊者であり、危害者であった。それでも、法律では筒井ハツの直系の尊属ということになる。ここにも法文の均等がある。受刑者の主観的苦痛の格差を認めないと同様に、法律の悪客観性である、と馬場英吉は思った。

筒井ハツに対して世間の同情が集まったというが当然である。馬場は、一審の裁判長の判決に対して批判しようとは思わないが、ハツには世間の同情が今ももっと集まっていいような気がする。判決前には減刑の嘆願書が出され、直後には慰問の手紙が多く寄せられたという。それは相当期間にわたってつづき、なかには獄中の彼女に対して結婚の申込みも少なくなかったという。

だが、現在はその同情の手紙も減少している。裁判の際は新聞に大きく出て世間の注目をひいたが、あれからすでに十年経《た》っている。同情がうすれたというよりも、忘れられたからである。

その証拠に、何かの雑誌にたまたま彼女のことが載ると、急に慰問の手紙がふえるというではないか。

これはもう少し筒井ハツのことを世間に愬《うった》える必要があると思った。彼女のためにもっと仕合わせな境遇を作ってやりたい。この境遇というのは、外からの慰問で彼女の心が豊かになるというだけでなく、判決直後のように、彼女に結婚の申込みも期待できなくはないのである。管理部長の話では、あのとき三年もつづけて結婚を申込んでいた男があったと言っていた。今度は刑期があと二年しかない。結婚を申込まれても、以前とは違って非現実性ではないのである。馬場は筒井ハツをもっと仕合わせにしてやりたいと積極的に考えるようになった。

それにつけて、一度、面会にくるという筒井ハツの妹二人に会ってみたい。一つは、ハツがあれほど喜ぶように、二人の妹は実際にきれいな身支度でくるのかどうか、それもたしかめてみたいと思った。

数日ののち、馬場所長は管理部長に、

「この次、筒井ハツの妹が来たら、ぼくが会ってみたいから知らせるように」

と言づけした。

一週間ののち管理部長が来て、ハツの妹が二人揃《そろ》っていま面会の受付にいるということを知らせた。馬場は所長室から出て、そこまでのぞきに行った。受付と部長の居るところとは衝立《ついたて》で仕切られている。馬場は、その蔭《かげ》から窓口のほうをそっと眺めた。

窓口は面会受付と差入れの受付とがある。いま、その前の長椅子《いす》で面会順番を待っている二人の女が、見ただけで少々贅沢《ぜいたく》ともいえるきれいな服装をしていた。一人は洋装で、一人は和服である。どちらが姉か妹か判然としないが、垢抜《あかぬ》けた化粧をしているのはたしかだった。

馬場は所長室に引込み、ハツの妹二人が面会を終る時間を待っていた。ほぼ一時間ののち部長が来て、二人の面会が終ったが、どこに通しましょうか、と相談した。

「どこといっても、このぼくの部屋がいいだろう」

と、馬場はあっさり言った。

いったん退《さが》った部長が、やがて女二人を所長室に案内してきた。所長室は、彼の大きな机と、その脇《わき》に小さな会議が開けるように、長いテーブルを囲んで椅子が両方に五、六個ならんでいる。馬場は、ドアの入口から最初に入って来たのが洋装の女だったので、こちらが姉だと分った。

「そこで待っていて下さい」

馬場が言うと、部長が二人の女を椅子のほうに導いた。彼女たちは坐《すわ》りもしないで馬場が動くまで立っていた。馬場は、

「まあ、坐っていて下さい。すぐにそっちに行くから」

と、そう急ぎもしない書類をめくった。

四

馬場英吉は、筒井ハツの妹スミ子と恵子のかけている椅子の前に幅の広い卓を隔てて坐った。スミ子が姉で、これは仕立のいいスーツを着ている。妹の恵子は、しゃれた色柄の着物をかたちよく着こなしていた。あれから十年以上経つので、当時十九だったスミ子も当時十七歳だった恵子も、いま馬場の眼の前に揃って女盛りの顔を見せている。

馬場は、これでは筒井ハツが妹の幸福を確信しているだけのことはあると思った。どう見ても、この二人は貧乏しているとは思えない。身装《みなり》から見ただけでは分らないが、とにかく中流の暮しのようである。父親が生きていたら、こういう恰好はできなかったに違いない。馬場は筒井ハツの満足が分る気がした。

何から話をはじめていいか。所長室の西側のガラス窓にはかなりの距離で大きな屋根の一部がのぞいている。これは現在筒井ハツが収容されている獄舎の一部だった。事務所との間は厚い赤煉瓦《れんが》で長く仕切られているのである。また獄舎の屋根の上に、ずっと遠距離だが、物干台があり、白い布《きれ》が翻っていた。そこは刑務所の職員の家族が住む一劃《いっかく》だった。

「あなた方は姉さんによく面会に来ていますが、それはここに収容されてからずっとつづいているのですか?」

馬場はそんなことから聞いた。姉妹はしばらく黙ってうつむいていたが、

「いいえ、ずっとではありません。ここ二年ぐらい前からです」

洋装のスミ子のほうが顔をあげて言った。

この言葉は馬場にとって少し意外だった。筒井ハツは十年以上も入っているのに、妹たちは八年間はそれほど面会にこなかったというのである。

「ほう、それはどういうわけですか?」

「どういうわけって……」

スミ子は口ごもった。妹の恵子は姉に返事を任せている風である。この恵子の着物といい、帯といい、なかなか選び方に趣味が行届いていた。おそらくその帯は着物に合わせて買ったものであろう。普通の家庭ではなかなか出来ないことである。着物を作ってもそれと合う帯までは手が廻らないから、つい、あり合わせのもので済ませてしまう。そこでちぐはぐな支度になるのだが、恵子のは両方を揃えて選んだという感じだった。

「しかし、あんた方は姉さんに感謝しているのでしょう?」

と、馬場は質問を変えた。

「感謝って……まあ、そうかもしれませんけど」

姉妹は顔を見合わせた。それが馬場には異様に映った。少なくとも両人が揃って即座に首をうなずかせると予期していたからだった。

「だって、あんた方はこうしてしげしげと姉さんに面会にくる。姉さんもあんた方がくるたびに服装がよくなり……いや、失礼だが、姉さんは実際にそう言っているんですよ。それが楽しくて仕方がない。自分はいいことをした、あの父親が亡《な》くなって妹たちが本当に幸福になった、自分のしたことに少しも悔いはない、と言っているんです。つまり、姉さんはあんたがた姉妹の犠牲になって刑を受けていても、それが苦にならないらしいんですよ」

馬場が自分の言葉に少し昂奮《こうふん》して言うと、姉妹はまたうつむいた。これも馬場に、おやと思わせた。

「所長さん」

しばらくしてから妹のほうがきっと顔をあげた。

「わたしたち、そりゃ姉ちゃんが可哀想《かわいそう》だと思っています。またわたしたちのために犠牲になってくれていることも分ります。でも、わたしたちは姉ちゃんのやったことを恨んでいます」

馬場は、突然、眼の前に石が飛んで来たように感じた。これは一体どういうことなのか。

「それは、なぜですか。やっぱりお父さんを殺したことに反感を持っているんですか？」

「いいえ、そうではありません。父は悪い人でした。父がいた頃はまるで地獄でした。母の身体には疵《きず》が絶えず、家の中はそれこそ一物もありませんでした。父はまるで鬼のような人でした。わたしたちは今でも父とは思っていません」

「ほう、それなら」

馬場は恵子の激しい口調に戸惑いながら聞き返した。

「姉さんのやったことをあんた方は認めているんじゃないんですか？」

「そうなんですけれど」

今度はスミ子が代って顎《あご》をあげた。頸《くび》には一重ながらパールの頸飾りが光っていた。

「所長さん、わたしたちは、姉ちゃんがああいうことをしたので、結婚できずにいるのですわ」

馬場は眼をむいた。

「いま、わたしたちはこんな恰好《かっこう》をしていますけれど、これは普通の結婚生活ではないのです。わたしは長いこと或《あ》るバーに働いています。でも、独りではとてもやってゆけませんので、年寄りのスポンサーがついています。洗いざらい申しますが、この恵子も」

妹のほうへ眼を流して言った。

「やはり人の世話を受けています。その人は恵子より四十も年上なんです」

馬場は言葉が出ず、スミ子をみつめているだけだった。

「それは、これまでに縁談もございました。またどちらも恋愛の経験もございます。でも、どっちも姉ちゃんのことが分ると、すぐに破談になったり、相手の男が手を引いたりするのです。姉ちゃんのは普通の犯罪ではございませんわ。実際の父親を殺したんですもの、誰だって怖気《おじけ》づくに違いありません。どんなに父親が悪かったと言っても、過去のそこんところは世間からぼやけて了《しま》っています。ただ子が実の親を殺した、この犯罪しか写らないのです。……そんな姉が居てはということで、みんな怖気づいてしまうんです。わたしたち二人はおそらく年とるまで正常な結婚はできないでしょう」

馬場は思わず唾《つば》を飲んで眼を下に向けた。どこから舞込んだのか、羽虫が一匹、卓の上を匍《は》っている。卓の端には女二人の影が逆さまにならんでいた。

「もし、姉ちゃんにあのとき少しでも分別《ふんべつ》があれば、こんな結果にならなかったと思います」と、妹は言った。「そりゃ父がしょうもない男だったことはよく分りますわ。でも、父は気の弱い人でした。大工といういい手職を持ちながら怠けるのも性格的な弱さからですが、博奕《ばくち》をしたり、酒を飲んだりしていたのも気が弱いからです。家に帰るのも酔わずには戻れなかったのです。そりゃ父は母ちゃんをずいぶん虐《いじ》めましたわ。でも、母ちゃんだって父に冷たかったと思うんです。もう少し温かい気持で接してやったら、父だってあんなふうな乱暴はしなかったと思うんです。それを反抗的に出るものだから、父は酒の勢を借りて乱暴したのです」

妹がそこまで言うと、あとは姉に譲るように黙った。スミ子はそれを受けた。

「妹の言う通りですわ」と、少し低い声で言った。「それに父は身体が弱かったんです。年だってもう四十九ですから、どんなに酒を飲んでも、あと三、四年もすれば体力的に衰えて、あんな乱暴も出来なくなります。身体のため大工仕事が出来なくて、本当はいらいらしていたんです。ですから、母ももう少し辛抱していれば父もよくなったと思います。……あの日の朝も、わたしたち二人は納戸《なんど》の隅で震えて見ていました。たしかに父は母に薪《まき》を振り上げました。殺すとも言いました。でも、それはいつものことです。あれはおどしだったんです。あのとき姉ちゃんが仲に入れば、父は多少暴れたかも分りませんが、結局、悪態をついて出て行くのが関の山だったと思うんです。それをしないで、問答無用のかたちでいきなり手斧《ておの》を父の頭に振り下ろしました。姉ちゃんの気持は分るけれど、もう少し落ちついていてくれたら、何ごともなく、多少の波風は立っても無事に行って、わたしたちも普通の世間の人のようにお嫁に行けたと思うんです。そういうわけで、ほんとはわたしたちは姉ちゃんのやったことを恨んでいるのです」

馬場英吉は適当な言葉もなく、眼をガラス窓のほうに向けた。さっき見えていた物干台の白い布は見えなくなっている。同じ刑務所の塀《へい》の中だが、そこには自由な家庭生活がいとなまれていた。

「八年も姉ちゃんのところにあまり寄りつかなかったのも、世間に目立って、わたしたちが結婚できないと思われたからです。でも、もう諦《あきら》めましたわ。これからは大びらに姉ちゃんを慰問に来ます……」

「そりゃ世間の人は姉ちゃんに同情して下さいます。ずいぶん手紙も来たそうですし、結婚を申込んだ人もあるそうです」

妹が姉よりは激しい口調で言った。

「でも、世間の同情って何でしょうか？　本当に姉ちゃんに同情するのだったら、わたしたちと結婚してくれるのが本当じゃないでしょうか？　進んでわたしたちに結婚を申込んでくれるのが姉ちゃんへの本当の同情だと思いますわ。姉ちゃんも、そのほうがどんなに仕合わせか分りません。姉ちゃんはわたしたちがいい着物を着て面会に行くのを喜んでいます。それがよく分ります。それで今のわたしたちの境遇のことは少しも話していません。それはそれでいいのですが、でも……」

言いかけて妹は急いでハンドバッグからハンカチを取出し、鼻に当てた。馬場は前に見た筒井ハツの晴やかな微笑を思い泛《うか》べた。


（「新潮」昭和三十九年八月号「尊属」を『岸田劉生晩景』収録の際改題）

# 文字のない初登攀《はつとうはん》

一

それは六年間も私にかくされていた。当人だけが知らず、周囲が全部知っている六年間だった。

私は何も知らなかった。私は、私を取りまく山の友人がすべて私に好意の眼差《まなざ》しを向けているものとばかり信じていた。彼らの眼に特別な表情があったなどとは夢にも思わなかった。その瞳《ひとみ》の中にこめられている、私への疑惑も、侮蔑《ぶべつ》も、憎しみも、いっさい私は気がつかなかった。

私だけが何も理解していなかったのだ。私は少しも彼らを疑ってはいなかった。

私の記録は、さまざまな山岳雑誌や図書に引用されている。そのことが私をそれに気づかせなかった原因の一つでもある。

私の記録が引用されたように、日本中の山の会の人たちが私を信じ、私の初登攀《はっとうはん》の経歴を尊重してくれていると思っていた。ましてや、「樺《かば》の会」は私の仲間で組織されていたのだ。この仲間が、私に投げつけられている軽蔑の根源であるとは思ってもみなかった。しかも、それは長い間だったのである。この六年間もそれに気がつかなかった私もうかつであるが、気づかせなかった相手も巧妙といわねばならぬ。

彼らは、それを私に対する「友情」のためだと云《い》う。仲間のことだから秘密にして黙っていた、と説明する。しかし、長い間、かげでささやき、ひそかに白い眼で私をうかがっていたことを、彼らはその説明で云いきれるだろうか。

彼らは、私が自分たちの仲間だから、私を批判できないと云う。それなら、彼らは他人に云うべきではなかった。ことに、若い後輩に向ってそれを語りついだのは、なぜであろうか。

私は、この誹謗《ひぼう》が誰によって発明され、誰によって唱えられたかを知っている。「樺の会」に所属する私と同じ仲間の中では、あの男、和久田淳夫《わくだあつお》しかいない。

登攀の実力も私とほぼ同じだし、文献も私くらいにくわしく読んでいる。それだけではなかった。一時期、彼と私は競争相手でもあった。問題のR岳V壁の登攀も、八年前、彼が熱心に試みたところだ。

「V壁には、きっとおれが最初の登攀者となるよ。おれはそのために、何度も付近の地勢を調査し、先人の記録も読んだ。必ず、おれがやる」

彼は、当時、友人たちにそう吹聴《ふいちょう》していた。

実際、それは彼の口先だけではなかった。彼は十数回もこの壁の下まで出かけている。ある時は単独に、ある時は少数の気に入ったパーティーを編成してだ。

しかし、逆層だらけで垂直に近いこの壁は、それまで試みた先人を絶対に寄せつけなかったように、和久田をも退けた。

彼の十数回の挑戦は、ことごとく虚《むな》しい努力に終った。

こういう彼の努力のなかには、絶えず私への意識があったと思う。実力は、彼と私とはほとんど同じくらいだった。それから、先輩がかける期待も、二人の間はほぼ同等だった。V壁を征服したいというのは、すべての岳人の願いだったが、それを実現しそうな可能性を持つ人間は、「樺の会」では、和久田と私だと見られていた。

私も和久田に対して競争意識があったことは否定しない。彼がR岳に向ったと思えば、その成果を気にして睡《ねむ》れないこともあった。が、私には、たとえ彼が登攀しても、その記録まで誹謗しようというような卑劣な競争心はなかった。

もし、私よりも先に彼が征服したら、私はあっさり帽子をぬいで、彼を祝福してやるくらいの気持ちはあった。ただ、どうにかして私が先に初登攀の記録者になりたい、とは熱望していた。

私は和久田も私と同じ気持ちであることを信じていた。事実、彼は私に会っても少しも隔意はなかった。彼はその明るいことでみんなに愛されていた。彼は青年期になっても、その童顔で、少年のように無邪気そうだったたし、振るまい方も快活だった。私に対しても特別に親しそうに口をきいた。それは、同等な実力を持ち、同じ世代の人間であるという特別な親愛からのようだった。

ところが、幸運が、私に先に幸いした。一九五三年十一月二日、私はついにV壁の初登攀に成功したのである。

この時、私は単独で登った。今にして思えば、一人でもいい、誰かと同行すべきだった。それから、写真機もリュックの中に入れて出発すべきだった。この二つの条件さえあれば、私は今のように苦境に立つことはなかったのだ。

私は、そのとき自分のいちばん気に入った友人岡倉を誘った。が、彼は、親戚《しんせき》に不幸があって出られない、と云って断わってきた。カメラは、あいにく、シャッターが故障して写真機屋に修繕に出していた。

私は他の友人からカメラを借りることも考えたが、万一、岩壁を登攀するとき瑕《きず》つけてはならない、と思って遠慮した。

これは私の二つの不運だった。私は岡倉でなくても誰か代りを連れて行けばよかったのだ。カメラも遠慮せずに友人から借りて行けばよかった。

Ｖ壁の登攀は、苦しい闘争だった。それまで途中の五回の試験的な失敗が、どれだけ私を助けたかしれない。いざ、壁を登って見ると、下から見たよりも数倍困難な条件だった。不安なホールドに身を託しながら五、六メートル登っては小さなレッジで一息入れる。上は大小のハングの連続だ。ハーケンを打ちこみ、捨て縄をかけ、ザイルを使って自己吊《つ》り上げの危険な作業を何度くりかえしたか分らない。小さなテラスに出るたびにほっとした。灌木《かんぼく》一本ない、そして足場のないトラバース。高度感が絶えず私の精神をつぶしそうにした。

私は長い長い苦闘の挙句《あげく》、ようやく稜線《りょうせん》にとりつき、夢にまで思っていたＶ壁をはい上り、その柔らかい草の生えた頂上に立つことができた。

その時の感激は、今でも忘れない。私はその短い草地に身体《からだ》をあお向けに横たえ、すぐ顔の上をよぎって過ぎる、手の届くような雲を眺めたものだ。晩秋の、二九七〇メートルの頂上の風は、雪をまじえたように冷たかった。すでに雪におおわれた部分もある。私はその凜烈《りんれつ》な風に涙を流した。

しかし、私の疲れきった身体は草の上でとろけ、数分間の快い睡りさえとった。その睡りからさめた時、自分の身体がそこに寝ていることが夢でないことを知った。すぐ近くに見えるＳ岳も、Ｎ岳も、Ａ岳も、それから背後にあるＷ岳も、それまで私が見たいかなる姿にもないものだった。この頂上から彼らの見せた変化を最初に知ったのは、私だった。

午後の陽射《ひざ》しが西へ少しずれかける時、私はZ谷を下降してS谷出合いに出、それから、これまで十何度か踏んだ村道をL部落にとった。私は歩きながら、この脚が先輩の成し遂げなかった事業を最初に成功させたのだ、と自分の心に云い聞かせ、その歓びを噛《か》みしめていた。身体は疲労していたが、心は疲れていなかった。

L部落に入ると、私をいつも泊めてくれる勘兵衛爺《かんべえじい》のところに泊った。勘兵衛爺は、夏山になると、R岳のガイドを兼ねていた。家は狭く、汚ない六畳が二間しかなかった。それに、彼は子供がなく、老妻と二人暮しだった。息子は二人いたが、両方とも戦死したのである。

勘兵衛爺は、榾《ほだ》のはじく囲炉裏のそばに私を据えた。彼は私がV壁を登攀したと聞いて、いつも脂《やに》のたまっている、赤く濁った眼をまんまるくして愕《おどろ》いた。それから彼は、その人のいい老妻に云いつけて、自分が愉《たの》しみにのんでいる地酒を茶碗《ちゃわん》についでくれた。私はその汚ない茶碗を合わせた最初の乾杯の味を忘れない。

茶碗を上げた時、勘兵衛爺の頭上には、戦死した二人の息子の写真があった。黒く煤《すす》けた天井と、ささら立った畳とが、私の第一番の祝賀会場だった。

しかし、ここまで述べてきた私は、実は一つのことを云い落しているのだ。私の記録にも書いてないことだ。もちろん、誰にも云っていない。そのことが今度の私の陥《おと》し穴となったのである。

私はV壁に単独で登攀したが、これには誰も証人がいなかった。単独登攀は、審判者も見物席もないところでのプレーだ。勘兵衛爺にしても、私の話を聞いただけである。彼は真実の証人の資格はなかった。

しかし、実際の審判者はあったのだ。しかも、私はそれを口にすることができないのである。

私がV壁の登攀に成功してZ谷を下降した時、実は二人の登山者に出あったのであった。地点は、Z谷を降りてS谷出合いに出るまでの、Y岳の登り口だった。

それは男と女だった。女はそれほど若いひとではなかった。三十くらいだったが、かなり山の経験者であることは、その服装や装備のつけ具合で分った。男は女よりちょっと若そうだった。背の高い、がっちりした肩を持った青年だった。彼は頸《くび》から双眼鏡を掛けていた。

山で出あった時の岳人同士の心得として、私はその二人に軽く会釈《えしやく》して通り過ぎようとした。すると、私を止めたのは男のほうだった。出あった時、二人が私を遠くから注目していたことは知っていたが、呼び止められて彼の言葉を聞いた時、私にその凝視の意味が分った。

「おめでとう」

青年は、いきなり私に手をさしのべた。

私はとまどった。

すると、彼は、うろたえる私の様子を眺めながら、私がV壁を登攀しているのを見ていた、と云うのだ。

「これですよ」

彼は頸から下げた双眼鏡を私に示した。

「これであなたの登攀を、S岳の途中から、すっかり拝見してたんです。素晴らしい。ほんとにおめでとう」

聞けば、この二人はS岳に行くつもりで登りかけたが、偶然にも、一つの小さい影がV壁を匐《は》い登っているのを発見し、双眼鏡で始終を観察していたと云うのだ。

「ほんとにおめでとうございます。素晴らしかったわ」

女性は、私の顔を身じろぎもせずに見入った。きれいな女《ひと》だった。すんなりとした肩に重たげなリュックサックが掛かっていたが、前にも云うとおり、かなりの山の経験者であることは分った。

二人は双眼鏡で、私がV壁の頂上まで匐い登ったのを見すまし、予定どおり、S岳に登り、ちょうど、帰ったところを、ここで偶然に出あったのだ、と云った。

私たちはS谷出合いまで歩き、発電所の工事小屋のあるところで別れた。そこから私はL部落に入り、その二人は、黒山越しにY駅に出るコースをとった。

このわずかな同伴の時間、私たちは話を交わした。それは彼らにとって重大な話だった。なぜ、見ず知らずの私に彼らがそれを話したか。彼らは私がV壁を初登攀したことにひどく興奮し、それから、山の仲間同士の親しさに云ってくれたことだと思う。もっとも、それは彼らが進んで話したのではない。私が、この初登攀の証人になってほしいと頼んだ時に、彼らは困惑して、ついにその事情を打ち明けてくれたのである。

話は重大だった。しかも、この時約束させられた私の立場も重大だった。これが今の私をどうにもできない立場に追いやっているのだ。その時、私は二人の名前を聞いた。その住所も知った。しかし、それは私が絶対に、他人に洩《も》らしてはならないことだった。

# 二

私は山から帰ると、皆に祝福された。誰もが征服を志し、誰もが挑戦しては失敗しているV壁の初登攀《はつとうはん》に、私は成功したのだ。このことは新聞にも出たし、普通の雑誌にも紹介された。むろん、山の雑誌からは執筆依頼がつづいてきた。

私は書いた。しかし、S谷出合いで出あった二人のことには触れなかった。それは書いてはならないことなのだ。私はあの二人と固い約束をした。そして、それを私が死ぬまで守ることを誓ったのだ。

その後、私は、自分の初登攀の経験による詳細なデータを山岳雑誌に発表した。

これが私の名前を山岳史上に遺《のこ》したのである。

私の成功を和久田も喜んでくれた。彼が私に近づいて握手を求めた時、私の心の中に、ひそかにうずくまっていた彼への疑惑が、たちまち解けてしまった。その時の彼の純真な顔を、今でも私は思いうかべることができる。それは、成功した友人を心から喜んでくれる岳人特有の純粋さにあふれていた。俗な言葉でいえば、彼は私に負けたのだ。にもかかわらず、勝った私に心から拍手を送ってくれた。やはり彼は山の男なのだ。そして、私の友人だった。

山に登る人間に悪人はいない——という通り言葉が、この時ほど私に切実に味わわれたことはなかった。

しかし、それから以後六年間も、隠微の間に彼の邪悪なささやきがつづけられていたのだ。私はその発言者が和久田とはっきり云《い》い当てることができる。彼は、自分でそれを云わなかったし、他人も、それが彼だとは云っていない。だが、私には分るのだ。彼よりほかにいない。

そのささやきは、私の記録は全部嘘《うそ》だと云うのである。私、つまり、高坂憲造《こうさかけんぞう》はV壁を登攀もしないのに、いかにも登攀したように云いふらし、記録をでっち上げたと云うのである。

彼がいかにそれをまことしやかに吹聴したかは、私の知らない間に「樺《かば》の会」の古い連中までがそれを信じていたことで分る。これほどの説得性を持ち、これほどの理論を云う者は、和久田しかいない。

彼は私の知らないところで、私の書いた記録の「さまざまな矛盾」を、いちいち指摘したのであった。

もっとも、その矛盾は、彼自身が登攀したことはないので当て推量にすぎなかった。

だが、その推量は、彼の長年の山登りの経験と、文献に通じた知識から割り出されていたのだ。誰もがそれを納得した。

しかし、もう一つの罠《わな》が設けられてあった。それは、その「嘘」をすぐ私に向けて攻撃するのは友情の上からよろしくないと云うのである。黙っていよう、そして、これは会の恥であるから秘密にしておこう、と彼は云ったそうである。

この「友情に満ちた、いかにも男らしい言葉」は、「樺の会」の連中に守られた。

こうして六年間も私の眼から隠れたところで皆の非難が私の一身に集中し、私を軽《けい》蔑《べつ》し、私を足蹴《あしげ》にしていたのだ。これは、当時すぐに私に向けて投げつけられるよりもはるかに深刻で、はるかに長期にわたり、はるかに広い範囲で、全日本山岳界にその恥を浸透させるに役だった。知らなかったのは、当人の私一人である。

六年後、はじめてそれが明るみに出された。持ち出したのは、むろん、和久田ではない。私と同じ仲間でもなかった。それは、世代が違うわれわれの後輩からだった。

彼らはこう云った。高坂憲造の虚偽の記録は、「樺の会」の恥さらしである。このことは誰もが知っているが、口に出していない。われわれは他の山岳会の人たちに恥ずかしくて仕方がない。また、自分たち若い世代の者と高坂憲造とは何の関係もない。これはただ先輩と後輩というだけだが、このような古い観念で自分たちの顔にいつまでも泥を塗られていることは、我慢のできないことだ。のみならず、これからも後輩が同じ屈辱を受け、同じ恥ずかしさをつづけてゆくかと思えば、この際、この問題ははっきりと公にし、彼の立てた作りごとの記録を取り消すべきだ——。この主張は熱心で力が入っていた。

しかし、彼らもいきなり雑誌に出すような無礼なことはしなかった。まず、彼らの代表者が数人、私のところへ来た。

そして、私の記録について根掘り葉掘り質問した。それは、最初から一つの観念と結論とを持った上での質問だった。だから、それは訊問《じんもん》といってよかった。

私はその若い連中の云うことを聞いているうちに、途中で思わず怒鳴ったものだ。

「君たちは、ぼくが七年前に立てたあの記録を、まるきりぼくの創作だと思っているのか?」

すると、彼らは、そうだ、と一斉にうなずいた。そして、さまざまな疑問を提出した。それこそ、まさに和久田理論そっくりであった。

私は和久田が推定したその疑問を打ち破るのはやさしかった。だが、私がいくら云っても、若い連中は信じこんでいて、私の説明を納得しなかった。最後に、彼らは取っておきの、そして、私にとってはいちばん打撃的なことを云った。

「あなたが単独登攀したことをいくら記録で云っても、それには証人がいないのです。誰かいませんか。それがあったら、われわれも納得するのですが」

むろん、証人はいなかった。単独登攀だ。それに、カメラも持っていなかった。もし、それが写真記録として残しておいたら、その頂上から写した風景で、彼らも納得してくれるであろう。だが、それもないのだ。

証人——それを云われた時、私の頭には、S谷出合いで出あった二人の男女のことが浮んだ。幸い、名前も聞いている。住所も分っている。この二人に出てもらえば、私へ対する屈辱的な嫌疑は晴れるのだ。

しかし、私には云えなかった。約束である。彼らと交わした誓約が私の舌を縛った。だが、証人という言葉が出た時、私はうっかりと云った。

「証人は、ないことはない」

詰めかけて来た連中は、え、と云って息をのんだように私を見つめた。

「それはどういう人ですか？」

当然の質問である。

「ぼくがV壁を登攀していた始終を、双眼鏡で目撃した人がいるんだ。その人とは、下降してS谷出合いで出あった」

「そういう事実があったのですか。知らなかったです」

彼らは間の悪そうな顔をして云った。

「どこの人でしょう？　何という人ですか？」

これは予期された追求だった。

「事情があって云えない。その時、ぼくはそれを誰にも話さないと約束したのだ。せっかくだが、その人たちの名前だけはかんべんしてくれ」

すると、今まで都合の悪そうな顔になっていた彼らは、ふたたび眼を光らせはじめた。

「それはおかしいですな。どういう約束か知りませんが、この際、その人の名前を出したらどうです？　高坂さん、あなたはわが国山岳界でのベテランです。あなたの名前は山岳史上にも消すことのできない存在です。そのあなたが今、自分の立てた記録を疑われている。これは岳人にとって最大の恥辱です。もしかすると、あなたはそのために、山岳界から葬《ほうむ》り去られるかもしれないのですよ」

だから、その証人の名前を云ってしまえ、と詰め寄るのだった。

「云えない」

と私は断固としてしりぞけた。そして、理由はその人たちとの約束だからと言う一《いっ》本檜《ぼんやり》で押し通した。彼らは以前にも増して蔑《さげす》みの眼を私に投げつけ、座を蹴るようにして帰って行った。

彼らは、私がデタラメを云っていると思っているのだ。窮余の策として架空の証人を出したが、名前の段になってそれを云うことができず、一時の逃げ口上を云った、ととっているのだ。覚悟の上である。彼らがそうとるのは普通だった。私だって立場を変えたらそう思うに違いない。

彼らの眼には、私が大嘘つきで、自分を偉く見せようとする、この上ない虚栄者に映ったであろう。

S谷出合いで出あった、その二人の名前は、私の古い山の日記についている。私は彼らが帰ったあと、それを開いて見た。この名前さえ云えば、私の現在の危機は救われるのだ。そうだ、彼らが云ったように、私は今、山岳界から完全に偽善者として葬り去られようとしている。それを救うのはこの古い山の日記についた、一人の男と一人の女の名前だけだった。

しかし、云えなかった。約束だった。それも、その二人の一身上の重大なことに関連していた。もし、私がそれを公表すれば、二人はどれだけ迷惑を受けるか分らない。悪くすると、その二人のどちらかの生涯を破滅に追いやるかもしれないことだった。

私は歯を食いしばった。そして、確実に現われるであろう、私への弾劾《だんがい》を待っていた。そして、それは予期どおりに出た。——

三

弾劾は、最も権威あるとされている山岳雑誌「岳稜」の巻頭に「高坂憲造のV壁登攀記録への疑問について」という題で現われた。それは六ページにもわたる文章だった。傍題として「世にも不思議な物語」と、どこやらで聞いたような文句がつけてある。筆者名はなかった。「樺の会」有志とあるだけだった。

私はそれを貪《むさぼ》り読んだ。落ち着こう、落ち着こうと思いながら、最初の一読は眼を走らせただけだった。二度めから、その文章をゆっくりと読み、三度めはそれを分析した。

「これは一般にすでに知られている事実である。ただ公表されていないだけだ。

高坂憲造氏は、わが国の山岳界の先輩の中で現役だし、現在でも重鎮である。

ここで、氏の書かれたV壁初登攀の記録を——それは栄光と権威を持っていて、さまざまな山岳書に引用され、若い岳人たちが学んだものだが、これについてこういうことを書かねばならぬことは、まことに致し方のないことである。しかし、いずれは発表しなければならない問題だ。

氏の記録に疑問が持たれたのは、それほど新しいことではない。数年前からその疑問はつづいていた。

それを公然の秘密として一般に出せなかったのは、氏の友人、つまり古い山の仲間たちの、誤った友情のために隠蔽《いんぺい》されていただけである。だが、いうまでもなく、これは誤った美しい友情である。

一個人へ対する友情から、公の問題を誤ったまま隠せるものではない。また、虚偽は永遠性を持つものではない。

いつかは、それは暴露されるのだ。同じ疑問を提出するうえには、他の団体よりも高坂氏自身が所属していたわれらの会から、まず提出するのが順当であろうし、また、氏自身にとっても、気持ちのさっぱりすることだと思う。

われらの会は、高坂氏が初登攀した当時よりも人員が交替している。古い仲間は、先輩としての多くは現役を退き、今、中堅は、その後の若い者にとって替った。

われわれは決意をした。そして、それぞれの自発的な意志で会合し、高坂氏のV壁初登攀の記録を検討した。そして、全員一致で高坂憲造V壁初登攀記録を公式なものから削除することを決議した……」

　それに続いて、私が記したV壁登攀《とうはん》のこまごまとした記録について、逐条的に疑問を挟《はさ》んでいる。

　V壁は、その後、たびたび他の登山家によって登られている。私が登った時の記録とあとから続いた人びとの経験とは、大体、一致するはずだ。このことに疑問を持たれたことはない。ただ、私の初登攀の時は、それが最初であったせいか、小さなことに記憶の錯誤があった。

　V壁は八〇メートルもの断崖《だんがい》だ。その一つ一つの細部を事細かに、正確に記すことはむずかしかった。最初の登攀だという興奮のあまり、細かい部分に取り違えや思い違いがあった。弾劾文はそこを突いて、事実と違うと言うのである。

　しかし、そのことが何の問題になろう。あとから登った者が私の記録にそれほど致命的な欠陥を見いださない以上、私の記録は疑うべくもないことだ。彼らの「疑問」と題する非難は、わずかな言葉じりや錯誤につけ入ったものばかりだった。

　それはまあいいとして、その文章の終りに、私の予期していた攻撃が加えられていた。

「われわれはこの文章を草する前に、礼儀として高坂氏を訪ね、質問した。高坂氏は頑として、自己の記録は真実である、と主張した。氏は確実にV壁を最初に登ったと云い、われわれは登らなかったであろうと云う。この二つの平行線を解決するのは、氏の登攀の証人である。ところが、幸か不幸か氏は単独行であった。

のちの証拠として提出する用意のカメラも持参していなかった。氏は弁解して、当時カメラは修繕に出していたと云う。

カンぐって云うならば、まことに都合のいい時にカメラの故障があったものだ。

氏は友人から、なぜカメラを借りてでも登攀しなかったのであろうか。

ところが、追求した末に、氏は実に意外なことを云いだした。自分のその登攀には目撃者があり、証人がいる、と云うのだ。われわれはその一語を聞いた時、氏のためにまことに喜んだ。ぜひ、その証人の名前を挙げてもらいたい、そして、氏自身が忙しかったら、われわれがその証人の所に行き、氏の名誉のために、はっきりとしてもらおう、と提言した。

ところが、氏の返事は、ここでもまことに好都合だった。証人は確かにある。一人は男で、一人は女だった。この二人はS岳に登る途中で、双眼鏡で自分の登攀の始終を見ていた。だが、残念だが、その人たちとの約束でその名前は云えない、というのだ。

証人はある、しかし、その名前は云《い》えない——まことに氏自身にとっては、何もかも都合のいいようにできている。

その男女はどのような約束を氏としたかしらないが、まことに氏を助けるためにこの上ない約束をしたものだ。

われらは、ここで、持って回った云い方はやめよう。氏は、自分の虚偽の記録に疑いを持たれたので、ここでもさらに虚偽の証人を出したのだ。幻の記録に幻の証人を提出したのだ。これは氏自身のため、また、わが国山岳界の名前において、まことに悲しむべき出来事である……」

私は視線がふるえ、活字が揺れた。この活字の間から、何千、何万という全国の岳人たちの非難の声がわいているのを覚えた。

私は、さらに、この活字の裏側に和久田淳夫のしたり顔を発見した。彼はさまざまな山の本を書いているが、まだこれといった注目すべき登攀記録をモノしていない。彼は、その文献的な知識で、いつの間にか登山の権威者とはなっていたが、事実上の履歴は、それほどではなかった。

彼にとっては、これが何よりの私へ対する劣等感だったのだ。

この文章を書いた人びとは、私たちの世代とは違う。その限りにおいて、文章の起草者の心情は、私に向っての私怨《しえん》から出たのではない。それは若い人の持つ正義感といったものであろう。

しかしこの観念の原因、つまり高坂憲造が虚偽の記録を書いたという云い伝えを植えつけたのは、和久田淳夫であった。

彼の仕掛けた罠《わな》は、私を断崖に追い詰めてきた。見事な工作である。

この文章が発表されると、普通の雑誌からも私に対して感想を求めてきた。感想と云うよりも、彼らの態度は、私に告白を強いているといってもいい。それほど、私は被告の立場に立たせられていた。

私の手許《てもと》には、毎日、数十通という手紙が舞いこんだ。ほとんどは山の関係者たちだった。それも私と昵懇《じっこん》な者もあり、また未知の者もあった。が、そのほかにも、山には関係のない人たちまで、あの抗議文を読んだといって、私へ悪口を書いてよこした。

そしてその多くは、あるいは柔らかい言葉で、あるいは脅迫的な言葉で、私に山岳界から身を引けと勧告するのだった。私の耳には、この稀代《きたい》の嘘《うそ》つき、そして、山岳界に虚名を馳《は》せた高坂憲造を葬れ、という叫びが巨大な音響となっていた。

私は白い眼で見られた。それは岳人の仲間だけではない。私の勤めている会社の連中からも、これまでにない表情で迎えられた。みんな私へ投げつけられた弾劾を知っていた。しかし、みんな私にはそのことを黙っていた。だが、私には分る。

喫茶店に行ってもそうだった。私は登山家たちが集まる喫茶店を避けなければならなかった。のみならず、近所の者までも、私が外に出るとよそよそしい顔をした。いや、これは私の思い過ごしであろうか。だが、神経過敏になった私には、他人の眼が悉く《ことごと》私への非難軽蔑《けいべつ》に映って仕方がなかった。

この中で、私の妻だけが私を信じていた。妻は、山で知り合った女だった。彼女も「樺《かば》の会」に所属し、和久田を知っていた。それは微妙な云い方になる。和久田は私たちの結婚に衝撃を受けたのではないか、と思い当るところがあるのだ。

だが、和久田の陰謀が妻の冴子《さえこ》に根ざしているとは思いたくない。それはあまりに卑俗的な云い方になる。

私がついに禁を破って、私の手帳に秘した一人を訪ねて行ったのは、冴子からすすめられた結果だった。私は初めて自分の名誉を真剣に防衛する決心をつけた。

## 四

茨城県R町　西田浩一《こういち》——それが手帳にある一人の名前だった。そして、私が訪ねて行った相手だった。あれから七年になる。背の高い、がっちりとした肩を、私は今でもはっきり眼にうかべることができる。顴骨《ほおぼね》が少し出ていたが、眉《まゆ》が濃く、眼の大きい翳《かげ》のある顔だった。色は黒かった。それは、伸びた不精髭《ぶしようひげ》のせいかもしれない。笑った時の眼は愛らしかったが、全体に疲れたような憂鬱《ゆううつ》なかげがあった。ことに、それは彼らから話を打ち明けられたあとで私の印象は濃くなった。

西田の住んでいる町は、常磐線の××駅で降りる。そこから一時間ぐらいバスに揺られてゆく。町の名前になっているが、実際は中心街から四キロも離れた地点だった。砂地ばかりの海岸沿いに、風よけの囲いが垣根のように並んでいる。

家並みが潮風で痛めつけられた松林を背に、垣の奥に引っこんでいる。西田の家は、そういう漁村の一軒だった。

ほとんどの家が、砂の上に建っているようなものだった。私が訪れたとき、二十歳《はたち》ばかりの若い女が出て来た。私は顔を見てすぐに西田の妹だと分った。そこで私が聞かされたのは、すでに西田浩一が、六年前死亡していることだった。

彼の死亡は、実のところ、私にはそれほど唐突な印象を与えなかった。出かけるとき、そういう予感はどこかにあったのである。S谷出合いからわずかな時間だったが、彼の口から打ち明けられた話から想像して、そのことは意外ではなかった。妹は当然に私と彼女の亡兄とのつながりを訊《き》いた。私は、山の仲間の一人だ、と云った。

東京から来たというので、妹は私を兄の墓に連れて行ってくれた。それはやはり、砂地だらけの中に草の生えた小高い場所だった。妹は私に、たくさんの墓の中から、わりと新しい一基を見せた。

私は墓の前で合掌した。しかし、その合掌は私自身の虚《むな》しさに向っていた。彼からの証言は永久に得られないのだ。

私は妹から西田の死を聞いた瞬間から感じていたのだが、西田の死は自殺に違いない、と決めていた。そのことを、しかし、この妹に云いだすのには勇気を要した。

「そうなんです」

妹は、私の控えめな質問に答えた。

小高いその丘からは、大らかに彎曲《わんきょく》した海岸線が広がり、船も見えない蒼《あお》い海が、沖に白い波頭を立てていた。風のある日で、そばに立っている妹の髪がもつれて真横になびいた。

「兄は学校を出て、東京で就職していました。学生時代から山登りが好きで、会社の休暇のときも、この家に帰ることはめったになく、ほとんど山で暮していました」

妹は声を風にとられながら話した。

「就職して五年めでした。ある日、兄が突然帰って参りました。大そう疲れていて、病気かと思ったくらいです。そして、それっきり東京にも帰らず、こうして、この浜辺をぶらぶら歩いていましたわ。

兄がひどい精神的打撃を受けて帰ったことは、わたくしには想像できました。でも、いくら訊いても、兄はそれを云いませんでした。わたくしは、兄が何か云ってくれたら、それだけ兄の苦しみが少しは軽くなったのではないかと思います」

私はそれを聞いて、この妹は兄の自殺の原因を想像していると思った。普通の恋愛だったら、あるいは西田浩一は妹に打ち明けたかもしれないのだ。しかし、これは打ち明けてはならない恋愛だった。

「一週間めでした。わたしたちが朝起きてみると、兄は薬を飲んで死んでいました。遺書も簡単なのがあっただけです。原因については何も触れていませんでした。ただ、自殺する前に、兄は自分の部屋に籠《こも》って、一心に手紙を書いていました。でも、それは死の枕許《まくらもと》にはありませんでした。手紙は兄が死ぬ前、ポストに投げこんだらしく、宛先《あてさき》は分りませんでした」

私はこの妹に、最後まで、兄の山の友だちで押し通した。

妹は、私に、兄の山の道具が遺《のこ》っているから、よかったら、記念としてお気に入ったものをさしあげたい、とも云った。

私は辞退した。私がほしいのは、西田浩一の面影ではなかった。ほしいのは、彼の「証言」だった。

私は砂地の道を歩いてバスの停留所へ向った。妹は停留所までわざわざ私を見送りに来てくれた。停留所は、人家の屋根越しに蒼い海が望まれる所にあった。

西田浩一は永久に言葉を失っていた。私は疲れて東京にもどった。

しかし、私の手帳には、もう一人の証人が書いてある。それは、あの時のきれいな女性だった。いくぶん、西田よりは年上のように見えたが、それは当っているだろうか。

発電所の小屋で別れるとき、西田浩一とその女とは、黒山越しに汽車のあるほうへ向ったのだ。その後ろ姿が、まだ私の眼にはっきりと残っている。その女性は、始終、西田にいろいろと気をつかっていた。

——兵庫県神戸市須磨××番地　白鳥弓子。

その女性の名前だった。

私は、あくる日の晩、東京駅から汽車に乗った。冴子はホームまで見送ってくれた。

東京の灯が車窓から流れ去ったとき、一時的だが、私に対する悪罵《あくば》と汚辱とが、美しい灯の装飾にくるまって過ぎゆくように思えた。

神戸駅に降りたのが翌朝の十時だった。

私はタクシーを走らせて、手帳に書いてある番地へ向った。神戸の街をはずれると、道は海と山の斜面との間を伸びていた。山陽線がこの道に沿って走っていた。海には淡路島が浮んでいた。朝から午《ひる》に移る太陽の光線は逆光のせいか、島を霞《かすみ》に包んだように淡くさせていた。

道になだれ落ちている六甲山麓《ろっこうさんろく》の斜面は、ほとんどがきれいな住宅ばかりだった。

「××番地はこの辺ですが、どこに停めますか？」

運転手が私に訊いた。

「白鳥さんという家《うち》だが」

私が云うと、運転手はすぐに分ったようにうなずいた。

「ああ、元外交官をしてらした方ですね」

「外交官？」

「そうです。どこかの国の参事官だった方でしょう？」

私は黙った。返事の代りに、その白鳥家の正面に着けず、少し離れた所に停めてほしいと頼んだ。運転手はそのとおりにした。

その家は、周囲のほかの家がそうであるように、高い石垣の上に築かれていた。車から降ろされた道は、白砂を撒《ま》いたように美しかった。石垣の上にあるどの家も、別荘風の高級住宅だった。それは斜面に沿って、ある秩序をたもちながら、層々と積み上げられ、陽に輝いていた。

私は初めて白鳥弓子が外交官夫人だったことを知った。人妻とは想像していたが、それがどのような身分の女《ひと》だか、山であったときは知っていなかった。

白鳥という表札の出ているきれいな門の前を、私は何度か往復した。すぐに入ってゆく勇気はない。夫人に会って、私の証人になってもらうことを頼みに来た目的は、私の心の中で半分崩れかかっていた。

門の中は森閑としていた。手入れの届いた庭木があったが、その中で背の高いヒマラヤ杉が、何かこの家の主人の職業を表わして象徴的だった。庭木の茂りの間に、和洋折衷の屋根と白い壁とが見えた。

壁には窓があったが、暗いだけで、人の姿は見えなかった。

私がやっと勇気をだしたのは、何度めかにその門の前に来たとき、女中と思えるような若い女が出てからだった。私は思いきって彼女の方へ近づいた。そして、こういう者だが、と名刺を渡し、奥さまにお目にかかりたいと申し入れた。

門の中は塀《へい》の外で眺めるよりもずっと立派だった。玄関までの径《みち》もしゃれたものだったし、庭の造り方も洋風で、子供がいるのか、横手に小さなアーチ型の小門があり、白いブランコの支柱が見えた。

門にはバラの蔓《つる》がはっていた。それから中庭に面した家の側面は、北欧の民家でも模したように、白壁に太い黒い梁《はり》が交差し、スエーデン風の赤い煉瓦《れんが》の煙突がつかれてあった。

白鳥家の海を見渡す瀟洒《しょうしゃ》な応接間で、七年ぶりに白鳥弓子と逢《あ》った時のことを、ここにくわしく述べる必要はない。彼女は私の名刺の名前を憶《おぼ》えていなかった。私の顔を見て、はじめいぶかるような眼をしていたが、途中で気がつき、見る間に顔色を変えた。

あの時も美しかったが、白鳥弓子は七年もたった今、もっと美しかった。それに、あの時の山の服装と違って、和服の彼女の姿はずっと落ち着いていたし、上品でもあった。

彼女はすぐに気を取り直して、女中の運んだ紅茶を私に勧めたりした。私と彼女との間には、眼に見えない取り引きが行われていた。私はここからの眺望を賞《ほ》め、彼女は遠方からここまでわざわざやって来た私をねぎらった。私たちの会話と、私たちの見合っている表情とは別ものであった。

私たち、二人の眼前には、霰《あられ》まじりの強風にたたきつけられている粗い岩肌の壁が立っていた。

突然、その障壁を払ったのは、応接間に闖入《ちんにゅう》して来た二人の子供だった。

一人は十歳ぐらいの男の子で、一人は五歳ぐらいの女の子だった。ママと彼女に呼びかけ、大声に自分たちの遊んで来たことを報告した。

白鳥弓子はやさしい笑顔になって、二人の子供をたしなめた。それは、たった今まで私にむかっていた硬い表情に代って、細い眼で子供の全身を撫《な》でる、あの平凡で満足げな母親の顔だった。

私の言葉も、その子二人を賞めるお世辞に変る仕儀となった。母と子供とは、顔を触れ合うようにして親密そうに話している。

これが、あのS谷から西田浩一とつれだって降りて来た女性だろうか。絶えず青年により添うようにして、彼の世話をしながら山道を歩いていた同じ女だろうか。

あの時の顔の記憶も、今とは別人だった。それは、死を決していた人の顔だった。

(ぼくたちが、あなたのV壁単独登攀《とうはん》の証人になれないのは、ぼくたちは、ここに来

たことを誰にも知られてはならないからです）

西田浩一は、私にそう話した。彼女も彼の肩に頬をすりつけるようにして眼を伏せていた。

（なぜだか、ご想像がつくと思います。ぼくたちは山が好きでした。この女《ひと》も……）

西田はそう云《い》って、愛情のこもった眼で、自分の肩にのっている彼女の顔をさしのぞいた。

（山が好きなんです。ぼくたちは山で結ばれたようなものでした。ぼくらがあなたの証人になれないのは、ここに来たこと自体を誰にも秘密にしているからです。もう、お察しがつくと思います。この女《ひと》はよその奥さんなんです）

彼はそう打ち明けた。

それから彼は、自分の住所と名前を私に書いてくれた。それは、私がV壁を初登攀したのに感激したからだといった。だから名前を他人に云っては困ると云った。私は絶対にそれを秘密にすることを約束した。彼が名前を書いてくれたのは、実は、あと十年もたてば、自分だけでも、もし、その事態になれば、証人になってあげたいからだ、とも云った。

ただし、それは自分たちが死ななかった場合だと云い添えた。女も男にならった。

青年の止めるのも聞かずに、彼女も一しょに自分の名前を私に告げたのだ。

なぜ、女までが自分の名前を告白したのか、私には長い間理由が分らなかった。

この秘密は、女だけでも名前を明かさないのが普通ではないか。しかし、名前を私に教え終った時の彼女の顔には、少しも後悔は見られなかった。

それは愛人と同じことをしたのだと云いたそうな、晴ればれとした表情であった。

——しかし、この女だけはあとあとまで死ななかった！　そして、私の眼の前に坐っている。

五

私の回想は破られた。思いがけないことが起った。

子供のあとから、瘦《や》せて背の高い、中年の男が応接間に現われたのだ。

もっとも、それは私の訪問を知って、ここに来たのではなかったらしい。というのは、彼は私を見て、

「おや、お客さまか」

云って引き返そうとしたからである。それを制止したのは弓子だった。

彼女は起ち、私を夫に紹介した。山に登っている時分知り合ったのだ、と彼女は私のことを夫に述べた。

白鳥氏は、いかにも外交官らしい端正な顔つきをしていた。病身なことは、その蒼白《あおじろ》い顔色で分ったが、女のようにすらりとした撫で肩は全体のひ弱い感じを代表した。

私は仕方がないので、旅行の途次ちょっとうかがったのだ、といった。白鳥氏は、私のいうことを疑わなかった。彼は私を歓迎する意味を、洗練された言葉で述べた。氏の身体《からだ》には、長い間の外国生活の匂《にお》いが立ちこめていた。

氏は私に、この辺は初めてですか、と訊《き》き、私が、そうだ、と答えると、彼は妻にむかい少しこの辺をご案内したら、と云った。妻は、ええ、そうしますわ、とすぐにうなずいた。が、その言葉のあと、あなたも、ごいっしょに、と云って、夫に同行をすすめたのである。

私たち三人はその家を出て、近くにある須磨寺のほうにいった。白鳥氏は小さい女の子の手をひいていた。

それは、私にとって奇妙な散策だった。白鳥夫人はやはり如才がなかった。彼女はある意味で大胆であった。訪問した私を、徹頭徹尾、普通のお客さまに扱った。私はいた。

秘《ひそ》かに観察して見たのだが、彼女は微塵《みじん》も私をおそれている様子がなかった。彼女の過去を知っている私が、夫の前にいるなど、少しも意識していないふうだった。どこまで明るくふるまっていたし、夫とやさしく話し、無邪気に子供の相手にもなって

夏に近い季節で、須磨寺の辺りは葉桜でおおわれていた。明るい日光が葉のしげみを濾過《ろか》して洩れ、人の顔を蒼く見せた。

しかし私は断じて云いたい。彼女の顔色には少しの変化もなかったのだ。つまり、私が最初に応接間で会ったときが、彼女のみせた唯一《ゆいいつ》の変った表情だった。

「妻は山登りが好きでしてね」

白鳥氏は、ゆっくりと私と歩きながら話した。

「娘のときからよく登っていたんです。わたしはそういうことができませんでしたので、ついぞ、相手になってやったことがありません」

白鳥氏は上品な声で話した。私のことを、彼の妻の独身時代、山のことで知った友人のようにあくまでもとっていた。

「主人は身体が弱くて、最近、外務省の方もよしましたわ」

白鳥弓子は、間に入って、夫のことを私に紹介するのだった。

「ここが主人の両親の別荘でございましてね。身体の保養がてら、みんなでこちらにまいっております」

葉桜の並木がきれて、須磨寺の古めかしい小さな建物に出た。斜面の上になっているここからは、葉のしげり越しに海がのぞいていた。

私は西田浩一の永眠《ねむ》っている海辺の墓を眼に浮べた。砂まじりの屋根の向うに海の見える村だった。私はにぎやかな声で子供の相手になっている白鳥夫人を、少々奇異な思いで眺めた。このひとは、かつて、西田浩一と死を決心した人なのだ。七年前、このひとは、愛人と自殺するはずだった——。

西田浩一は死んだ。むろん、夫人はそのことを知っているに違いない。だが、なぜ西田だけが死に、夫人だけがこの家庭の団欒《だんらん》の中に生き残っているのか。

私は、西田の妹から聴いた話を思い出した。西田浩一は死の直前に長い手紙を書き、それをポストに投函《とうかん》したという。その宛先《あてさき》が白鳥弓子であることには間違いはない。

しかし、その遺書を読んだに違いない夫人も、私が目撃した登山服の夫人も、——おそらく、そのとき愛人と死を決心していたであろう夫人も、ここにはいなかった。ただ、いるのは豊かな生活の中で家庭の平和を愉《たの》しんでいるひとりの中年夫人がいるだけだった。愛人を裏切ることによって、死の過失を切り抜けてきたひとりの夫人である。

女の子が父親の方に相手を求めた。白鳥氏は高い背をかがめて、妻と交替して女の子の手をとり、私たちから少し離れた。

わずかな間だったが、この瞬間、私と白鳥夫人との二人きりになった。

私は何か云いたかった。が、すぐには口に出なかった。二人は須磨寺の横から細い小径《こみち》を下りかけていた。草が伸びた径だった。

「西田さんは亡《な》くなられましたね。ぼくは訪ねて行ったのですよ」

私は決心して云った。

そのとき、二度めの変化を私は彼女の表情に見た。彼女のこれまでの柔らかだった瞳《ひとみ》が、瞬間、鋭くなった。急に顔の正面に物を投げつけられたときのような、あの険しい瞳だった。

夫人の足は、そのとき急に停まった。

「主人が……」

夫人は遠くの海の方を見て云った。

「ベルンから帰るという通知が来たときでした」

私は謎《なぞ》を投げられたように、呆然《ぼうぜん》と夫人の顔を見た。

しかし、夫人は、私にはかまわず、瞳を海の上に据えたまま、呪文《じゅもん》のようにつぶやいた。

「主人は……スイスに在勤していました」

私は、やはり夫人の顔を眺めていた。理解できない外国語を聞かされたときのように、しばらく意味が分らなかった。

このとき、後ろから足音が聞え、白鳥氏と子供がもどって来た。子供は、父親から母親の方へ走り寄った。

「さあ、さあ、これからお客さまをお送りしましょうね」

夫人の顔は、たちまち元の表情に変った。

彼女は、子供にかがみこみ、洋服の裾《すそ》についていた泥を払ってやったりしていた。数秒前に謎めいた告白をつぶやいていた表情は、もはや、どこにもなかった。母親らしい優しい平凡な笑いが顔いっぱいにひろがっていた。

私たちは、林の中についた斜面を降りた。私の横には白鳥氏が再び並んだ。すぐ下を電車が走っていた。白い往還が一条に延び、その向いは渚《なぎさ》になっていた。淡路島が少し濃い色につきかけていた。

白鳥氏は、やはりおとなしい声で私に話しかけた。それは、遠くから来た妻の客をもてなしている礼儀ある態度だった。

夫人は、子供と話している。背中で聞くと、夫人の声は、私が七年前、山で出あったときの声とまったく変っていなかった。

私は、夫人が私と二人だけのときに云った二つの断片的な言葉を、心の中で集めていた。

——主人が、ベルンから帰るという通知が来たときでした。

——主人は、スイスに在勤していました。

横で話しかけている白鳥氏の言葉が私には聞えなかった。

——白鳥氏は、スイスの大使館に在勤していたらしい。夫人の言葉は、七年前のそのことを私に説明しているのだ。

その時期、夫人は日本にいて、無聊《ぶりよう》のあまり、好きな山登りをやっていたのであろう。夫人が西田浩一と知り合ったのは、そのころに違いない。

夫人は、それを私に説明したかったのだ。主人はスイスに在勤していました。という一言が、彼女のすべての告白なのだ。この短い告白の中に、彼女のさまざまな過去が述べられている。夫人の恋愛も、愛人との死の決心も。夫人の二つの言葉は時間的に順序が逆だった。

主人がベルンから帰るという通知が来たときでした――この言葉の中に、夫人が西田浩一を裏切ったことも、彼だけ死に追いやったことも告白されている。

白鳥弓子は、おそらく、私が訪ねて来た目的を察したのであろう。だが、彼女の顔色には少しの狼狽《ろうばい》もなかった……。

何の恐れもなかった。ただ、彼女が私に全部を告白したのは、この二つのきれぎれの短い言葉だけだった。

それは、夫人の私への哀願ではむろんなかった。彼女が、それをつぶやいたとき、その表情は、むしろ昂然《こうぜん》とさえしていた。

再び白鳥氏の家の前に来ると、私のために呼ばれたハイヤーが停まっていた。私たちは手を振って別れた。白鳥氏も、夫人も、子供も、明るい初夏の陽ざしの中に立って見送ってくれた。陽の加減で、夫人の顔はまっ白く、陰影がなかった。彼女は、まぶしげに眼をひそめて私の方を眺めていた。

六

私は東京に帰った。

待ちもうけた妻の顔に、私は云った。

「だめだったよ。白鳥弓子さんは死んでいた。ご主人が外交官でね、彼女はスイスのベルンで亡くなったそうだ」

私はそれにつづけた。

「おれは山登りをやめたよ。今後、山岳界から退く」

妻は溜息《ためいき》をついた。

嘲笑と非難の中に私は自分で埋没されていく。一言の弁解もなく、一行の反駁《はんばく》文も出さずに、私、高坂憲造という古い岳人は、自己の記録とともに消えるのだ。

何をいわれても仕方のないことだった。私には証人がいなかった。一人は死に、一人は平和な家庭の中にこもっている。

病身の元外交官と子供とが、彼女を頼りに生きている。彼らの鞏固《きょうこ》そうでもろい壁が、私には破れなかった。

私は山岳界から転落し、彼女はあの六甲山麓《さんろく》の北欧風な城の中に生き残る。

——主人はベルンから帰るところでした。

この短い言葉に含まれた一切のなかに、西田浩一は自殺した。しかし、私は白鳥弓子を非難する気にはなれないのだ。彼女を、女の身勝手な自我と、誰がののしることができるだろうか。

私の初登攀の記録は、あの西田浩一の海辺の墓場のように、砂をかぶり削られてゆく。それでもいいのだ。

V壁をよじ登った自分のことが、過去の幻想だったと思えばそれですむ。

記録から私の名前が消えることによって、将来、R岳北側V壁の初登攀はなに人《びと》によってなされたか、山岳史の上で、永劫《えいごう》に不明となるだろう。しかし、その空白の部分が、かえって、私の現実を確かめる唯一の場所になるかもしれない。

（「週刊女性自身」昭和三十五年十一月十六日号）

# 絵はがきの少女

少年のころ、小谷亮介《りようすけ》は、絵はがきをあつめるのが好きだった。

父は官吏だったから出張することが多く、亮介のために各地から絵はがきを送ってきた。のみならず、叔父も、従兄《いとこ》も、亮介に送ってくれた。従兄は京都の学校に入っていたので、京の舞妓《まいこ》や大原女《おはらめ》などを寄越した。奈良、吉野、飛驒《ひだ》あたりに旅行したといっては、その地方の絵はがきを送った。考えてみると、従兄のものが一番多かったようである。

絵はがきは亮介の本箱の抽出《ひきだ》しに一ぱいになる位に集まった。北海道のも、九州のも含まれていた。亮介は、退屈すると、抽出しの中に積み重なった絵はがきをとり出し、未知の風物と遊んだ。

少年のときから亮介は、知らない、遠い土地に憧《あこが》れるくせがあった。さまざまな絵はがきは、その夢を充《み》たしてくれた。大てい、それは名所や旧蹟《きゆうせき》といったものが多い。松島や日光、阿蘇《あそ》、宮島、三保の松原、兼六公園、琵琶湖などといった類《たぐ》いである。

それらを何度も眺めているうちに、それぞれの景色は頭の中に滲《し》み入り、まるで旅したことのある土地のように彼には馴染《なじ》み深いものになった。何回、くりかえしても、少しも飽かなかった。

小学校のときは地理が一番好きだった。ことに教科書に嵌《は》め込んである挿絵《さしえ》の銅版画風景は、こよなく学科を愉《たの》しいものにした。添景《てんけい》的な小さな人物にさえも親しみを感じ、退屈しなかった。

しかし、亮介が大きくなるにつれ、絵はがきは次第に散逸して減っていった。それが幼稚に思えてきたせいもあるし、送ってくれる主が居なくなった為《ため》でもあった。従兄は、学校を卒業し、満州の会社に就職したが、二年目に死んだ。父は官吏をやめて老い、絵はがきは誰からも送られて来なくなった。本箱の抽出しの中は、受験用の参考書が交替するようになった。

そんなわけで、蒐集《しゅうしゅう》した絵はがきは殆《ほとん》ど失って了《しま》ったが、その中で、一枚だけ亮介が大事にとっておいたぶんがあった。それだけは、失いたくなくて、少し大げさない方をすると、肌身離さない気持で保存していた。

それは富士山の絵はがきだった。他愛《たわい》ない写真である。ただ、絵はがきの富士山といえば、田子ノ浦からの遠見とか、芦《あし》ノ湖《こ》の倒影とかの類いが普通だったが、その富士山の角度は、少年の眼に、すこし変って映った。

その富士山はあの裾拡《すそひろ》がりの底辺を全くほかの連山にかくされ、およそ八合目から上の方が覗《のぞ》いていた。遠望ではなく頂上はかなり近い距離で写っていた。そのため、富士山が少しも高くは見えなかった。

絵はがきの説明によると、「山梨県K村付近より見た富士の偉容」とあった。偉容という印象はなく、富士山が具合悪げに低い頂上を連山の上に据えている感じであった。後年、亮介は、それが北斎などの絵にある甲州から見た、いわゆる「裏富士」と呼ぶべき名であると知った。

だが、亮介が少年のころに、その絵はがきに愛着を覚えたのは、裏富士のせいではない。その写真に、添景物として写っているひとりの少女が心を惹《ひ》いたからであった。風景をいうならば、それは寂しい田舎道で、藁屋根《わらやね》の貧しそうな民家が道の両側にならんでいる。ひょろ高い松が四、五株、道ばたに立っていて、その一つは斜めに傾《かし》いでいる。富士山は、その街道の正面に立っているという構図だった。

問題の少女は、道の片側に、ちょこなんとこちらを見て佇《たたず》んでいた。七つ八つくらいのお河童《かっぱ》あたまで、裾の短かい着物をきていた。早春か、晩秋ごろらしく、袖無《そでな》しをきて、両手を脇《わき》に入れていた。おそらく、近所の農家の児が、偶然に立っているところを、写真屋が撮ったといった格好だった。

それだけでは仔細《しさい》はないが、亮介が眼を惹かれたというのは、その幼女の顔だった。

それは近景にうつっていたから、目鼻立ちまで、はっきりと判《わか》った。顔の輪郭は下《しも》ぶくれで、ぱっちりとした大きな眼と、小さい唇がついていた。尤《もっと》も、それは微小な黒い点としか見えなかったが、可愛《かわい》い顔だちの子であることは間違いなかった。

少年の亮介は、その少女の顔に、強い印象を覚えた。その絵はがきは、誰が送ってくれたのか忘れてしまったが、妙に低い富士山を背景にした貧しい田舎の少女は、子供心に他の絵はがきのいかなる人物よりも幻影を残した。少女の小さい顔には、自分の空想でいろいろな補足を加え、その想像にこっそり陶酔したものだった。

亮介は、その絵はがきだけは、大きくなっても捨てかねて、本の間に栞《しおり》のように挟《はさ》んでおいたりした。尤も、青年になってからは、さすがに幼稚な憧憬《どうけい》は無くなって了ったが、その代り、子供のころをなつかしむ気持で、たまにその絵はがきを発見しても、何となく破るに忍びなかった。

そして、いつか機会があったら、裏富士の見える寂れた絵はがきの村を訪ねてみるのも悪くないな、と思うようになった。無論、そのころは、少女はその村に居ないかもしれない。撮影の年月が判っていないので、亮介よりはずっと年上かもしれないし、そうなると、いい加減な小母《おば》さんかもしれない。或《ある》いは死んでいるかも分らなかった。

他人にいったら嗤《わら》われる話だが、亮介はそんな意識をもちながら、古ぼけた一枚の絵はがきを何処《どこ》かに忘れたように納《しま》い込んでいた。裏富士の見える甲州の淋《さび》しい村、というのは奈良や北海道と同じように、亮介が一度は訪れてみたい未知の土地であった。

○

小谷亮介は学校を卒業すると、或《あ》る新聞社に入った。所属は学芸部の記者だった。三年が忽《たちま》ち経《た》ち、彼は仕事に慣れると同時に、この時期は、いくらか退屈と疑問を覚えるころだった。

その年の早春、亮介はデスクから作家のB氏とY氏を訪ねて、その近況を記事にするよういいつけられた。この二人とも東京を離れて、B氏は甲府の近在に、Y氏は信州上諏訪《かみすわ》に、仕事のため、かなり長い間、滞在していた。

「Bさんには今年の秋ごろから連載を頼みたいと思っている。それとなくスケジュールを聞いておいてくれ」

デスクはそんなことをいった。

亮介は甲府は初めてであった。甲府ときいて忽ち心に泛《うか》んだのは、あの少女のついた絵はがきだった。いい機会である。時間があったら、あの村を訪ねてみたい。いや、時間が無くても、何とか都合をつけて行ってみようと思った。一方では、少々、ばからしい気がしないでもなかったが、心は弾んだ。少年のころから馴染んで憧れていた絵はがきの風景の中に、実際に自分が立ち、この眼で実景を見るのだと思うと愉しさが湧《わ》き上った。

亮介は、本棚を掻《か》き回して、例の絵はがきを捜した。どの本の間に挟めていたか忘れるくらい長いこと見たことがなかったが、ようやく探し当てた絵はがきは、やはり昔のままの古ぼけた色で本の間から落ちた。

さびれた街道、藁屋根のならび、数本の松、その向うに見える低い富士山、それから両手を脇下からふところに入れて佇んでいるお河童頭の少女——大きい眼と小さな口は、下ぶくれの顔に、小さな黒点でしかなかったが、子供のころは、それを空想でふくらませたものである。亮介は、煙草《たばこ》を喫《す》いながら、しばらくそれを眺めていた。少年の日の夢の追憶であった。

亮介は、翌日、中央線に乗って甲府で降りた。途中、盆地を走る汽車の窓から眺めた富士山は、なるほど絵はがき通りに八合目から上だけを覗かせていた。近景の連山が裾を屏風《びょうぶ》のように立て回して隠しているので、頭だけの低い富士山になっていた。

盆地の遠くには霞《かすみ》が立っていた。

B氏は甲府のはずれの温泉場で仕事をしていた。亮介とは四、五回会ったことがあるので、訪ねて来たことを喜んでくれた。

「いま、二時間ばかり手がはなせないんだがね。それが済んだら、飲みましょう」

酒の好きなB氏は、眼鏡の奥の眼を細めていった。

二時間なら、あの村を訪れるのに、ちょうどいい時間であった。亮介は、それでは、それまで遊んで来ます、といってB氏の宿を出た。君、悪いな、と何にも知らないB氏は、まるい童顔を気の毒そうにした。

宿で訊《き》くと、K村は車で三十分ばかりの所だった。

自動車は、甲府盆地の北隅を走った。釜無川《かまなしがわ》を渡ったが、川堤は始終道路と並行して見えた。富士山は左に姿を出していた。そうだ、この位置だ、と亮介は富士を見て思った。かれはK村が、間もないことを知った。

運転手が、車をとめて、此処《ここ》です、といった。その前から、前の硝子《ガラス》にうつる景色で亮介はすでに気づいていた。絵はがきと、そっくりな村が近づいて来ているのだった。

亮介は道の上に立った。ポケットから絵はがきを出して見くらべると、寸分も相違がなかった。古い藁屋根が少なくなって瓦ぶきの家に建て変っている以外、寂しい道路も、富士山の位置も全く同じであった。松の数株も、絵はがきの通りに残っている。ただ、斜めに傾いた松はいつ切られたものか、そこには無かった。

亮介はしばらく道の真ん中に佇んで眺めていた。遠い子供のころの夢の景色が、実際に其処《そこ》に在った。絵はがきの通りなのである。それから、その実景さえも、絵はがきと同じように古ぼけて、荒廃していた。物音一つ聞えなかった。人の影も見えなかった。少女が佇んでいたと思われるあたりには、鶏が遊んでいた。

これは絵の中の景色でもなければ、幻覚でもなかった。自分が靴でふんで立っている実際の光景であった。松の木も、家も、手を触れたら、固い手応《てごた》えが返ってくるのである。風も顔に吹いて冷たいのだ。——亮介は泪《なみだ》がにじみそうになった。来たよ、と声をかけたいくらいだった。富士山にも、藁屋根にも、松の木にも、それから少女が立っていたあたりにもである。そこには鶏の糞《ふん》が黒々と転がっていた。

近くの家から、六十ばかりの老婆《ろうば》が出て来た。咄嗟《とっさ》だったが、亮介は近づいた。殆ど前後の考えがなかった。少しでも考える余裕があったら、そんな真似《まね》は出来なかったことは確かだった。

亮介は絵はがきを老婆につき出したのだ。

「おばさん、この子は、この村の子かね？」

そういってから、亮介は初めて身体《からだ》に汗を感じた。老婆はおどろいたような顔をしたが、それでも、へえ、といって眼を絵はがきに落した。赤くただれたような瞼《まぶた》をしていたが、視力は案外正確のようだった。

「こりゃ岡村の、えみ子ずら」

老婆は、珍しいものを見たようにいった。

「ふんに、小せえときの写真があったもんじゃ。こりゃ、たまげた」

絵はがきを、ためつすがめつといった格好で眺めていた。

岡村えみ子――亮介は少女の名を初めて知った。

「おばさん、このひとは、まだ、この村に居るかね？」

老婆は、歯のない口で笑って首を振った。

「昔のことでやすがな、とうに嫁に行ったじゃん。容貌《きりよう》をのぞまれてな、茅野《ちの》の寒天問屋の高崎屋の若旦那《わかだんな》と一しょになりやした。もう、十四、五年も前になるずら」

○

亮介は、その晩、B氏にすすめられて宿に泊り、翌朝、上諏訪《かみすわ》にY氏を訪ねて行った。

途中で、汽車の窓から見ると、茅野の駅から八ケ岳が正面に見えた。駅の付近には、かなりの家が密集していた。

Y氏の家は諏訪湖を見晴らす高台の上にあった。花梨《カリン》の畠《はたけ》に囲まれ、近くに石器時代の遺跡があった。

Y氏の家では、ちょうど、同じ新聞社の諏訪通信員が来合せていた。通信員は小田といって四十年配の、人のよさそうな瘠《や》せた男だった。亮介とは無論、初対面だった。Y氏から談話をとる亮介の仕事はすぐに終った。ちょうど、昼になったので、昼食など小田通信員と一しょに馳走《ちそう》になった。小田は本社をはなれて十年になるとかで、この地方では、いい顔のようだった。

亮介がY氏に別れの挨拶《あいさつ》をすると、小田も一しょに腰を上げた。

「このごろは、たまに東京に出ても怕《こわ》くなりましたよ」

畠の中についた、だらだら坂を下りながら小田は自嘲《じちょう》的にいった。本社の整理部の机に八年間すわっていたとかれは話した。そんな都会生活を経験したとは見えない泥臭さが、かれの風采《ふうさい》についていた。

「この辺では顔が広いんじゃないですか?」

亮介は挨拶に困っていった。

「そりゃね、十年もいれば、諏訪ばかりでなく、岡谷《おかや》から茅野の方も一応の顔は利《き》きますよ」

小田は、すこし元気にいった。亮介はかれが茅野の名を口に出したので、はっと思った。そうだ、この男に訊けば分るかもしれない、と考えついた。

「茅野に、高崎屋という寒天問屋がありますか?」

亮介は、悪いことを尋ねるように訊いた。

「あります。大きな商売をしていますよ」

小田通信員は即座に答えた。

「そこの若旦那は」

亮介は何となく唾《つば》をのみ込んだ。

「いや、もう若主人じゃないかもしれませんが、十四、五年前、甲府の近くから奥さんを呼んだひとじゃありませんか?」

「それは利一郎です。いま、主人ですがね。僕よりちょっと若いでしょうか。そうそう、あなたの仰言《おつしや》るのは前の女房ですよ。たしか甲府の在から来ていた」

小田はそう答えると、

「ご存じなんですか?」

亮介を見た。

「いや、直接には、無論、知りません。ただ、僕の知人で、その奥さんの様子を知りたがっていた者がいるものですから」

亮介は嘘《うそ》をついた。動悸《どうき》がうったのは、嘘をいったからではなく、あの絵はがきの少女の変遷《へんせん》が、この通信員の口から聞き出せそうだったからである。

小田の洩《も》らした、前の女房という一語が亮介の耳にひびいた。

「別れたのですよ。六年前にね。それが妙な別れ方でしてね」

小田はこの地方の事情に通じているのを誇るようにいった。

二人は商店街に出て喫茶店に入った。薄暗い隅で、小田は、その妙な別れ方の事情を話した。

「六年前です。高崎利一郎に女が出来たのです。相手は、この諏訪の温泉芸者です。私は高崎利一郎を知っていますが、ちょっとした好男子ですよ。その女房の方、さあ、名前は何といいましたかな」

「えみ子、というんじゃないですか」

亮介は確かめてみるようにいった。

「そうそう、そんな名でした。あなたの方がよくご存じだ。この女房も、器量を望まれて貧しい農家から縁づいてきただけに、なかなかの美人でしたよ」

「いま、年齢《とし》はいくつくらいですか?」

「そのときが三十くらいと思いました。今は三十五、六でしょうかね」

亮介は初めて絵はがきの少女が自分より十歳の年上であることを知った。絵はがきを見たとき、少年の亮介は、ほぼ自分と同じ年ごろと考えていたのだが、実は、絵はがき写真の撮影は十年も古かったのである。

「ところが、その諏訪の芸者というのは変な顔つきの女でしたよ。それが利一郎に血道を上げたので、利一郎も、すっかりのぼせてしまったのです」

小田は、珈琲《コーヒー》をのみながら先を話した。

「両人はとうとう駆落ちをしました。そのときは利一郎の親父《おやじ》も生きていたわけです。高崎屋というのは、茅野でも裕福な寒天屋でしたから、利一郎も相当な金をもって出奔したのです。それから騒動になって、いろいろ行方を捜すと、駆落ちの両人は九州の熊本にひそんでいることが分りました。何でも、そこの取引先の羊羹《ようかん》屋を頼って行ったらしいのです。そこで、親の方では、どうしても利一郎をひき戻さねばならんというので、嫁の、つまり、利一郎の女房のえみ子を九州に迎えに遣《や》ったわけです。女房の方でも亭主の出奔以来、悲しんでいたのですから、亭主の迎えに喜んで行ったのでしょう。親の方では、女ひとりでは道中が心もとないというので利一郎の弟を嫁につけてやりました。ところが、ここに一つの間違いが起りました」

小田は煙草を喫うために一度、言葉を切った。

亮介には、その間違いというのが、大体、想像出来るようだったが、小田のあとの言葉を、声を呑《の》んで待った。

○

「女房と弟とが、九州の熊本に着き、利一郎のかくれ家を探し当て、彼に会ったところ利一郎は両人の誘いを断わりました。まだ、芸者の方に未練があったわけです。女房のえみ子がどのように泣いて頼んでも、また弟が言葉を尽していっても、利一郎は頑として女と別れて帰ることを承知しなかったそうです。そこで、えみ子と利一郎の弟とは止《や》むなく一応、茅野に帰ることになりました。そこで、両人は無事に真直《まつす》ぐに帰ればよかったのですが……」

小田は、鼻に皺《しわ》をつくって、すこし笑った。「途中、京都に降りたのです。その晩、宿で、どちらが誘ったか分りませんが、遂に出来たのですな。まあ、弟にすれば嫂《あによめ》への同情もあったでしょうし、えみ子にしても亭主に断わられたあとですから、複雑な気持になっていたと思います。今度は、えみ子と義弟とが、京都や奈良を三晩、泊り歩いて茅野に帰ってきました」

話は亮介が予想した通りだった。しかし、亮介は少しやり切れなかった。

「茅野に帰って来ましたが、その不都合が親父にいつまでも分らないはずはありません。親父は、以《も》ってのほかだと怒って、えみ子を離縁したんです」

「その亭主の弟というのは、どうしたんですか?」

「これは年齢《とし》が若いから、無論、謹慎です。嫂と一しょに出る勇気はありません。えみ子にしても一時の出来心ですから、夫婦になるつもりは無い。その弟というのは、今では東京の会社につとめていますがね」

「えみ子さんは、実家に帰ったのですか?」

「ちょっと、帰っていたそうですが、そこにも永く居られなくて、何でも静岡の方の料理屋の女中になったそうですよ」

亮介は黙って茶を呑んだ。

「あなたのお知り合いの方は」

と小田は亮介の表情を見ながらいった。

「高崎屋の前の女房の消息を知りたいとおっしゃってるのですか？」

その口吻《くちぶり》は、調べたら判《わか》りそうないい方だったので、亮介は新しい気持が動いた。

「調べましょう。あとで手紙を出しますよ」

小田は受け合った。

「その利一郎さんの方はどうなりました？」

亮介はついでに訊いた。

「利一郎ですか。今では当主になって家業に励んでいますよ。芸者とは別れて、別な女房をもらっています。町会議員になったりしてね。そうなると、前の女房というのは、運が悪かったわけですな」

亮介は、小田と別れると、新宿行の汽車に乗った。

帰りの汽車の窓から、茅野の町を気をつけてのぞくと、古いだけで、あまり活気のある町とは思えなかった。それでも、大きな屋根が目立って多い町だった。亮介は、その屋根の一つが、多分、高崎屋のように思われ、その奥でひっそりと暮していた絵はがきの少女の若妻姿を想像した。茅野駅のホームには寒天の出荷物が積まれてあった。運が悪かったのですな、という小田の言葉が、亮介の耳に残っていた。

八ケ岳の長い裾野《すその》がゆっくり動いて見えなくなると、汽車は高原を下りて甲府盆地に入った。車窓から見ると、K村のあたりは一点の小さな森になっていた。夕方が近づき、八合目から上の、低い富士山の頂上には、淡い赤い陽が射《さ》していた。

それから一週間くらい経《た》って、亮介の机の上に諏訪通信部の小田からのはがきが載っていた。

——先日は失礼しました。例の、高崎屋の先妻の件、本人は、静岡市××町、「角屋」という割烹《かっぽう》料理屋の女中になっているそうです。但《ただ》し、これは四年前の話で、現在、まだそこにいるかどうか分りません。右、要用まで。

亮介は、住所を手帳に書き取った。その文字を写してから、彼は、ふと、静岡に行って、えみ子に会ってもいいな、と思った。料理屋なら客に化けてその家に上れる。それとなく、絵はがきの少女の現在に対面するのは、愉《たの》しいことに違いなかった。亮介は、そのとき、かなり心が動いた。しかし、わざわざ出かけるのも、やはり大儀だった。静岡まで、そのために四時間の汽車に乗って行くのは、少々、酔狂めいて心が咎《とが》めた。それに、小田が葉書に書いた通り、彼女が現在、そこに居るかどうかも分らなかった。

だが、彼女の現在を知りたい気持は、相変らず、心の中に絶えず動いていた。

数日経って亮介は、静岡の通信部に友人が居るのを思い出し、それに問い合せの手紙を書き、原稿便の封筒に入れて送ったのは、その気持が落ちつかなかったからである。

十日も経ったころ、静岡からは返辞が来た。ザラ紙に荒い鉛筆文字で、書き流してあった。

——問い合せの女は、「角屋」には居ない。そのお座敷女中は、角屋ではすみ江という名で勤めていた。なかなかの美人だったそうだが、一年半くらいでやめた。つまり、今から四年前だ。止《よ》した理由は、客に見そめられて岡山に引き取られたという。客は岡山の果樹園主だったというが、勿論《もちろん》、二号だろう。噂《うわさ》では女の子が出来たそうだ。当時、朋輩《ほうばい》に来た便りによって、住所を書いておく。岡山市××町、須藤方、岡村えみ子。……

○

「それで、君は、また岡山支局に手紙を出して問い合せたのか?」

と先輩の友人は小谷亮介の顔を見ていった。新しく九州の支社に赴任してきた小谷亮介は切れ長の眼を眩《まぶ》しそうにしかめながら煙草《たばこ》を喫《す》っていた。この、ふぐ料理屋の窓からは冬の関門海峡の海が見え、クレーン作業の鈍い音が絶えず汽笛に交って聞えていた。

「そうです」

小谷亮介は、吸殻を灰皿に捨ててうなずいた。

「その住所には、彼女は居なかったろう?」

「いませんでした」

友人は、小谷亮介が、予想通りの答えをしたので微笑した。

「今度は何処《どこ》だね?」

「四国の松山です」

「なるほど、瀬戸内海を渡っていたのか。やはり、また、愛人が出来たのかね?」

「そうなんです」

小谷亮介は真顔で説明した。

「そこの若い外交員と仲よくなったのですね。えみ子は女の児を連れて夫婦になったのです。果樹園主は自分の子ではないといって、えみ子を追い出したそうです。そこで、新しい夫と、その郷里である松山に行って、小さな雑貨屋のような店をひらいていたそうですが……」

「君は、松山支局に、やはり手紙を出したのだな？」

「出しました」

小谷亮介は笑いもせずに答えた。

「今度は、幸福を摑《つか》んだのだろうと思いました。それをたしかめてもらいたかったのです。それとなく様子を見てくれといってやったのです。ところが、その雑貨屋は二年前に潰《つぶ》れて了《しま》い、えみ子は居ないということでした」

「残念だ」

先輩はいった。

「今度は、どんな運命が来たのだ？」

「亭主が死んだのです」

小谷亮介はいった。

「なんでも、その亭主は肺病で寝たり起きたりだったそうですがね。えみ子は、ひとりで働いていたということですが、亭主が死ぬと、その親父や兄貴というのが、店をとりあげてしまったのです。えみ子は、そこを追い出され、女の子を連れて、山口県の柳井《やない》という町に行きました」

「その土地は、どういう因縁で行ったのだね？」

「亭主の親父も無下には追い出すわけにはいかないので、自分の友だちだというやもめのところへ無理に後妻にやったのですな。だから年齢は三十近く違っていたでしょう。ふれ込みは大きな魚屋だとのことでしたが」

「そうではなかったのだね？」

「魚屋といっても、天秤棒《てんびんぼう》をかついで回る触れ売りでしたよ。探しても容易に分らないような、路地の奥でした。六畳が一間くらいの粗末なバラックです。一体柳井の町は大きな白壁の家がいくつも軒をならべ、それが川に映って、とても古めかしい感じのする奥床しい町なんですが、えみ子が住んでいた家は、家とはいえないような路地裏の悲惨な小屋でした」

「なんだ、君は柳井まで訪ねて行ったのか？」

先輩は眼をみはった。

「行きました。こちらに転勤になってくる途中、汽車を柳井駅で降りて、寄ってみたのです」

小谷亮介は答えた。

「これは、ほんものだ。なるほど、物語の結末はそう来なくちゃいけないね。そこで、いよいよ、絵はがきの少女のなれのはてを見たのかね？」

「それができませんでした」

「やれやれ、また、すれ違いか。人生不如意齟齬《そご》多し、今度は何処に飛んで行っていたのだ？」

「自殺していたのです」

小谷亮介は、いくらか伏し眼になって答えた。

「ふうむ」

友人は、口から煙草を離して、亮介の顔を見た。

「と、それは、どういう……？」

「その亭主というのが六十くらいの老爺《ろうや》でしてね、怠け者で大酒飲みでした。その近所で聞いた話ですが、えみ子は朝早く起きて魚の買出しをし、荷をかついで五、六里もある山奥の村を歩き回って商売をしていたそうです。亭主は、えみ子が来てからは彼女だけ働かせ、一ん日《ち》、家の中でごろごろしていたんです。それだけなら、まあいいのですが、博奕《ばくち》が好きで、えみ子の稼《かせ》ぎの金を奪っては賭《か》けて、スッてくる。年中、家の中は無一物です。なにしろ、魚の仕入れの金が払えないので、その方も滞ってくる。ところが、仕入れ先の魚問屋の方では、悪い顔をしないで、貸してくれるんです。問屋のおやじが、えみ子に下心があったらしいのです。それを、問屋の女房が嫉妬《しっと》して、えみ子の家に押しかけて来ては、イヤ味をいう。亭主はそれを聞いて、今度はえみ子に嫉妬して、毎晩のように殴るんです。えみ子は始終、顔が腫《は》れていたそうです」

「いやな話だね」

先輩の友人は、ため息をついた。

「そんな家は、とび出せばいいじゃないか?」

「何度とび出しても、彼女にどんな新しい世界があるでしょうか」

小谷亮介は抗議するような眼をした。

「生きる望みも力も彼女は失ったんです。ある朝、線路の上にうずくまって汽車に轢《ひ》かれました。去年の冬だったそうですが」

友人は、眉《まゆ》の間に皺を立てて沈黙した。

「でも、僕は、その土地を訪ねて行って、絵はがきの少女に会いましたよ」

小谷亮介は、突然、いい出した。

「えっ、どういうのだ?」

友人は眼を挙げた。

「えみ子が遺《のこ》した女の児ですよ。四つくらいだったでしょうか。近所の土蔵の前で、ぼんやり立っていました。話をきかせてくれた人が、あの子がそうだと教えてくれたのです」

「それが、絵はがきの少女にそっくりだったというわけだね？」

「これが、そうです」

小谷亮介はポケットから一枚の写真と、古ぼけた絵はがきを出した。写真はかれが撮ったもので、白い土蔵の前で、粗末な服をきた女の児が立っていた。絵はがきは、色が褪《あ》せ、よれよれになっていたが、低い富士山を背景にして、寂れた村道に、裾の短かい着物をきた女の子が佇《たたず》んでいる。

「どうです、似ているでしょう？」

小谷亮介はいったが、友人は二人の幼女が別段似ているとは思わなかった。

「この話、小説になりませんか？」

先輩の友人は新聞記者だったが、同時に小説も書いていた。

「ならないね」

友人は絵はがきと写真を小谷亮介の手に返して、ぼそりといった。


（「サンデー毎日特別号」昭和三十四年一月号）

# 大臣の恋

# 一

その生涯記念すべき報《し》らせを布施英造は築地の高名な料亭で受けとった。

折から三人の実業家に席を設けられて客となっていた。猥談というのが招待者の側の理由であったが、格別の話題は出ない。よほど場馴《な》れた年増の妓《こ》でも相槌《あいづち》に詰るような臆面《おくめん》もない卑猥《ひわい》な話が一座に咲いたに過ぎなかった。このような話を口にすると、き、布施英造は笑顔を見せなかった。謹直な顔付をして猥談を語るのが彼のコツのようであった。きき手はそれを察して笑ってやらねばならなかった。殊《こと》に今夜の三人の実業家は、敏感に、急所々々に、声を上げて笑う義務があった。

その時、襖《ふすま》が開いて女中が手をつかえ、布施に電話がかかっている旨《むね》を告げた。もとよりこの高名な料亭に室内電話の設備がない訳ではない。しかし客を前にしてどのような機密な内容かも分らぬ電話を通じて応答に困らすような無神経をこの料亭はしなかった。余人は知らずこれは日本でも最も有力な政党の領袖《りょうしゅう》である布施英造が自分の位置を考慮して、かねてひいきにしているここの女将《おかみ》に決めた作法であった。

帳場に隣合って小意気な小部屋があり、女将は受話器を握って待っていた。布施が入って来たのを見上げた眼許《めもと》は艶《えん》を作っていた。

「岡村様からでございます」

うなずいて受話器をとった。握り手に女将の温《ぬく》みが残っていた。彼は掌《てのひら》でそれを味わった。女将は一礼して部屋を出て行った。

「もしもし、先生でございますか?」

先方は彼の声をきいて云《い》い出した。忍びやかな、潤《うるお》いのある、聞きなれた秘書の声であった。

「そうだ」

「只今《ただいま》、総理より電話がありました。ご相談したいことがあるので、緊急に総理官邸へお越し願いたいということでございます」

遠い所からものを云っているような感動のない声であった。

「よろしい。ここから真直《まっす》ぐに行く」

彼も誘われたように無感動に答えた。実際ゆっくりと受話器もかけた。そして少しの間ぼんやりした。

胸が騒ぎ出したのは廊下を戻る時からであった。落着こうと殊更に緩慢な動作をしたが、磨き込んだ廊下が足を浮かせた。

部屋に帰ったが、三人の実業家の顔が新しく見えた。視覚が一変したようであった。それでも酒をこぼさず盃《さかずき》を一通り受けた。それからのろい動作で腕時計の文字をよんで、徐《おもむ》ろに云い出した。

「大へん失敬だが、今、総理から喚《よ》ばれたので、これで失礼します」

この言葉をきいて、三人の実業家の間に一致した衝撃が現われた。

「総理から！」

一人が声を上ずらせた。

「いよいよですな！」

一人が叫んだ。三人の酔眼が一様に輝いた。芸妓は互いの会話を止《や》めた。内閣の一部改造が近いことは、数日来、新聞に載っていることであった。

実業家達は改まって坐《すわ》り直した。

「布施さん。おめでとう存じます」

「新大臣、おめでとうございます」

すぐに乾杯だと立騒ぐのを、布施英造は鷹揚《おうよう》に片手をあげて制《と》めた。

「早まっては困る。私はまだ話をきいていない」

威厳をもって慎重さを示した。数十分前までは顔負けするような猥談に身を入れた同一人とは見えなかった。

料亭の表は総出で送られた。女将は、うれしい、と云って手巾《ハンカチ》を眼に当てて泣いていた。早速に心得た技巧だと感心したが、悪い気持ではなかった。

布施英造は動揺のない車の中で、繁華な灯が川のように両側に流れてゆくのを眺めながら、ふと、園田くに子のことが頭脳の中を過ぎた。今の場合、全く関《かか》わりない女名前である。

歓喜があまり重大だと、急には思考がその中心に入り得ないのであろうか。

二

内閣改造は三人の大臣を更迭《こうてつ》した。近来、大臣の価値が下がったといったり、人物が小粒になったと悪口しても、殊に改造では新鮮味はないが、新聞は一応新大臣の「横顔」とか「素描」とかを書くものである。

無任所国務大臣布施英造に就いては、型の如《ごと》き履歴の紹介の他《ほか》に、各紙の一致した意見では、彼が今度金的を射たのは、永い間党の冷飯を食って同輩後輩が入閣するの

では有数の雄弁家であるといい、さして手腕家ではないが、党内をじっと辛抱した忍耐が酬いられたのであるといい、さして手腕家ではないが、党内
さして手腕家ではない、というのは単に修辞に過ぎない。新聞というものは読者受けを考えて必ずこのようなイヤがらせを挟《はさ》むことを忘れないものだ、と布施はその朝、秘書がとり揃《そろ》えて出した各紙に目を通しながら考えた。これは無視してよかった。認証式は昨日午後に行われた。その雰囲気《ふんいき》の昂奮《こうふん》がまだ揺曳《ようえい》していた。つまらぬことを気にかけて、気分を乱したくなかった。
大切なことは雄弁家だと論評された点に価値があることだった。もとより自信があったし、世間からもそう見られているという満足であった。
国会での質問演説には党を代表してよく起用された。尤《もっと》もそれは本会議での一般的な質問で、演技のような華やかさが本人には気に入っているからよいものの、委員会や分科会で大臣と一問一答したり、政府委員と渡り合ったりするのは不向きだった。つまり、その方の頭脳は緻密《ちみつ》を欠いているという蔭口《かげぐち》を立証していた。その代り、沢山な聴衆を前に置いての演説は心得たものであった。大そうな形容で云うと、彼の弁舌と身振りは多勢の聴き手を魅了し、笑うところは笑わせ、手を拍《たた》くところは拍かせ、一擒一縦《いっきんいっしょう》、つぼを心得た見事な技術であった。

それ故《ゆえ》に、党に重宝がられて、やれ地方遊説だ、やれ応援演説だという時にはすぐ引張り出された。テレビ、ラジオの討論会にも出た。尤もこの場合は、自分の喋舌《しゃべ》る時は長い話をして司会者を焦慮させ、相手が反対意見を述べる時は小馬鹿《こばか》にしたような嘲笑《ちょうしょう》で対抗した。

そのため布施英造の名は割合知られて居《お》り、少なくとも新国務相は有能な次官が大臣になった時のような唐突な、馴染《なじみ》のない名前ではなかった。云い換えると、あいつもとうとう大臣になったか、という印象を世間は持った。

その故《せい》であろうか、昨日から配達される夥《おびただ》しい祝賀状の中には未知の名前が随分混っていた。選挙区からばかりでなく、ただ一回遊説に行ったことがあるという因縁だけで、思いがけない地方から、見ず知らずの人が祝いの手紙をくれた。

「俺の人気も相当なものだ」

と布施は一々読みながら満足した。

それから目立ったのは、急に縁故者とか友人とか名乗って手紙をくれる者が多くなったことである。無論、名前だけみても、おいそれと合点のゆかぬ、日頃の馴染にないものだった。出した本人もそれを考えているのか、こまごまと彼の記憶を引き出す説明をつけていた。

昔、野田某という政党人がいて、初めて大臣になった時の感想をきかれた折に「別に変ったことはないが、無闇《むやみ》と親類が殖えた」と云ったという。この話を覚えていた布施は、

「あの時は夢のように聞いていたが、現実にその身分になろうとは、俺もえらくなったものだ」

と感慨に浸った。

祝いを述べた手紙は暫《しばら》くは毎日届いた。布施は丹念にそれに眼を通した。が、次第に彼はそのことに興味が失われてゆくことを意識し始めた。感激が薄らいだとも思えぬのにどうした理由からかと自分で訝《いぶか》った。読むことに疲れて、うとましくなったのであろうか。或《あ》いは、どれもこれも同じような文面の内容に空疎《くうそ》を感じてきたのかも知れなかった。

だが、それだけでは説明がつかなかった。何か足りない不満だった。

それと思い当ったのは、ある朝、布施の乗った省用のクライスラーが日比谷の交叉《こうさ》点《てん》で信号待ちして停車している数秒の間だった。

「そうだ、園田くに子から何もいってこないからだ」

ああ、と思わず口から声が出た。

運転手が何を命ぜられたのかと、恭々《うやうや》しく後を振り返った。

三

手紙は公邸にも私邸にも来る。

布施英造は、閣議から帰って、秘書の岡村を呼んだ。

「君。園田くに子という婦人から手紙が来たことはないかね？　いや、姓は異《ちが》っているかも知れない、とにかく、くに子だ」

岡村は首を少しばかり傾けた。怜悧《れいり》さが顔に出ていた。

「まだ見ないようでございます」

「ふむ、その人の手紙が来たらすぐ私に見せるように。——姓は変っているかも知れぬが、園田くに子だ」

「はい」

メモを出して岡村は名前を書き入れた。かりそめにも好奇な表情は毛筋ほども覗《のぞ》いていなかった。恰好《かっこう》のよい鼻が冷薄な表情をたすけていた。

あくる日、岡村は整理した手紙の束を持って来た。その中にも園田くに子の手紙はなかった。必要な用件の来信だけを置かせて、単に祝賀状に過ぎないものは、すぐに捨てさせた。布施の失望はその日からはじまった。

あくる日も、あくる日も、目当ての手紙はなかった。もうその頃になると、さすがに祝いだけの手紙は少なくなり、職務上の来信が大部分となった。

――来ない筈《はず》はないが。

よほど岡村に確かめて見ようとしたが、思い止った。この有能な秘書が忘れることはなかった。云いつけたことは、一のものは三も四も取り計らっている男である。少し才走り過ぎて気に染まぬところもあるが、大体秘書として打ってつけであった。彼の有能を疑ったききかたをするのは憚《はばか》られた。

布施のこのような逃げ場のない焦躁《しょうそう》が、毎朝の来信の束を見る毎《ごと》に覚える失望の上に、次第に増長していった。

秘書同士はひそひそ話をした。

「おい、近頃オヤジは何だか妙にいらいらしているな」

と一人が云った。岡村秘書は薄い唇に意味あり気な微笑を浮べて、きき返した。

「君。園田くに子という女を知っているか?」

「知らない。何だ、オヤジの新イロかい」

「いや、僕にも分らないから、ちょっときいてみたんだ」

「何だい一体、何かあるのかい？」

「いや、まだはっきりしないが、いずれ教えるよ」

　岡村は逃げたが、実は岡村にもよく分っていなかった。このよく気を回す男が、布施が突然口にした園田くに子という女名前に関心を持たぬ筈はなかった。彼は大臣宛《あて》の来信をまとめて整理する毎に、園田くに子の手紙を探した。そして毎朝失望を味わうことは、程度の差こそあれ、布施英造と同じであった。

　しかし岡村にはまだ残された愉《たの》しみがあった。それは手紙を持って行った時の布施の様子だった。手紙は大体公用のものと、私信とを区別してある。公用と思うものは岡村が開封して、彼の処理できるものは処理してある。私信らしいものは封のまま差出すのである。

　布施はいちばんに私信の方へ手を出した。裏を返して次から次に差出人の名を見てゆく。それから心待ちしていたもののなかった落胆が身ぶりに現われるのだ。その動作のこまかな観察が岡村には興があった。絶えず下で働かされている者の意地悪さである。

　園田くに子が何者か、手がかりもないのにそれを性急に知ることはない。今に布施の口から知れてくると秘書はみくびっていた。

# 四

布施英造の心に、これまでも、園田くに子は屢々《しばしば》影を落した。それは空行く雲の翳《かげ》りのようにいつもはかなく、あわただしく去った。雲の翳りという形容は暗きに過ぎよう。西洋の宗教画のように数条の斜光が瞬時に雲の切れ間から降りそそいでいるという比喩《ひゆ》の方が、その時の布施の気持を表わしているかも知れない。

四十年も前に別れた少女のことを未《いま》だに考えるのは齢《とし》甲斐《がい》もないことだろうか。布施はそうは思わない。故郷の清冽《せいれつ》な泉を想うように胸にしまっているのだ。女から女に移って、あいつはよく遊ぶ、と仲間から云われる程、放蕩《ほうとう》の限りをつくしても、それとこれとは別だと自分では区別してきた。

彼の出世の階段がすすむにつれ――それも彼流の出世の考え方だが、とにかく世間に名前が少しずつ出るにつけ、布施は園田くに子から再び因縁のテープが投げかけられてくるものと信じてきた。

――必ず手紙をくれる。

こう信じて出世に励んだといったら、嘘《うそ》に聞えるかも知れない。が、実際はそれも一つの動機であった。今や、彼の所謂《いわゆる》出世も、大臣という最終点《ターミナル》に行きついた。

——俺の名前を新聞などで知らぬ筈もなかろうに。

既に、手紙が来ることは諦《あきら》めねばならぬ時日の経過となった。来るなら、大臣になって間もない、今までにくる筈だった。

——どうしたのかな。俺の自惚《うぬぼ》れだったかな。

どうにも諦め切れぬ心の落着かなさであった。長い歳月にわたって築いて来た信念を、そのように簡単に崩したくなかった。

一日、閣議の席で霊感のようにある事が頭を掠《かす》めた。折から大蔵大臣が発言中であった。金融問題について日銀総裁の提出した資料に基づき、細かな数字をあげて説明していた。その最中にふと考えついたのである。

——未だに手紙が来ないところを見ると、もしや死んだのではなかろうか。

四十年の歳月を思い、自分が健康であったために、そのことに考え至らなかった迂《う》闊《かつ》さを悟った。

役所に帰ると、すぐに秘書の岡村をよんだ。岡村は猫のように足音をしのばせて大臣室に入ってきた。

「君、書き取ってくれ」

「はい」

　岡村はすぐにメモを片手に構えて立った。

「福岡県、おんが郡——おんは遠い、がは年賀郵便の賀、遠賀郡だ、土井村。その村役場に照会してほしいのだ。園田くに子の戸籍をみて、本人が生存しているか、死亡しているか。生存だったら、現住所はどこか。調べて知らせるように」

「わかりました」

　岡村は水のように興味のない表情をして出て行った。

　扉を丁寧に閉めた時に、彼の頬に思わずにやりと笑いが上った。

　廊下を歩いてくる次官に出会った。

「ばかにうれしそうじゃないか、何だい?」

　次官は岡村の持っているメモに眼を止めて云った。

　岡村はにやにやしてそれを見せた。

「福岡県おんがぐん——、園田くに子。へえ、何のことだ?」

　次官は云った。

「いえ、何でもないんです」

笑いながら岡村は歩き出した。

照会の返事は三週間の時を置いて来た。

「園田くに子――健在。綾部《あやべ》初太郎と婚姻。現在直方《のおがた》市殿町に居住の由。綾部氏は雑貨商」

これが鄭重《ていちょう》な回答の要旨だった。

岡村は充分な好奇心をもってこれを写した。

五

四十年の昔になる。

布施英造は学校を出たばかりで門司《もじ》の税関に回された。事務所の窓からは始終、せまい海峡に窮屈そうに出入りする外国船が見えた。洋菓子のように甘い色をした綺麗《きれい》な外国船の煙突が眼を瞠《みは》るように美しかった。今から考えても、過ぎた青春の象徴のようだった。

そこで同僚の園田和男を識《し》った。同じ若さだったし、気も合った。が、半年も経《た》つと園田は胸を患《わずら》って田舎に引込んだ。

布施は或る休みの日に園田を生家に訪ねた。門司から西へ汽車で二時間くらいかかる海岸だった。それが遠賀郡土井村である。

園田の家は網元であった。その漁村は玄海灘《げんかいなだ》の荒い風に抵抗して、いずれも頑丈な造りの家だったが、わけて園田の家は堂々としていた。

園田は広いが暗い部屋に寝たり起きたりしていた。布施の来訪を泪《なみだ》を浮べて喜んだ。彼の両親も無論歓待した。が、布施が胸を轟《とどろ》かせたのは、園田の妹のくに子の存在だった。

その時、布施は二十四だったから、くに子は十八の筈だった。丈が高くて、眼が美しかった。口許《くちもと》がきつい位にしまり、眉《まゆ》がやや上り気味なのも布施には好ましい特徴であった。

布施は月二度の日曜日を見舞に行った。実際は日曜毎に行きたかったのだが、それではあまり内兜《うちかぶと》を見透されるようで、心に臆《おく》した。

布施と園田とくに子とはよく一緒に海岸を歩いた。海の色は深い美しい色をしているが、波は荒かった。小さい島がいくつも沖に見えた。

園田はあまり遠方までは歩けないので、途中で引返したあと、布施とくに子とは、かなり遠い所まで一緒に歩いた。一方は迫るような断崖《だんがい》であり、一方は岩の多い荒磯《あらいそ》だった。一本の白い道は時折に漁師の女房が通るだけで、布施の愉しい行程だった。

その海の沖合には沈鐘の伝説があった。神功《じんぐう》皇后とも云《い》い秀吉《ひでよし》の時ともいう。いずれにしても朝鮮から巨大な梵鐘《ぼんしょう》を運んでくる時に、その沖で船が難破し鐘が沈んだ。黒田の領主の時に、その鐘を引揚げようとして綱が切れて失敗し、それから領内の女の髪毛を蒐《あつ》めて撚《よ》り、毛綱をつけた。それでも揚げることが出来なかった。今でも晴れた日には、舟の上から覗《のぞ》くと海の底に鐘らしいものが見えるという。くに子は熱心に布施にその物語を話してきかせた。頬にぼうと赤味がさし、皮膚には生毛《うぶげ》が光り、新鮮な水蜜桃《すいみつとう》の肌を見るようだった。

陽があかあかと沖合に落ち、潮の香が強かった。鴉《からす》が断崖の上の松林から離れて、低い空に舞った。布施は、接吻ということを知らなかった。少女の手を握り、その指を嬲《なぶ》った。

岩を伝って磯に下りた。波の飛沫《しぶき》を浴びてくに子は身を退《すさ》った。布施は思い切ってその肩を抱いた。少女は真赫《まつか》になったが離れはしなかった。

お互いが、好きだ、と云い合ったのは、もっと日が経ってからであった。が、それでどうなった訳ではない。布施はまだ女を知っていなかった。くに子を愛しても、その方法に迷った。子供が見馴《みな》れぬ馳走に当惑するのと同じである。彼は少女の肩を自分の腕の中に包むだけで燃える血を満足させた。

そのうち、布施はくに子の家に行く理由を失った。兄の園田が死んだからである。園田の病は奔馬性結核で、忽《たちま》ち悪化して敢《あえ》なく息をひいてしまった。知らせをうけて布施は勤めを休んでかけつけた。園田の遺骸《いがい》は玄海灘を見渡す松林の墓の中に土葬にされた。葬式に参列した女は、その頃のこの辺の風習で白い布を頭から被《かぶ》っていた。布施には、くに子が踊りの雪女のように美しく見えた。

その翌日、彼とくに子は、いつもの断崖と磯とに挟まれた道を歩いた。秋で沖合の海面はおだやかな陽をうけて光っていた。道からはずれて、岩の上にならんで腰かけた。もう、これで会えぬかと思うと、布施の胸は悲哀で潰《つぶ》れそうだった。

「えらくなってちょうだい。あなたはえらくなる人だわ」

少女はゆっくりと云《い》った。

「私はあなたをどこかでじっと見ているわ。十年でも二十年でも、三十年でも。そしてあなたがご出世なさった時は、きっとお手紙出しておめでとうを申上げるわ。——だから、えらくなって」

真剣な眼差《まなざ》しが光っていた。

# 六

布施は今では世話している女も何人かある。その他、待合や料亭で心の赴くまま、女から女に移っているといっても過言ではない。放埒《ほうらつ》無頼、完全な蕩児《とうじ》である、四十年前の片鱗《へんりん》もない。

片鱗もないというのは酷に過ぎるかも知れぬ。現に彼は四十年前の、断崖と荒磯を背景に営まれた稚《おさな》い愛の物語を、心に秘めて大切にしている。これがなかったら、どんなに人生の越しかたが索莫《さくばく》であったろうと思う。女を女と思わず、あさましい酔余の振舞に心が沸《たぎ》る時も、ふとそのことを思うと、冬の澄んだ空を見るように清冽な感情の瞬間となった。

以前、まだ——省の一局長だった頃、何かの席で若い部下が牧水の歌を朗吟した。

山を見よ山に日は照る海を見よ
海に日は照るいざ唇《くち》を君

布施は感動してその文句を手帳に書き写した。かつての日の想出《おもいで》の籠《こも》った歌である。沖合にあかあかと射《さ》している陽と、海の微風にそよいでいる断崖の松林の風景。一人の少女の腕《かいな》を引寄せ、肩を抱いた。遠い昔の淡い情念は、今では憧《あこが》れでさえあった。牧水の歌は布施の感傷と融《と》け合い、情感溢《あふ》るるばかりである。

歌の吟詠も習って、時に宴席でこれを用いた。きいても他人は彼ほどの情緒を感じなかった。一応の喝采《かっさい》を送ったのは彼が局長だったからである。芸妓達からは軽蔑《けいべつ》と嗤笑《ししょう》を買ったに過ぎぬ。

爾来《じらい》、彼は人の前で口にするのをつつしんだ。暮夜、人気ない通りを歩く時、吟詠して心を充《み》たした。それも年齢《とし》をとってくると謡を唸《うな》るような訳にはゆかぬ。あまり情感があり過ぎて彼の年輩には不釣合で気がひけた。その後になると、この想出は孤独に彼の心の中に沈潜した。

それに、布施はくに子の言葉を忘れかねている。

——あなたがご出世なさった時は、きっとお手紙出して、おめでとうを申上げるわ。

そう云った時の彼女の真剣な表情まで憶《おぼ》えている。それを信じて前進に努めてきたのではないが、階段の度毎に手紙を期待したのは事実である。それが来なかった時の失望はつづいた。今や彼は大臣となった。出世の限界である。どこかでじっと見ているわ、と云った彼女は見ていないのではないか。それとも、この上の無限の出世を無言で要求しているのであろうか。

布施の手帳の間に、「福岡県直方市殿町綾部初太郎妻くに子」のメモが挟まっている。この一行の文字に四十年の歳月の流れが結晶している。

一日、彼は手帳を開く時に、ひらひらとこのメモを落した。芸妓が素早く拾い上げて読み、冗談を云った。常のことである。すると布施は手を伸ばして芸妓を殴った。芸妓は突然打擲《ちょうちゃく》された理由が分らなかった。

布施にはくに子が生きていることを確かめたのは幸いだったし、彼女を懐《なつか》しむ心は、それで、余計に増していたのである。

# 七

その年の六月に、議会が終了した。秋の解散が噂《うわさ》に高かった。

政府与党では党勢拡張のため、全国遊説を企図した。現職大臣が動員されることになったが布施は九州方面を回る予定になった。

小倉。福岡。長崎。佐賀。熊本。鹿児島。これだけの土地で党支部大会を開き演説会を開催するのである。

幹事長がこのスケジュールを持ってきた時に、布施は異議を唱えた。

「直方が入っていないね、直方も入れたらどうだ」

幹事長は予期しない横槍に愕《おどろ》いた。

「直方に何かあるのかい？　福岡でやるからいいではないか」

「直方は筑豊《ちくほう》炭田の中心だ。票がかたまっている。反対党に荒されぬようにしておく必要がある」

日程が急に変更され、直方が加わった。

数日後、幹事長は布施の秘書の岡村と出会った。

「幹事長。大臣が直方をねばったわけを御存じですか？」

岡村は微笑しながら云った。

「何か臭いと思ったら、やっぱりそうか。何だい？」

幹事長は胡散《うさん》気《げ》な眼をした。

「九州から帰って、いずれお話しします」

今はわからない、直方に行ったら園田くに子の正体が分るだろう、岡村自身がその興味に張り切っていた。

夏にはまだ早い、いい季節である。布施国務大臣の一行は車窓に新緑の滴《したた》るような風景を眺めながら西下した。

第一声は小倉であった。現職の大臣だし、有名な雄弁家であった。公会堂の聴衆は演壇の周囲まで蝟集《いしゅう》し、窓に下がり、場外の広場まで溢れた。

布施は自信があった。何か自分の胸の中にも昂然たる意識が上っていた。一語一語話し進んでゆくうちに自ら調子が出てきて熱が加わった。聴衆全体が話に乗ってきた。こうなれば適度に笑わせ、適度に拍手させることは自在である。二千人に近い聴衆の眼が一つに集まり、酔ったように布施の話に引きずり回された。終ると建物を揺がす程の喝采であった。

自動車を連ねて市で一流の料亭に向った。市長主催の懇親会場だった。

「大臣の演説は素晴らしい」

「大臣の演説は日本で一流だ。噂には聞いていたがこれ程とは思わなかったな」

主賓席に向って聞えよがしの賞讃《しょうさん》が起った。

「大臣の演説には感動した」

「大臣の演説はいい」

布施英造はそんな声は聞えぬ振りをして隣の市長とゴルフの話をしていた。市長が上京した時、川奈《かわな》に行った話を聞いてやっているのだが、耳には演説を褒める声しか入らない。

そうだ、今夜の出来は自分でもよかった方だ、と布施は市長の話にうなずきながら考えていた。明日は直方だ、もっとうまく話せるだろう。一体、今夜の出来がよかったのは、明日直方で園田くに子に会えるからだ、それですっかり調子が出たのだ。九州の遊説を引受けて来たのも、直方を予定に入れさせたのも、くに子に会いたいからである。直方市殿町とかいったな。どんなに喜ぶであろう。そうだ、手紙のことを云ってやろう。出世したらすぐ手紙を出すといった四十年前の言葉を忘れていない。今までそれをどんなに待っていたか。自分が今日あるのは、あなたのお蔭《かげ》だ。あの言葉が自分を絶えず鼓舞したのだ。いや、これは少し芝居めくかな。構わないだろう。自分はとにかく大臣だ。これ位云ってもきざではあるまい。先方には知らせずに行くことだ。突然、訪ねて行って名乗りをあげてやることだ。それがいい、お互いの感動が一層効果的だ。誰にも話さず、自分の単独行動で行こう。さて、その時間は何時頃が空いているかな。

ここまで考えた時に、急に三味線が鳴り出して、土地の芸妓が正面の金屏風《きんびょうぶ》の前で黒田節を踊り始めた。

布施は眼顔で、離れた席に坐《すわ》っている岡村を呼んだ。岡村が忍びやかに寄ってくると、

「明日の予定の中で、一時間ほどわしが自由になる時間はないか」

と小声で訊《き》いた。翌朝、岡村が眼を覚ますと、布施は隣室で低い声で和歌を吟詠していた。これは機嫌のよい証拠である。

岡村は手早く静かに身支度すると、帳場に布施へ持ってゆくその朝の新聞を揃《そろ》えさせた。

新聞はいずれも社会面トップに布施国務相の車中談や昨夜の演説のことなどが出ていた。岡村がそれを読み流し、ふと眼を下段の方に移すと、一段の小さい記事だが、見出しが変っているので眼を止めた。

年甲斐《としがい》もない痴話刃傷《にんじょう》――×日午後八時半頃、直方市殿町雑貨商綾部初太郎（六五）は妻くに子（五九）さんと夫婦喧嘩《げんか》をはじめ、初太郎は台所より出刃《でば》庖丁《ぼうちょう》を摑《つか》んでくに子さんの全身数カ所を刺し直方署員に捕われた。くに子さんは直ちに市立病院に担《かつ》ぎこまれたが生命に別条はない模様。原因はかねてくに子さんが浮気なので初太郎が嫉妬《しっと》したもの。

一瞬の愕きと愉《たの》しみが岡村秘書の胸をときめかせた。まさか広告主に見せる掲載紙のように、見出しの頭に赤い矢印をつける訳にも行かない。彼はその記事の面だけを表に出して、他の普通にたたんだ新聞と一緒に、大臣に出すことにした。

直方市に於《お》ける布施英造はおそろしく不機嫌だった。彼はきめられた行事に石のように黙々と従った。予定外の単独行動もなかった。

その夜の国務大臣の演説は近来にない不出来であった。

（「週刊朝日別冊」昭和二十九年四月号）

# 金環食

# 一

石内は、上野の坂を登った。

初夏に近い強い陽が、地面に突き刺している。葉の茂った木蔭《こかげ》で、人が憩《やす》んでいたが、どの人間も疲れたように手脚を投げ出していた。リュックサックや肩掛鞄《かばん》が、大事そうにその傍《そば》に置いてあった。ほとんどが食糧なのだ。昭和二十三年五月だった。

石内は、科学博物館のほうへ歩いた。近ごろ、ようやく、社では自動車を出すようになったが、それでも、今日のような不急の取材のときは、電車でとぼとぼ来るほかはなかった。

石内が、科学博物館の建物の近くに来たとき、今日の日食報告会の議場になっている、裏側の建物の方に人がぞろぞろ曲って行くのが見えた。年配者が多かったが、どの肩にも、弁当を詰めた鞄が下がっていた。石内は辺りを見回したが、他社の者の顔はあまり見当らなかった。今日の日食報告会が地味な内容なので、他社では、あまり取材欲を唆《そそ》らなかったらしい。

しかし、石内は、この報告会を二、三日前から心待ちにしていた。数日前に、彼が天文台長の末田博士に会ったとき、博士は何か意味ありそうな笑い方をして、

「今度の会は面白いですよ」

と石内に囁《ささや》いた。

何が面白いのか分らず、石内は訊《き》いたが、末田博士は笑ったままで答えなかった。が、すぐあとで、石内にぴんと来るものがあった。

石内は、この年の三月、北海道の離島のR島で行われた金環食の観測に、現地取材に行ったことがある。末田博士ともそのときからのつき合いだが、博士のいまの暗示めいた言葉は、そのときの石内の経験で、ある予想がついた。

R島の観測は、新聞社側でも数カ月前から取材の準備をしたりして、当時、相当騒いだものだった。

このときの日食は、昭和十一年以来から四度目だったが、前の三度が皆既食なのに比べて、今度のは太陽のふちを僅《わず》かに残す金環食であった。この日食が地球上で見える点は、インド洋、南部諸島を除く太平洋、北海地域、北米の西部などで見られ、日本では、日本海がそれに当った。さらに、このときの金環食の観測時間は僅か二秒足

らずだった。中心食帯の幅が非常に狭くて、一・二キロくらいの間だったのである。この帯の中心の移動は、その日の十時ごろにバンコック近くを過ぎ、十一時ごろに上海近くに来、十二時ごろは北海道の北東海上を過ぎたのであった。

この金環食の観測のために、天文台からは、その前年に下検分として二名の所員が行っていた。終戦後三年経《た》ってのことで、食糧難などから人心がまだ安定していない。それで、新聞社としても、こういう天体観測の記事を大きく出すことで、とげとげしい国民の心を和《なご》めたいようにも考えていた。これは各社とも共通の考え方であり、従って三月に行われる本観測には、各新聞社とも、R島派遣の特派員には、記者、カメラマン、電送係、それにオートバイまで持ち込んで連絡に当らせるという熱の入れ方になった。周囲僅か数キロにすぎない北海の孤島が、観測前になると、数百人の内地人やアメリカ人が入り込み、大そうな混雑となった。

石内が社の命令でそのR島に着いたのは、観測の一週間前だった。リュックサックに米や甘藷《かんしょ》を詰め、殺人的な列車に乗って、ようやく、北海道の稚内《わっかない》に五日がかりで着いた。

稚内からR島までの船は、小さな焼玉エンジンの船で、風のために何度も稚内に引返すというような有様だった。

R島は、土地が狭い上に山地が多い。全島で郵便局は一つしかなかった。この郵便局の唯一《ゆいいつ》の電信機は各社の奪い合いとなり、協定の末、割当時間を決めるというような煩《わずら》わしい雑事までが、いろいろと石内を待っていた。

石内はここに到着する前、ひと通り予備知識を得るため、天文台関係の人たちから話を聞いて廻ったものだ。当時、天文台長の末田博士は、観測陣の総指揮に当っていた。天文学のことになると、石内はまるで無知に等しかった。彼は、東京を出発する前から、初歩的なことを多少勉強して来たのだが、現地に着いてみて、学者たちの話を聞くと、そんなにわか仕込みの知識など何の役にも立たないことが分った。

このとき、天文台を中心とする日本観測陣のほかに、日本の技術陣も参加しているアメリカ主体の日米共同観測陣地が設定されてあった。日本側の観測小屋は島の南よりの山の中腹にあった。石内は、そこからの海上の眺めを今でも忘れない。

遠くにぼやけている波の涯《はて》に、利尻《りしり》富士が雲の上に淡く出て、海上には鰊《にしん》積みに往《ゆ》き交う船や、海岸から直角に張出した鰊網の上に小さな黒点となってならんでいる浮標が見られた。その先には、見張船がもやっていて、海の上に鉛を置いたように一日中動かない。浜辺には、鰊干し場の竿架《さおかけ》が林のように立っていて、漁村の低い屋根がかたまっていた。観測小屋のすぐ横には、まだ雪が残っていて、その下から青い草が萌《も》え出ていた。

アメリカ側の陣地は、この場所からかなり離れた所にあった。日本側のが掘立小屋のようなのに比べて、先方のは避暑地のヒュッテと云《い》ってても似つかわしいくらいに立派なもので、青いペンキが冴《さ》えた色で塗られてあった。その色が、雪の斑《まだら》に残っている黒い丘の向うに、鮮かに眼につくのだった。

今度の日食帯の幅が狭いということは、石内が何度も学者たちから聞かされたことだった。観測地点は、この食帯の中心を択《えら》ぶ筈《はず》だから、日本側とアメリカ側との距離が南北にかなり開いているのは、石内の素人《しろうと》考えにも腑《ふ》におちなかった。

このことを、石内は末田博士に質問したことがある。すると、博士は曖昧《あいまい》な笑い方をして、

「これには、いろいろあってね」

と洩《も》らしただけだった。

東西に走る食帯の幅が一・二キロで、中心点は、その中央、つまり六〇〇メートルの所でなければならない。目測すると、日本側の観測小屋とアメリカ側のそれとは、南北の距離にして六〇〇メートルは完全にあるのだ。つまり、日本側の観測陣地が食帯の中心だとすると、アメリカのそれは食帯の片側の外れということになる。また逆

に、アメリカ側の観測小屋の位置が食帯の中心だとすると、日本側はその帯の縁《ふち》に当るわけだった。

石内が不審に思ったのは、これは地形だけの関係でなく、日米両側の観測位置に計算の違いがあるのではなかろうか、ということだった。彼は、末田博士が、これにはいろいろあってね、と云った短い言葉の意味をひとりで探り、二つの陣営の計算の相違に何か紛争があったように感じ取った。

石内は、末田博士のような責任者でなく、もっと若い助手たちに、このことを訊《たず》ねて廻った。

「たしかに、その通りです」

と若い一人が石内の疑問に答えてくれた。

「わたしのほうの天文台に、妹尾《せのお》さんという人がいるでしょう。始終、天体の運行を計算している人ですが、この妹尾計算によると、正確な観測位置がこの地点になるわけですよ。その計算の規準となったのは、月の背後に恒星が隠れる、われわれのほうでは、それを掩蔽《えんぺい》観測と云っていますが、その結果から、この位置に決ったのです。つまり、妹尾さんは、日食の時刻の予報を正確にするために、過去からの掩蔽観測を、外国のと日本のとを整理しながら、その間に系統的な相違を発見されたんです。その相違と原因を、妹尾さんは日本の鉛直線偏差に求められたわけです」

こういう学術用語を使われると、石内にはよく呑《の》みこめない。

「つまり、平たく云えばですな」

若い人は註釈《ちゆうしやく》を云ってくれた。

「日本の地図にズレがあったんですよ。だから、それが発見される前なら、当然、われわれも、あのアメリカさんの観測小屋に繋《つな》がる東西の直線の位置に置いたわけですな」

「すると、アメリカのほうでは、その妹尾さんの計算を認めていないのですか?」

「いや、認めるとか認めないとかではないでしょう。向うさんには向うさんの計算がありますからね」

その辺になると、この若い人も言葉を濁した。アメリカは占領軍だという意識がこの青年学徒の唇にあきらかに現われていた。

石内は、天文学のことになると、全く幼児のようである。だから、今聞いた話を、どこまで自分が理解出来たか自信がなかったが、日本とアメリカの観測に計算の違いがあるのは面白いと思った。末田博士が、いろいろあってね、と云ったのは、恐らく、この双方の主張でかなりな論争が日米の間に今まで行われていたのではなかろうか、と推測した。

石内は、この観測の取材を命じられてから、たびたび、脚を東京郊外にある天文台に運んだ。彼は、武蔵野のかたちがそのまま残っているような雑木林に囲まれた古い建物の中の、狭い部屋の片隅の机にいつも背中を屈《かが》めている老人を思い出した。それが妹尾博士だった。

妹尾博士は、もう、停年近い老人である。実際、老人と呼んでもいいくらい、白髪が禿《は》げ上った頭の後ろに縺《もつ》れついていた。風采《ふうさい》の上らない、寡黙《かもく》な、だから、どこか頑固そうに見える風貌《ふうぼう》だった。

アメリカの観測陣は、優秀な科学者をR島に伴《つ》れて来ているにちがいなかった。しかし、日本側が米側の主張に従わずに、いつもくすんだ置物のように映えない妹尾博士の立てた計算に一致して信頼しているのを見ると、石内は、一種の感動を覚えずにはおられなかった。

いろいろな連絡準備が完了すると、観測当日までは、石内も、もう、することがなかった。

彼は、宿舎になっているR島でたった一つしかない雑貨屋の二階で、同僚とマージャンや将棋をして暮したが、日食の観測自身の成功よりも、妹尾計算が正確だったたかどうかが気がかりだった。

二

日食観測は、成功に終った。

その日、朝から雲が出て心配されていたが、日食がはじまる一時間前から晴れはじめた。観測小屋では、技術員たちがすべての準備を完了して、太陽の欠けはじめを待った。このとき使った望遠鏡も、日本側のは五メートルという長いものだった。資材が無くて、天文台の所員は、日食観測が確定した一年前から、あり合わせの器材を苦心して組み合わせたのだった。それに比べるとアメリカのほうは、筒の短い、いかにも優秀そうな、新式の器具を使っていた。装備の点だけでも、日本側は見ていて心細い感じだった。

石内は、観測小屋の近くで、墨を塗った硝子《ガラス》の破片をかざし、欠けてゆく太陽を見つめていた。辺りの光が次第に凋《しぼ》み、赤味がかった夕昏《ゆうぐ》れの情景に変ってゆく。それが、実にゆっくりとした感じで昏れてゆくのだった。前面にひろがる荒波までが赤い色に染まってゆく。

石内は、硝子の墨の中に映っている白い円が、次第に侵蝕《しんしょく》されてゆくさまを見つめていた。刻々の印象を記事にしなければならないと思うと、彼は瞬《まばた》きも出来なかった。金環食の状態は、僅か二秒足らずである。そのため、辺りの風物を見廻すことが出来ない。これは後で正直に記事にして、デスクにひどく叱《しか》られた。その前回にあった日食の観測記事には、鴉《からす》が空を啼《な》いて渡ったり、鶏が時ならぬ声をあげたりしたことになっている。だが、太陽の一秒毎の変化を見つめていると、そんな余裕が少しもないのだ。ただ、耳には、観測員の秒読みの声が緊迫感をもって聞えてくる。身体《からだ》が冷えてきた。

太陽の真ん中に黒い月が正確に重なった、写真や絵で見た通りの現象が、石内の肉眼に映った。細い光線の縁《ふち》が、円い珠数《じゆず》のようになった。

一粒々々の光る珠《たま》が連なっている。

瞬間、石内は、空に鳴る風の音を聞いた。

妹尾計算は正確だったのだ。もし、この地点が幅一・二キロという狭い帯から外れていたとなると、これほど見事な金環食の光彩を捉《とら》えることは出来ない。まさに、この地点が食帯の中心のように思われた。石内がその現象の瞬時に聞いた風の唸《うな》りは、或《あ》るいは妹尾博士の歓声の代りだったかもしれない。

みんなが興奮していた。観測は大成功だと云い合っていた。写真もすぐに現像され、報道陣に手渡された。石内の仕事は、それを電送写真にして本社に送るや、記事を書いて、ただ一つしかない郵便局の電信機に託すことであった。

石内は、そんなことをしながらも、アメリカの観測陣はどうだっただろうかと思った。そこには日本の技術者も参加している。ところが、あとできくと、その観測も大成功だった、と云うのだ。金環食の写真も日本側で撮影したのと寸分も違わない。

こうなると、日本もアメリカも、一・二キロの狭い帯の中に入っていたことだけは分る。ただ、どちらが帯の中心線に近かったかというのが問題だった。

石内は、末田博士にすぐ会った。おめでとう、と祝辞を述べて、自分の疑問をたずねた。

「それは、すぐには分りません」

博士は、石内の素人らしい訊き方に微笑して答えた。

「東京に帰って、いろいろの資料から総合判断しなければ結果は出ませんな」

「それは、いつごろ、分るのですか?」

「そうだね。まあ、三、四カ月ぐらいはかかるでしょうね」

博士は、まだ興奮のおさまらない顔で石内に答えた。

後で石内も知ったことだが、このときの観測の資料、つまり撮影した写真を基にしての精密な測定や、種々の補正の研究をやって、それからの観測データを算出して、複雑な計算の末に、月の運動や太陽縁辺効果の数値を求めるといった、ひどく高遠な理論なのだった。

要するに、R島で行われた日食観測には、石内は、あくまでも、ただの新聞記者的な傍観者でしかなかった。彼は、ただ、観測陣地の雑報や、日食の状況を鉛筆の先で走り書きしたという仕事でしかなかった。学者たちの仕事の内容の充実から比べると、石内は、新聞記者の仕事がどんなに無意義であり、空疎《くうそ》なものであるかを思い知らされたのだった。

今日の石内は、どの新聞記者よりも、この報告会の取材に最初から熱心だった。末田博士が、数日前、意味ありげに云ったことも、博士がR島でした石内の質問を憶《おぼ》えてくれていたためかもしれない。博士の表情は、学者らしく抑えているが、決して暗いものではなかった。いや、何かこみ上げるようなうれしさを、わざと隠しているようなところもある。

石内は、博士の表情で妹尾計算が正確だったという結果を読み取ったが、報告会での正式な発表をぜひ聞きたかった。

むろん、それは、彼のような素人には全く意味の理解出来ない報告であろう。だが、あのときの疑問を、今日の報告会がすべて説明してくれると思うと、石内は、ほかの学者とはまた別な興奮で、その会場の新聞記者席に入った。

会場は、日本人だけでなく、外国人も来ていた。石内には、それがアメリカ人か、フランス人か、ドイツ人か分らなかったが、多くはアメリカ人のような気がした。

R島の観測に従事した末田博士をはじめ、それぞれの部門を担当した学者たちの報告がはじまった。果して、石内にはその述べている理論のほとんどが分らなかった。しかし、彼は夢中になって報告をメモした。

会場は戦前からのもので、ひどく傷《いた》んでいて薄暗い。だが、石内には、それがどのような殿堂よりも立派に映った。

会場からは私語一つ聞えなかった。演壇には、大きな黒板と地図が持ち出され、報告は、地図を棒で指したり黒板にチョークで書かれたりした。だが、その多くは学術語ばかりで、石内には分らないものばかりだった。

聴衆は静かに傾聴していた。明日の食糧が無くて血眼になっている現在の日本とは、まるで世界が違っているように見えた。講演の途中でも、話の切れ目になると、会場から静かな拍手が湧《わ》いた。

報告は、数人の学者の交替で、約二時間以上もかかった。よく分らなかったが、とにかく、R島観測に関して妹尾計算が正確であり、それに基づいて設置された日本側の観測地点が、食帯の中心地近くだったという結果だけは石内にも理解出来た。

石内は、社に帰ると、すぐに自分のメモを整理し、乏しい天文知識を基にして、とにかく記事を懸命に書いた。長い時間がかかった。それは、石内が新聞記者生活のなかで書いた記事のうち、最も熱意を込めたものの一つになった。

その晩、石内は、その文章を書いたザラ紙をポケットに入れると、末田博士の自宅に車で飛ばした。

末田博士は、石内を応接間に通した。応接間の調度は、そのほとんどが戦前から使いふるした物ばかりで、壊れた所は修理も出来ていなかった。夫人がふかしたサツマイモ二個を皿に載せて運び、馳走《ちそう》してくれた。

末田博士は、石内の原稿にざっと眼を通し、自分で用語の間違っているところなどを訂正してくれた。

「こんなものでいいでしょうね」

博士は微笑した。

「しかし、そんなものが記事になるかね?」

あと、博士は怪しむように訊《き》いた。新聞は、まだ四頁《ページ》にも復活していないときだった。

「日食の観測当時とは違って、こんな理屈はとかく地味ですからね。載せてくれるかな?」

博士は首を傾けていた。

石内も、それは危ぶまないではなかった。すでに、R島の金環食ブームは終った後だった。その後始末ともいうような、地味な学会報告などは、ニュース価値としては、考え方によってはゼロに近い。石内自身が、この原稿をデスクがボツにするのではないか、と思っていたくらいである。

しかし、翌《あく》る朝に配達された自社の新聞を開いて見て、石内は眼を瞠《みは》った。載せてくれても、三分の一ぐらいに削られて、隅のほうにせいぜい一段扱いぐらいだと覚悟していたのに、それは三段抜きのトップになっていた。整理部の好遇だった。

「R島での日食状況の報告は、×日の日食委員会で行われた。当時、R島での観測地点は、予想の地点よりも、実際には北へ六〇〇メートルずれていた。それは妹尾博士の新しい計算に基づいて行われたものだが、この日、末田博士は、

『R島の観測結果と、各地から寄せられた資料により調べたところ、実際の日食時は、各接触時を平均して〇・〇三秒早かった』

妹尾予報がほとんど正しかったことを証明した。

また、部分食撮影の天文台安田技官は、

『実際の月と太陽の第一接触時間は、アメリカの天体観測で予想したものより〇・〇七秒遅く、第四接触で〇・三秒早い』

これまた、妹尾氏の予報がより正しいことを実証した。

また、妹尾氏の計算が正しかったことは、地図の上での日本列島の位置が、実際には南北に六〇〇メートルズレがなければならないという、今の地図の不正確さを、天文学上からも証明されたものとして重要な資料だと分った。——」

その記事の見出しは、「日本日食観測陣の勝利」となっていた。石内は、この見出しと、自分の書いた記事とを、いつまでも見つめていた。

## 三

その報告記事が載ったのは、石内の新聞だけだった。他社は一行も載せていなかった。

石内の書いた記事は、案外、好評だった。地味だが、面白い、と云《い》われた。敗戦でひしがれている国民の心に、日本科学陣の勝利は、小さいながら明るい灯《ともしび》を点《つ》けたようなものだ。

石内は、その記事がボツにもならず、三段抜きで扱われた上に、好評を得たことに気をよくしていた。やはりあの記事を読んでくれた人は、それだけの眼を持ってくれていると思った。社内ばかりでなく、その記事は他社の評判にもなっているとも聞いた。

記事が出てから一週間ぐらい経《た》ったときだった。デスクが石内を呼んだ。

「君に、GHQから呼出しが来ているよ」

デスクは云った。

「へえ、何だろうね?」

「さあ」

云った本人が分らないらしかった。

「とにかく、明日の朝十時、地理課に来てくれ、ということだった。行けば、何か分るだろう。向うさんは時間が正確だから、新聞社並に思って行ったら駄目だよ」

デスクとしても気軽い話に思っているらしかった。石内もGHQに地理課があるなどとははじめて知った。

当時、思想関係の人物が司令部に呼ばれていることは噂《うわさ》に聞いていたが、むろん、石内にはそんな覚えはなかった。シベリヤ引揚者でもないし、親戚《しんせき》にもそういう人物は居ないし。まるで心当りがなかった。

翌日の朝、指定された十時に、石内はGHQの地理課というのに出頭した。お濠端《ほりばた》の建物の中にあると思っていたが、呼び出したのは別館になっている別な船会社だった。そこの四階が地理課だった。

入口にMPが立っていた。デスクが渡してくれた呼出状というのを示すと、番兵は顎《あご》をしゃくった。

石内は内に入って、そのビルの明るさと壮麗さとに、ちょっと愕《おどろ》いた。焼ビルで仕事をしている会社を見馴《みな》れている眼には、なるほど、そこだけは日本でないような気がした。廊下を歩いている者も、ほとんどがアメリカ兵だった。その中に日本人もまじっていたが、通訳か雑役夫のようだった。

四階の受付に行くと、二世らしい兵隊が居て、石内が持って行った呼出状に眼を走らせると、しばらくそこで待たせた。事務室との間には遮蔽《しゃへい》がしてあるので、内部の様子は分らない。坐って待っていろというつもりか、立派な椅子《いす》が一つ置いてあった。

瘦《や》せた若い日本人が、アメリカ人みたいに大股《おおまた》で石内の前に現われた。彼はチュウインガムを嚙《か》みながら石内に声をかけた。

「あなたが石内さんですか」

石内が、そうだ、と答えると、

「こちらに来て下さい。地理課長のスミス大尉が呼んでいます」

「ちょっと待って下さい」

石内は、この男が通訳だと思ったので訊いた。

「どういう件で、ぼくは呼出しを受けたんですか?」

通訳は、ポマードできれいに頭を撫《な》でつけていた。二十四、五歳くらいかと思える、一重皮の瞼《まぶた》と薄い唇をもった、冷たそうな顔だった。真赤なネクタイを締めている。

彼は石内の質問を聞くと、にやにや笑った。

「さあ、どういうことでしょうかね。あなたに覚えはありませんか?」

「それが、さっぱり心当りがないんです」

石内がぼんやりした顔で答えると、通訳は、それにも冷たく笑いかけた。

「あなたは、××新聞社の人ですね?」

「そうです」

「今年の三月に、R島に行ったことがあるでしょう」

「はあ、あります」

石内は、ちょっと不安になった。R島は、北海道に附属した島だが、海を隔てて沿海州に対している。近ごろ、密航船だとか、妙な船が、その辺りをうろついていて、ソ連のスパイ騒ぎが報道されているときだった。石内は、そんな余計なことまで考えて、R島に行った自分がスパイの嫌疑を受けているのではないかと思った。

「しかし、ぼくがR島に行ったのは」

石内は急いで云った。

「社の命令で、日食観測の取材に行ったのですよ」

「分ってます、分ってます」

通訳は、下にひいてうなずくところを、外人風に顎を仰向《あおむ》けて上下さした。

「とにかく、課長のところに行って下さい」

通訳は先に立った。リノリュウム油のよくしみた、靴の辷《すべ》りそうな飴色《あめいろ》の廊下を歩いた。元のビルを改装したらしく、幾つも部屋が仕切られてある。通訳は、その一つをノックした。ドアの上にはChief. G・Smithと名札が貼《は》ってあった。

ドアを開けると、カーキ色シャツ一枚の大きな図体《ずうたい》の男が、広い机の前に坐《すわ》ってい
た。役所の課長室のように、幾つもの来客用の椅子が壁際《ぎわ》に並んでいた。
石内は、スミス主任に握手を求めたものかどうか迷ったが、その必要はなかった。
大尉はニコリともしないで、大きな眼をむいている。しかし、その円い瞳《ひとみ》の蒼《あお》い色が、
マスカットを見るようにきれいだった。
「そこに坐って下さい」
通訳が横に立って云った。
机の前に、大尉に対《むか》い合わせるように椅子がある。石内は腰を下ろした。どう挨拶《あいさつ》
していいか分らなかったので、黙っていた。
すると、スミス主任は、金色の毛の生えている腕を折って、抽斗《ひきだし》から一枚の紙を出
した。それを石内のほうに分るように逆さまに向けた。
石内は、それを見てびっくりした。彼自身が書いたR島観測報告の記事が、そこだ
け切抜かれて、厚い白い紙に貼り付けてあった。
主任は通訳に対って短くしゃべると、椅子にぐっと身体を凭《もた》せた。
「スミス主任は、こう云っています」
通訳は、単調な言葉で石内に伝えた。

「この記事は、あなたが書いたのですか？」

「そうです」

石内は答えて、主任のほうを向いた。大尉は二重にくくれた顎をのぞかせて、じっと石内を凝視している。

「どういうつもりでこれを書いたのですか？　と主任が訊いています」

「どういうつもりって……」

石内は、後の言葉がすぐに出なかった。社の命令で、と云うと、何か言質《げんち》を取られそうだし、こういう平凡な報告会の取材に、記者の特別な意志が入っているわけもなかった。

「つまり、その、報告会を傍聴して、その通りに書いたまでです」

通訳は、その通り主任に取次いだ。

それまで、石内の様子を観察していたスミス主任は、急に椅子から背を起すと、石内を睨《にら》みつけ、大そうな速さでしゃべりはじめた。果物のように澄んだ瞳は、異常な光を帯びていた。顔も血が上って赧《あか》くなっている。片手を上下に振っての喚《わめ》き方だった。

石内は、呆気《あっけ》にとられた。怕《こわ》いという気持よりも、わけの分らない真空の中に置かれた気持だった。大尉は言葉を切ると、通訳に顎をしゃくった。

「主任は、こう云っています……この記事は、要するに、アメリカの科学陣を批判している。日本は敗戦国である。敗戦国のくせに戦勝国の科学を批判するとは、もってのほかである」

通訳は、唇に舌を廻してからつづけた。

「それで、すぐに取消しを出しなさい。日本の新聞は、取消しを小さく出すから、この記事のスペースと同じ大きさで、出来るだけ早い期間に出すように……こう云っています」

石内ははじめて、大尉が満面に朱を注いでいる理由が分った。が、それが分ると、今度は、新しい放心が起った。

——これがアメリカの科学を批判した記事だろうか。ただ、報告会の内容をそのまま報道したにすぎない。云わば、妹尾計算の正確さを報道しただけなのだ。

報告会での結論は、日本側観測地点が食帯の中央近くであり、従って、アメリカの観測地点は中心から六〇〇メートルずれた、食帯の南の端だったことが証明された。しかし、これは事実なのだ。科学者の報告を否定しない限り、この記事に歪曲《わいきょく》はない。ありのままを伝えただけで、戦勝国を批判した個所はどこにもないのだ。もし、落度があるとすれば、日本側の観測計算が正確であり、アメリカのそれに六〇〇メートルの誤差があった事実自体である。

これがどうして、敗戦国が戦勝国の科学を批判したことになるのだろうか。この「戦勝国」という言葉が、スミス主任を石内の前に仁王立《におうだ》ちさせているのだった。

スミス主任が早口でまた何か云った。

「主任は云っています……取消しの記事を出すかどうか、返事をして下さい」

「ぼくには」

石内は考える暇もなく云った。

「取消す必要はないように思われます。また、仮りに取消すにしても、日本の新聞では、三段抜きの取消しをする慣例はありません。ぼくの個人的な考えですが、社に帰って相談しても、これは困難だろうと思います」

通訳が主任に対って話した。

大尉は、今度は通訳を睨《ね》めつけて聞いていたが、ふいと椅子から起つと、床の上を歩いた。石内は、今にも彼が大きな机を回って、自分の前に殴りかかって来るのではないかと思った。

大尉は往復して歩きながら声を出している。

「こちらの要求に応じるか応じないか、この場で返答せよ……こう云《い》っています」

通訳は石内に対った。

「ぼくには、それをお答えする権限がありません。帰って、社に報告するだけです」

大尉と通訳の間に話が交された。

「あなたの社のチーフに交渉する……と主任は云っています。もう、けっこうです。お帰り下さい」

四

石内は、社に帰って、このことをデスクに話した。

「へえ。あれが問題になってるのかな」

デスクも案外な顔をした。いや、誰が聞いても不思議がる。

だが、占領軍の強力な監督を受けている日本の新聞は、ただ不思議だけでは済まされなかった。ＧＨＱの中には新聞課というのがあった。そこでは、記事を検閲し、気に入らないと警告を発した。それもただの威《おど》かしではなく、処罰として紙の割当を減らしたりした。新聞用紙の統制もＧＨＱが握っていた。のみならず、経営のあり方にも口を出した。

が、何と云っても、新聞社側にとって一番痛いのは、用紙の割当を削られることだった。まだ新聞は四頁《ページ》にも復活出来ない状態で、一枚の紙でも、咽喉《のど》から手が出るくらいに欲しいときだった。まもなく、四頁の新聞が復活出来るかもしれないという見通しの際で、用紙問題は、日本のどの新聞社も最大の関心事だった。

デスクから話を聞いたらしく、部長が石内を呼んだ。

石内の話を聞いている部長の机の前には、石内の書いた記事の切抜きが置かれてあった。

「困ったな」

部長は、それだけを繰返していた。

「三段抜きで取消しを出せ、と云うんだね。弱ったな」

部長自身にも方法がつかないらしかった。

スミス主任は、社のチーフに直接話す、と云った。チーフというと、社長か専務であろう。部長は、ＧＨＱからの話が首脳部に来る前に善後策を講じなければならないと考え、そのためには、編集局長や重役たちに話をする材料に思案しているらしかった。

しかし、ここまで来ると、石内自身の用はもうなくなった。問題は、ＧＨＱ対新聞社のことになっている。当事者の石内の責任などもう通り越して、彼自身は問題の外に抛《ほう》り出されるかたちになるのだった。

事実、それから一週間ぐらい経《た》ったが、石内には部長から何の話もなかった。部長は席に居ることが少くなり、編集局長室で会議が行われていることが眼につくようになった。

石内は、それが自分の問題のような気がした。局長室での会議は珍しくないから、いちいち、それが例の問題だけだとは限らないが、自分自身にあれ以後少しも話がないとなると、かえって想像のほうが先走った。

デスクに訊《き》いたが、デスクも知らなかった。

「まあ、そう心配することはないだろう」

デスクは彼を慰めた。

「部長は、対手《あいて》がＧＨＱだけに、少々、神経質になっている。けど、奴《やっこ》さんのほうも、ときどき、ハッタリがあるからな。自分の国の観測が誤っていたことが癪《しゃく》にさわったのかもしれない。それで、ちょっと、こっちを威かしてみたのかもしれない」

石内は、デスクにそう云い聞かされたが、安心はしていなかった。事は上層部のほうに行っていて、自分には係わりのないことになっている。が、全然、何も知らされないとなると、かえって一部分を知っていることよりも不安が大きかった。

新聞には、一向に三段抜きの取消し記事は出なかった。三、四日ぐらいは、毎日の新聞が気にかかり、それとなく整理部や工場のほうに行ったりして、ゲラを見たものだが、取消し記事が四、五日経っても出ないとなると、半分、安心した。

スミス主任は、あのまま引っ込んだのかもしれない。何と云っても、向うの云い方は云いがかりである。社の首脳部に話すというのも、あのときだけの言葉で、何も云って来なかったのかもしれない。マスカットのように澄明《ちょうめい》な、蒼い瞳を持ったあの大男は、案外、良識人だったような気もしてきた。

また、仮りに先方からそれを云って来ても、新聞社として三段抜きの取消し記事はみっともなくて出せるものではない。社としても、何とかそれは断わるべき筈だった。すると、取消し記事が出ないのは、石内自身が知らないだけで、上層部では、案外、GHQと無事に済む交渉を重ねているのかも分らないような気もした。

それから十日目ぐらいだった。

「石内君。ちょっと」

部長が彼を呼んだ。

「君。局長室へ来てくれんか」

瞬間、石内は、来たな、と思った。これまで、不安な予感を持ちつづけて来たが、やはりそうだったのだ。部長が部員に個人的に話したい重大なことになると、必ず、局長室に呼ぶことになっている。一つは、ほかの部員の眼もあったりして、話が漏れないためだった。

石内は胸を騒がして局長室に入った。

しかし、局長は居ないで、白いカバーを掛けた椅子《いす》が会議のかたちで並んでいるだけだった。

先に立った部長が、その椅子の一つに腰を下ろし石内を自分の横に坐らせた。

部長は、煙草《たばこ》を取出し、ゆっくりと火を点《つ》けた。煙を二、三度吐いたが、すぐにはものを云わない。部長自身も、話をするのに一つの決心が要るみたいだった。

「君」

彼はおだやかに云った。

「しばらく、地方支局のほうに行ってくれないかね」

石内は、そうだ、やはりこう云われる瞬間があるのだ、と前から覚悟をしていたような意識が起った。が、自分の顔が白くなってゆくのを覚えた。

部長は、何度も煙草を唇に当てながら、低い声でつづけた。

「まあ、突然で、君もいろいろ不満もあろうが、ひとつ、辛抱してくれ給《たま》え。新聞記者をしていても、一度は地方廻りをしなければ、仕事がよく分らないからね。ぼくが保証する。一年後には、必ず、君をこっちへ呼びかえすよ。自分の将来のためだと思って、支局の経験を一年だけやってくれ」

「部長」

石内は質問した。

「それは、絶対命令ですか？」

「まあね」

部長は煙がしみたような眼をした。

「実を云うと、君の人事は、もう、決っているんでね」

「それは、やはり、あの記事が問題になったからですか？」

石内は、社がＧＨＱと交渉した挙句《あげく》、こういう処分になったのか、と訊きたかった。

「正直に云って、そうなんだ」

部長は隠さなかった。いや、隠しても誤魔化せることではなかった。

「社でも困っている。もちろん、向うのは云いがかりで、理屈になってない。しかし、ここで社が抵抗すると、また向うは何を云って来るか分らない。これが困るのだ。早速、用紙割当にひびくだろう。石内君。頼む。いや、ぼくだけではない。これは編集局長からも頼まれたことだ」

最後の一言は、石内にすべての順序を瞬時に覚《さと》らせた。編集局長が部長を通じて頼んだというが、もっと上のほうからの意志があったのだ。恐らく、何度かGHQ地理課と交渉が重ねられたが、結局、交渉者は三段抜きの取消し記事を中止する代り、記事を書いた当人を何らかのかたちで「処分」することで、スミス主任をなだめたにちがいなかった。

石内が承知すると、部長は喜んだ。しかし、承知するもしないもなかった。すでに決定された人事なのだ。

「支局は××ということにしてある。これは局長からの言葉だ。局長も君のことは考えているんだね」

××は近県の県庁所在地だった。遠い所に飛ばさなかったのが、せめてもの心やりだというのであろう。部長は、そこで一年辛抱せよ、と云っている。が、一度外に出ると、その約束が実行されるかどうか分らないのだった。局長が替り、部長が交替すると、地方に居る者は、つい、本社から忘れられがちになる。その例も多かった。

石内は、社の外に出た。銀座が近い。彼は四丁目のほうへ向って歩いた。今日も人の通りが多かった。

早晩、東京を離れると思うと、この見馴《みな》れた景色までが変って眼に映る。急に、自分から無縁な風景になったようだった。空にはうす紅《あか》い煙霧《スモッグ》が立ち罩《こ》めていた。

石内は、喫茶店に入って、コーヒーを取った。

スミス主任の顔が泛《うか》ぶ。瞳《ひとみ》の新鮮なマスカット色が印象に残っていた。

——敗戦国のくせに戦勝国の科学を批判した。

主任は英語だったが、この日本語を伝えたのは、唇のうすい、絶えずチュウインガムを嚙《か》んでいる通訳だった。両方の感情など少しも自分の心に移入しないで、言葉だけの交流を操っている日本人だった。

しかし、アメリカの観測が食帯から六〇〇メートルの誤差があったことは、アメリカの科学陣自らが認めているところなのだ。妹尾計算は正確だったのだ。スミス大尉がいかに「戦勝国」を振り廻して絶叫しても、天体の運行は変らないのだ。

石内は、喫茶店から外に出た。スモッグが前よりひどくなり、遠くのビルが夕霞《ゆうがすみ》のようにぼけていた。

彼は空を見上げた。太陽が紅い霧の中に光を失い、白くなっていた。石内の眼には、

R島で、墨を塗ったガラスを通して眺めた太陽と同じものに映った。ぼんやりとした白い太陽を見ていると、それが徐々に侵蝕《しんしょく》され、遂に、金環食となって、小さな粒の連環がきらきらと輝きはじめた。

この幻覚の間、石内は耳もとに風の擦れる音を聴いた。

（「小説中央公論」昭和三十六年一月号）

# 流れの中に

笠間宗平は五十二歳になった。つとめている会社は、三十年勤続すると半月の慰労休暇をくれる規定になっている。宗平もその資格に到達した。会社は休暇に添えて五万円をくれるのだ。

たいていの社員は家族を伴《つ》れてどこかに遊びにゆくが、宗平はひとりで旅するつもりだった。妻は何年かぶりに温泉地にゆきたがっていたが、宗平はそれを断わった。彼もあと三年経《た》つと定年になる。実は、この旅の計画はずっと以前から考えていて、定年後に行うつもりだったが、それではあまりに侘《わび》しくなる。あと僅《わず》か三年でも、やはり働いているうちにその旅をしたかった。

それは、宗平が小さいときに送った土地を訪れてみることだった。といって、このような土地には宗平に暗い思い出こそあれ、懐《なつか》しさは一つもない。三十数年も自分の心から遮蔽《しやへい》していた土地をいまさら懐しむつもりはない。亡父への記憶をその土地へ行って手探りたかっただけである。宗平もほぼ亡父の晩年の年齢になっていた。そのことからこんな思い立ちになったのかもしれない。

妻には実際の理由を云《い》わなかった。云っても本当の気持は分ってくれそうもなかったし、自分も胸に持っているものを妻との安易な会話で吐き出したくはなかった。

休暇の最初の夜、宗平は西のほうへ向う汽車に乗った。妻には、関西方面を三、四日がかりで歩いてくると云い残しておいた。どうせ、三年後の定年に妻を好きなところへ伴れてゆくつもりだった。そのことで、今度の宗平だけの旅も妻は不服を唱えなかった。

宗平は汽車の中で朝を迎え、それからも五、六時間ぐらい乗りつづけた。最初に降りたのが、瀬戸内海に面したSという町である。

駅前に立ったが、まるで見ず知らずの光景だった。ずいぶん開けたものだと考えたが、べつにそれは彼に以前の経験があるわけではなかった。いわば、その町は、幼いころ父母の断片的な話で積み上げた想像でできていた。いま駅前の賑《にぎ》やかな景色を見て、ずいぶん開けたものだと思ったのは、ただ、その記憶とはよべないような頭の中の幻像との比較であった。

宗平は、実はこの土地に三歳のころまでいたのである。しかし、いたという事実を自分で確認したわけではない。死んだ父と母から、そう聞かされていただけだった。この町は、半分は附近の物産の集散地であり、半分は漁港であった。今ではそれが一変して、海を埋立て、大きな工場都市になっている。駅に降りてまるきり縁もゆかりもない土地だと感じたのは、やはり聞いた話との変り方からきていた。

この町で父と母とがどのような暮しをしていたかは、いっさい分らない。宗平は父の三十四歳のときの子であるから、父がこの土地にいたころは三十六歳だったはずである。父は神戸の街にいたころ母と一しょになったというが、もちろん、二人とも生国は全く離れた遠い地方であった。

宗平自身は、その神戸で生れたことになっている。地名も聞かされているが、果してそこが実際の場所かどうか、自分でも疑わしいのだ。戸籍面では一応、このSの町になっている。

宗平は戸籍面に出ているその町を歩いている。これは前にほかの人からも聞いたが、その町は今では駅前の倉庫街みたいになっていて、五十年前の面影は全くないということだった。宗平は、いま、足を入れてみたが、なるほど話の通り、そこは運送屋や倉庫などが広い道路の両方に並んでいるだけで、乾き切った景色だった。しかし、自分の出生場所が信用出来ないのだから、戸籍面に載っているこの通りを見ても何の感興も起らなかった。

それよりも、一つの橋の名前が宗平の記憶に残っている。鍛冶橋《かじばし》というのである。宗平はかなり大きくなるまで、これを火事の橋とばかり憶《おぼ》えていた。この橋の名前が特に彼の記憶に残っているというのは、亡父が母の妹のことをよく口に出すからである。

　なんでも、その妹、つまり宗平にとっては叔母なのだが、そのころは十五、六歳くらいだったらしい。おきくという名前だが、

「おきくが鍛冶橋でお前を捨てて遁《に》げてのう」

　よく宗平に云ったものだ。

「おきくがお前を負うて、鍛冶橋まで行ってくるけんちゅうて行きよったが、なんぼ待っても帰らんけん、様子を見に行ったら、ちゃんと近所のおばさんにお前を渡して、それきりひとりでどこかに行ってしもうちょった」

　このおきくという叔母は、宗平が二十五、六歳のころに初めて消息が知れたが、このときはすでに北海道の漁夫の女房になっていた。なんでも、酌婦としてほうぼうを売られて回り、遂《つい》に釧路《くしろ》に生きていることが分ったのである。

　その当座は、向うからも五、六回下手な文字の消息があったが、母もあまり懐しくはないとみえて、返事もろくに出さないでいるうちに、いつの間にかまた消息が絶えてしまった。

　いま、鍛冶橋の上に立ってみると、元はむろん木の橋だっただろうが、鉄筋の立派なものである。川幅は十メートルぐらいで、下を流れている水は黒く濁り、工場の油

らしいものが秋の陽にぎらぎら浮いて流れていた。

宗平は、この叔母が奇妙に懐しい。十五、六のころに自分を背負ってこの橋の上を往《ゆ》き来したと思うと、もう、疾《と》うに死んでしまったに違いないが、一度は彼女に会ってみたかった。多分、叔母が母の許《もと》を出奔したのは、あまりの貧乏にやりきれなくて遁げ出したのだと思っている。この叔母については、父と母よりも、この土地では宗平の心に一番残っている。酌婦に売られて北海道まで流れて行ったというのだから仕合せな叔母ではない。宗平は、自分を背負ってこの橋の上をさまよっている十五歳の少女と、身体《からだ》をすり減らしながらの放浪の果に、暗い漁師小屋にうずくまっている蒼《あお》い顔の女とを同時に脳裡《のうり》に持っている。

ところで、宗平の父は、このS町の弁護士の家で雑役夫のような仕事をしていたようだ。いつぞや、それに近い話を、幼いときの宗平は父から聞いた記憶がある。それは、もう、ほとんど忘れてしまったが、その弁護士ということだけが妙に幼い頭に残っていた。後年、父が法律について些少《さしよう》の知識を持っていたのは、この辺からであろうと想像している。もとより、このS町では弁護士の数も少ないから、その名前さえ分っていれば、確かめることも出来ないではないが、その方法もないのだ。要するに、この町は宗平にとってうすい因縁の土地というほかはない。

宗平は、S町を二時間ばかりで立ち去った。次の列車では、もっと西のM町に向った。

M町は、瀬戸内海が九州の突端でくくれる地点の近くにある。ここでは、宗平は五、六歳くらいの記憶が残っているのだ。

宗平の家は、その町の一番海際《ぎわ》にあった。そこは戸数にして二十戸ばかりであったように思う。今は地形が跡形もなく消えて、海が埋立地に変り、そこからは絶えず白い煙りが高い煙突から出ている。しかし、宗平のいたころは、家のすぐ裏が海になっていて、夜になると、西と東から突き出ている岬《みさき》に荒布《あらめ》を焼く火が見えたものだった。

この町から二里ばかり離れたところに、天満宮で有名なBの町がある。MとBの二つの町の間に、大きな川が流れていた。宗平の家はこの橋に至る往還で、侘しい飲食店をしていた。この商売は主に母がやっていた。そのころの父は、始終、外に出ていたが、やはり何をやっていたか分らない。天満宮の祭りのときは、短冊《たんざく》や天狗《てんぐ》の面を付けた笹を肩にした人が前の往還を通った。これだけが宗平の記憶に妙に残っている。それは、近くでありながら宗平が天満宮の祭りに一度も連れてゆかれなかったせいだろう。

宗平がMの駅に降りたときは、すでに日が昏《く》れていた。彼はすぐに宿をとった。宿から車を頼んで海岸に向ったのだが、もちろん、当時の海岸線とはまるきり違っている。宗平の住んでいた家のあたりは、夜業でもしているらしく、工場の窓ガラスに火が赤々と燃えていた。ただ、多少、そのときの面影を残しているのは、海に競《せ》り出るようにして迫っている山の黒い姿だけであった。

宗平は、ここでは一つの鮮明な記憶がある。このM時代のことを思うと、いつもそれが真先に眼に泛《うか》ぶのだ。

そのころ、彼の家に一人の叔母が来ていた。これは、北海道に流れたおきくという叔母の妹で、おさくという名だった。宗平は、あとで写真を見せてもらったことがあるが、子供のときの彼女の顔に全く見憶えはない。

「うちらの姉妹《きょうだい》で、おさくが一番縹緻《きりよう》よしじゃけんのう」

母はそう云っていた。母のほうは、宗平が子供心にも絶えず恥ずかしくなるほど醜い顔だった。

この叔母が、どのくらいの期間か分らないが、宗平の家に引取られていたことがある。あとで聞いたのだが、彼女の夫は青島《チンタオ》の戦争に兵隊として出征したため、その留守に来ていたというのだった。一つは、母が飲食店の手伝いをさせるためだったかもしれない。

そういえば、宗平は、そのころ、ブチといって、トランプぐらいの大きさで、少し厚い紙に印刷された軍人の絵を憶えている。このブチというのは、そのほかにいろいろな模様が刷り込んであるのだが、地面に叩《たた》いて対手《あいて》のものを取ることは東京のメンコ遊びに似ている。宗平が憶えているのは、このブチについた一人の勲章をつけたいかめしい将軍の肖像だった。大人から聞いて、それが神尾中将という軍司令官の名前だったことだけを未《いま》だに憶えている。

宗平は、いつか辞典を引いた。「第一次世界大戦のとき、日本は一九一四年八月ドイツに宣戦して山東省に出兵し、十一月青島を攻略した」とあった。だから、これは四十七年前のことになる。遠い話だ。

宗平の記憶に残っている場面というのは、海に面した裏の座敷で、父とその叔母とが二人で話をしていた。宗平自身は、その傍《そば》で遊んでいる。母はいなかった。この母がいないというのが確実なことは、そのあとのことで証明が出来る。

突然、父が叔母の髪を摑《つか》んで殴りかけた。そのころ、叔母がどういう髪を結っていたか、よく分らない。はじめから洗い髪だったのか、それとも、丸髷《まるまげ》か何かが崩れてそんな髪になったのか、その辺ははっきりと分らないが、とにかく、宗平の眼に見えたのは、その長い髪を片手にくるくると捲《ま》きつけた父が、叔母を畳の上に押しつけて、何かで殴っている姿だった。むろん、宗平は声をあげて泣いたことと思う。

そのことだけが、古い写真の中から切り抜きしたように、未だにはっきりと印象に残っている。つづいて、そのあとの出来事もぼんやりした記憶の中にある。それは、今から考えると屋根裏みたいな低い二階だったが、そこに父から殴打された叔母が寝かされているのだ。これははっきりしているが、母がおろおろして二階から下の往還をのぞき、しきりと何か気遣っていた。このとき、宗平は母からこんなことを聞かされた。

「おばさんのことは誰にも他人《ひと》に云うなよ。巡査さんがくるけんのう」

たったこれだけの場面だ。しかし、明るい海を背景にして、逆光で影法師になった父と叔母との狼藉《ろうぜき》の場面をどう解釈していいか。また、母が巡査のくることを恐れていたのをどのようにとっていいか。

宗平は大きくなっても、これだけは父にも母にも訊《き》けなかった。大そう悪い秘密をその質問で暴《あば》き立てるような気がしたからである。

この叔母は、その後、除隊した夫のところに帰って行った。それから何年ぐらいのちか分らないが、叔母は夫と夫婦別れをしている。その原因は、母の或《あ》る言葉で一応の説明がついていた。

「武さんは極道もんじゃけんのう」

武さんというのは、叔母の夫の名だった。しかし、叔母の離婚を、宗平は子供心に、ただ夫の放埒《ほうらつ》とだけは考えられなかった。彼の眼には、やはり父の影が叔母の髪毛を捻《ね》じ伏せて打擲《ちょうちゃく》している場面が映っている。

宗平はTの町に降りた。これはMの町から汽車で一時間ぐらい山のほうにある県庁の所在地である。ここでも一家は小さな飲食店をしていた。一度覚えた商売は、なかなか廃《や》められぬものらしい。なぜ、一家がMからこの町に移ったのか、その事情もよく分らない。このとき、宗平は八歳であった。だから、かなり記憶がはっきりしている。

父は相変らず外ばかりに出ていた。その仕事は、裁判所の小使だった。この裁判所時代と、前の弁護士の傭《やと》われ男との経験とが、父をいくらかの法律かじりにさせていた。むろん、それは規則的なものではなく、いわば三百代言的な生半可な知識のまた生かじりだった。だが、これが父にはえらく自慢だったのである。父は何かといえば、すぐにこの法律を持ち出し、知合いの者を煙りにまいた。

知合いの者というのは、そのころから、父は米相場に手を出していたから、その仲間だった。裁判所のほうもいつか退職したようなかたちになり、父は汚ない小使の詰《つめ》襟服《えりふく》の代りに、銘仙の着物の上下をぞろりと着て、家から取引所に通うようになった。父の四十二、三歳のころである。この父は他人《ひと》より体格がよく、子供心にも、そのぞろりとした着物姿が立派に見えたものだ。

Tの町は山に囲まれた盆地だから、坂道が多い。いつのころからか、父は家に帰らなくなった。ときたま帰ると、母との間に大喧嘩《おおげんか》がはじまった。癇癪《かんしゃく》を起した父が、せっかく作った店の商売もの、例えば、うどんやそばの玉だとか、鉢に入れた煮魚のようなものをそのままそっくりゴミ箱に投げ入れたりした。そんなことがしばらくつづいたのち、今度はぷっつりと父は帰らなくなった。

次の宗平の記憶は、母に伴れられてこの町の遊廓《ゆうかく》街を歩いていることである。母は父を探して女郎屋の格子戸《こうしど》や、のれんの奥を一軒ずつのぞいていたのだ。しかし、そこで母が訪ね先からどのような仕打を受けたかは、宗平に記憶がない。ただ憶えているのは、いくつかの坂道を上ったり、下ったりして、子供心には遠いと思われる色街まで母と通ったことである。その坂の途中に、蹄鉄《ていてつ》を打つ鍛冶屋があった。馬が土間につながれて、鍛冶屋が馬の後脚を持ち上げて金鎚《かなづち》で釘《くぎ》を打込む。馬が少しも痛がらないのが宗平に不思議だった。

鍛冶屋の引くフイゴの音。片隅に燃える赤い火。それがこの長い道中を慰める宗平の唯一《ゆいいつ》の見物場所だった。馬がつながれていないときは、鍛冶屋のがらんとした板の土間だけが見えた。

宗平は、いま、その場所に立っている。しかし、その蹄鉄屋はどこにも無かった。近くの人に訊いても、みんな首をかしげている。あの家はずいぶん遠い昔に無くなったと思われる。また、この坂道の恰好《かっこう》も、まるきり記憶と違っていた。以前には、森があったり、小さな池があったりしたものだが、現在は町つづきになっている。微《かす》かにそれと思われるのは、坂道の勾配《こうばい》のかたちだけであるが、もちろん、蹄鉄屋がどの辺の位置であったかを指摘することは出来ない。

この道のことといえば、宗平の当時の感じではえらく広い道だったように憶えている。だが、いま見るとそれがずっと狭いのだ。両側に家を建てたため道を狭めたのかと思ったが、そんな様子もない。つまり、これは、宗平が幼かったから、その道がえらく大きく見えたのだ。

宗平は、そこから或る小学校のほうへ回ってみた。建物は鉄筋コンクリートになっている。秋の陽射《ひざ》しのなかに子供の騒ぐ声が聞えていた。宗平は裏門を探した。そこで、ようやく、そのころの記憶に合っている特徴を見出《みいだ》した。裏門のかたちは変っているが、そこから伸びている狭い路《みち》が昔のままなのだ。

宗平が一年生のときの夏、この裏門の近くで、父親がしょんぼり立っていた。たしか、そのとき宗平を見つけた父は手招きしたように思う。会話は全く記憶から忘れ去られているが、なんでも、宗平が父親のあとに従《つ》いて行くと、そこは汚ない木賃宿の二階だった。四、五人の人間が座敷の中に坐《すわ》っていたが、父は空いた畳に宗平を坐らせた。

さて、その木賃宿の在所《ありか》がどこだか、今ではさっぱり分らない。町並みにもおぼろげな記憶しかないから、これも探し当てようはない。

宗平は、しかし、その後も父を二、三回訪ねて行ったように思っている。いちばん心に残っているのは、父親が宗平のためにナツメの実を買って来て食べさせたことだ。鶉《うずら》の卵を小さくしたような斑《ふ》をつけた青い実を今でも眼の前に泛べることが出来る。新聞紙の上に、その実を一ぱい拡《ひろ》げて、宗平は寝そべりながら口の中で噛《か》んでいた。

——父は女から捨てられたのである。

一家は、それから O の町に移った。T の町では夜逃げ同様だった。父がいなくなると、母は飲食店もたたみ、隣の蒲鉾《かまぼこ》屋に女中みたいな手伝いで入っていた。宗平も一しょにそこに伴れてゆかれた。家族が多く、それに傭人も入るから、食卓も二度に分けなければならない状態だった。ここで過した日は少なかったから、宗平にもはっきりした記憶がない。母は近所から金を借りると、それを移転の費用にしてO町に移った。

ここでも、他人の家に親子三人が居候《いそうろう》だった。それは風呂《ふろ》屋の罐焚《かまた》きをしている人だったが、前にM町にいたころの知合いで、そこに転げ込んだのである。その家も、風呂屋の経営者が罐焚き人のために造った小屋だったから、六畳に三畳ぐらいの狭さだった。父はO町に移ってから、全く気持を入れ替えたようだった。久しぶりに母に平和が来た。

そのころの父は、T町の橋の上で塩鮭《しおざけ》を売っていた。だから、それは寒い季節からはじまったように憶えている。体格のいい父は、盲縞《めくらじま》の筒袖《つつそで》を着て、かたちばかりの荷台のうしろに立っていた。霰《あられ》のまじる川風に吹かれながら立っているその寒そうな姿を宗平はよくおぼえている。

ところが、罐焚き人の家が狭かったので、間もなくそこから移ったのが、じめじめした低湿地に建てられた掘立小屋のような板壁の家だった。が、そこも一軒をまるごと借りたのではなく、間借だった。そういうことを考えれば、父の鮭の行商も、どうやら生計が立ったようである。

家主は六十ばかりの婆《ばあ》さんで、孫娘が一人いた。息子は遠いところに行っていると云《い》ったが、間もなく、それは刑務所に入っていることが分った。しかし、この老婆《ろうば》は、刑務所から帰ってくる息子を唯一の愉《たの》しみにしていた。孫娘は小学校三、四年生ぐらいだったが、この子が老婆に気を兼ねて学校に昼弁当を持ってゆかないと、老婆はひどく喜んだ。

ところが、この家と背中合せに、もう一軒の家があった。宗平が憶《おぼ》えているのは、この二軒の共同便所が、間借している部屋のすぐ前にあって、隣の亭主が肺病やみの女房を背負って便所に通わせている姿だった。ときどき、便所の中が赤い血に染まっていたりした。

父は、そのうち、家でも鮭を売る考えが起ったらしく、紙に「鮭あります」と筆で書いて貼《は》った。しかし、一人もそれを買いにくる者はなかった。

父が売ったのは鮭だけではなく、塩鱒《しおます》も一しょだった。鮭と鱒とは、ちょっと見ると形が似ているために、区別がつかない。しかし、宗平は、そのうち、鮭の鱗《うろこ》が大きく粗く、鱒のそれが小さくて細かく詰んでいることを発見した。

この知識は、すぐのちの記憶につながる。母は、あるとき、宗平を伴れて、近くの町の親戚《しんせき》の家に行った。親戚といっても、これは父のほうの従弟《いとこ》だったが、日ごろからあまり文通はしていないようだった。どうやら、父とその従弟と不仲らしい。

そういう家に母がなぜ宗平を伴れて行ったか分らない。ただ、その家の亭主は大きな工場に勤めている職工で、すでに頭が禿《は》げ上っていた。そこには三人の娘がいた。その夜、宗平は娘たちの間に寝かされたが、そこで宗平が披露した知識が鮭と鱒の相違の鑑別法であった。

その晩は、母は一たん父の許《もと》に戻ったらしい。何かの相談だったようだ。

翌る朝、宗平は暗いうちに起された。そのとき、はじめてそこの亭主を見たのだが、まだ外がうす暗いのに、早くも膳《ぜん》の前に坐って飯を食べていた。その妻になる小母が宗平に、挨拶《あいさつ》しなさい、と云った。こういうことは一度も経験がなかったので、宗平はおやじにぎごちないお辞儀をした。頭の禿げ上った亭主は、口に茶碗《ちゃわん》を運んで、じろりと宗平を見ただけだった。宗平はすぐに元の寝床へ戻された。

翌る日になって母が来た。このとき、娘たちが面白がって、宗平のしゃべった鮭と鱒の違いを報告し、面白そうに笑った。しかし、その帰りの母の顔は暗かった。今にして思うと、あれは父が母に借金を申込ませに行ったのである。もちろん、これはにべもなく断わられたのだ。

その後は、宗平が小学校を卒業するまでの記憶だから、ずっと鮮明になっている。父と母とは縁日を追って店を出す大道商人になっていた。

ここでもやはり飲食店の商売から離れられないとみえて、茹《ゆ》で卵、焼するめといったものが冬の売物であり、夏は蜜柑水《みかんすい》、ラムネ、ニッケ水などであった。白い氷の上にニッケ水の赤い瓶《びん》を手で転がしているのは、今でも美しい眺めとして記憶している。

露天商人と天候とは生命的なつながりがある。父は天気を判断するのが上手だった。朝、日本晴れでも夕方から雨になると云えば、ほとんどその通りになった。これは父がT町で空米《くうまい》相場に凝ったころ覚えた自慢の天気観測知識だった。米相場は一日の天気次第でも上下する。しかし、このナマ半可な知恵が父を貧乏の底に陥れたのである。

父は高市《たかまち》を追って商売しているうち、ヤシ仲間や露天商人と仲よくなり、ここでも例の法律知識を聞かせていた。父はこういうことで他人から尊敬されると思ってひどく喜んでいた。しかし、考えてみると、父は他人から尊敬されたことは一度もない。

それに、父は生かじりの「法律を知っていた」ことで、自分の弱い世渡りに対して武装した気持になっていたのではあるまいか。若いとき、弁護士や裁判所に傭われて、法律の前にうなだれている他人の姿を見ていたから、父は「法律」こそこの世で一ばん強い力をもっていると信じていたようである。

父には、その後、一花咲いた時期がある。はじめて一軒の家を借りて飲食店営業をしたのだが、一、二年間くらいはやって父を得意がらせた。五十二、三歳のころである。が、すぐにいけなくなって、家の中は税金の滞納で赤紙がべたべたと貼られた。執達吏がのりこんで来ても、父の法律知識は何んの役にも立たなかった。

この父が死んだのは五十歳をすぎてからである。母はその二年前に死んでいた。

宗平は、いま、そんなことを思いながら、O町へ行く列車に乗っている。そこへ降りても、彼をなつかしがらせる何ものも残っていないと分っていながらも、窓の外を見ていた。

（「小説中央公論」昭和三十六年十月号「流れ」を改題）

# 壁の青草

「前略　元気のことと思います。こちらもいろいろと仕事に追われて、依頼の品おくるつもりでしたが、のびのびとなったことをおわびします。ノート一冊、鉛筆二本、葉書五枚、少しだけど、また近々おくりますゆえ、きょうはこれだけでがまんして下さい。お金を少しでも入れようかと思ったが、いいか悪いかわからないのでやめました。さしつかえなければ次回におくります。父もいっしょうけんめい頑張っております。おまえもからだを大切にまじめに服務してください。母からもくれぐれもよろしくと云《い》っています。

父より」

×月×日　補導部長がじきじきに、こんどの名簿は校正まちがいをするな、といってきた。だいぶんたいせつな仕事のようである。ゆうべ、健ちゃんがぼくのくびにつけたキスマークをほとんどの人間にみられてしまった。みんなにひやかされたが、そのうち、健ちゃんのくびにもそれがついていることがわかると、もう、ひやかしではなく、うらやましい態度にかわった。健ちゃんはどうおもうかしらないが、ぼくはキスマークをみられたということをさして恥とはおもっていない。健ちゃんが教育課に行ったら、やはりキスマークが目にとまったらしく、ずいぶん恥をかかせられたらしい。教育課の人間は肩書のものばかりで、たいしたにんげんはいないから気にすることはないと彼をなぐさめておいた。今日はひさしぶりに計画表にしたがって勉強しようと思ったが、おもうばかりでなににもならない。ラジオがやむ前からぐっすり寝てしまった。残業はつかれる。きょうこそなにか勉強してやらなければといきごんだが、就寝前ふとんの上にはらばいになると、ただぼんやりとねこんでしまう。

×月×日　点検のときぼくと健ちゃんとがよこにならんでいると、ふたりとも木本部長からキスマークをみられてしまった。残業でないものもいたので、みなの前でしられてこまったが、そんなことよりも、こういうことでぼくと健ちゃんとが舎房をべつべつにされるようなことがあればとしんぱいした。漁網作業のものを検身場へおくりこんでから木本先生はもどってこられたが、べつに何もいわなかった。あんしんと不安とまじったようなきもちである。ぼくは気がつかなかったが、健ちゃんがぼくにヤキモチをやいていることがはじめてわかった。検身場をわたるとき、ぼくとＫとがいちばんさいごになったのだが、それを健ちゃんはわざとＫといっしょになったのだろうという。ぼくはそんなことはかんがえていなかっただけにおどろいた。健ちゃんはきのうＫと便所でいっしょになったことまでもちだしたので、ぼくはこんごはよく気をつけることにした。ともあれ、健ちゃんのきもちはわかった。ぼくにしてもかれのすることとなすことが気になる。

×月×日　きのう、山口先生が数学のほんをもってきてくれたのはいいが、高校雑誌のなにかのフロクである。くわしいことがあまりのってないので、わかりにくそうである。しかし、貸してくれたことには感謝しなければいけない。きょうは朝からすわったり寝たりするのがくるしくなりはじめた。尻《しり》になにかできたようである。はれたようなかんじで、立とうとするといたみがあり、すわろうとするとピリッとくる。あんまりはげしいので病舎へゆこうかとおもったが、仕事がこまるだろうとおもってこらえた。病舎にゆきたいやつもいるが、こんないそがしいときだから病舎もゴタゴタするだろうとおもってやめることにした。S高校長の講話がある。はなしぶりは要領がいいが、ぼくらはかれのきもちをかんがえて聞いているので、たとえば、笑わせようとしてなにかいったとき、ほかのやつは笑っても、ぼくはあれだけのことをかんがえつくのにかれがどれほどくろうしたかとおもうと、つい、気のどくになってしまった。はなしのなかにはかなりな方便があっておもしろくなく、キザだった。勉強しようとおもうが、なにもてにつかない。健ちゃんは毛布をかぶってねむっていた。そのあと、健の肩をもんでやろうとすると、目をさまし、きょう、部長にふとんのたたみかたが悪いといわれて鍵《かぎ》で二つばかり殴られた、といっていた。
×月×日　からだがなんとなくだるくてなにもやりたくない。うずくようないたみはどうすることもできない。健のやつ、また喧嘩《けんか》した。しかも五十ぐらいのおとなである。あいてのおとなもいけないが、健のひがみが原因だ。あいてのおとなもいい年をしてまるでこどものようなもののいいかたで、見ていてザマはなかった。
×月×日　○○（註。文芸雑誌）の古いのを借りてきたので読もうとおもったが、ついい、残業でからだがつかれているのでねむってしまった。寝床にはいると、足のうらがいたみだし、ぜんたいが熱っぽい。足のうらや、手の指や、あらゆるところにしもやけができた。とくに左手の人さし指はまるでお化けのようである。大正名作集という本を三工場のものが持っていたので、それを借りるためにせっけんをやった。芥《あく》川龍之介《たがわりゆうのすけ》、豊島與志雄《とよしまよしお》、葛西善蔵《かさいぜんぞう》など、大正から昭和にかけての有名な人の小説がたくさんのってる本なので、ほんとうにありがたかった。刑務所のなかで成人式をむかえるのはこの秋だ。
×月×日　長いあいだ勉強しない。これではいけないと思いながらもそびれてしまう。これでは小説家になれるどころか、更生することもおぼつかなくなってしまう。いつもの新聞がきたので、その文選にとりかかった。校正もやらなければいけないので少ししゃくにさわったが、遅くまでかかってしあげた。還房すると死んだようにねむってしまった。

×月×日　便所へゆくと、しばらく小便が出ない。大便のふうをよそおって力いっぱいにきばったが、チロチロとわずかばかりのものしか出ない。とうとう、がまんしきれなくなって、医務室にいってやろうとおもった。ひるの休みに、医務室に行ったが、医務室の医者は金の棒やゴムのクダをもちだして尿道につっこんだのでいたくてとびあがりそうだった。がまんしていたが、そのあとでもいっこうに小便が出ない。まえよりよけいにわるくなった。とうとうあすまで出なかったら、社会の専門医にみせるということになった。ひとばんじゅう健のことばかり考える。

×月×日　医員の服をかりてバスで病院にゆく。とちゅう、裁判所や駅へよったので、まちの見物がずいぶんできた。病院にゆくと、看護婦が四、五人、いそがしそうに行ったり来たりしていた。べつにどうということはないが、なんとなくちがった世界にきたようだった。看護婦のほうはめずらしいのか、ぼくのほうをそれとなく見るので、わざと知らぬふりをしていた。院長はとてもしんせつだった。それに、さすがに専門家で勝負がはやく、クダをつっこむと、あっというまにどっとばかり尿がクダをつたわって流れてきた。ボウコウエンということであった。かえって工場にゆくと、いつものとおりみなは仕事をしていた。

×月×日　ぼくが病舎から工場へもどりたいのは、映画をみたいのでも病舎がたいくつでやりきれないからでもない。健ちゃんのことが気にかかるからだ。遅れている勉強もとりもどさねばならぬと思う。

×月×日　工場へかえる。さっそく、みなからひやかしのような祝福をうけた。健ちゃんはもちろんよろこんでくれた。市川先生がやってきて、もうよくなったか、といったので礼をいった。ひるやすみ、健ちゃんと話をしようとおもって校正机にむかっていると、Hという新入りがいやになれなれしく健ちゃんにはなしかけ、手紙などみせようとしていた。健ちゃんは、あとで、とかなんとかいってごまかしていたが、ぼくのきもちは複雑であった。健ちゃんに、いまのことはわすれない、といった。べつに彼らがどうという仲ではあるまいとおもうが、あいての男は、すきあらば健ちゃんを誘惑しようとかかっているようだ。

×月×日　検身場にゆくため、舎房の歩廊を健ちゃんが出ようとしたとき、かれはいそいでいたので歩きながらボタンを一つずつとめていた。それを入口に立っている先生に見とがめられ、口きたなく罵《ののし》られた。健ちゃんがそれに腹をたて抗議しようとしたので、ぼくはかれをなぐさめるつもりで、云いたいやつにはいわせておけばいいよ、といって半分くらい歩廊を行ったとき、こんどはぼくが杉岡先生によびとめられた。ぼくはこれはいけないとおもったのであやまったが、むこうがあんまりのしかかってくるのでムカムカした。それが看守と受刑者の間であろう。健ちゃんも先生にあやまった。かれは舎房にかえって泣いていた。ひさしぶりに健ちゃんの体温……。今朝は父ちゃんから一年半ぶりに手紙がきていた。山口先生がずっと前にたよりを出してくれたものらしい。健ちゃんから、父ちゃんと自分とどっちがたいせつかときかれたとき、親より健ちゃんのほうをつよく愛していたことに気がついた。

×月×日　朝おきると外には大きな雪がふっていた。健がまたけんかをした。新入りのバカを腹立ちまぎれになぐったという。教育課長らがやってきて補導課につれてゆくといったときは、しまったとおもった。ぼくは健に働け働けといった。ほんとうは人一ばい彼を火にあたらせてあそばせてやりたいのだが、それが許されないのが刑務所だ。しかし、健ちゃんは仕事ではぼくのいうことをよくきいてくれるのでたすかる。けれど、一方では、すまないとおもう。××会報という新聞がくる。一日半で仕上げてくれというが、いくら一生けんめいにやっても、タブロイドの四面を仕あげるのは無理だ。それに手がかじかんでおもうようにうごかない。領置係の先生がきたので、去年、父ちゃんが送ったという本のことについてたずねてみる。きてないようだというぼんやりした返事である。腹をたてることもできない。刑務所というところはおかしなところで、送ってきているならきていると知らせてくれればいいものを、こっちからきくまで知らぬ顔をしている。残業をすませて、夜おそくよその舎房の前を通ると、二人だけのささやきが聞える。ナめ合うような、低い声だ。ぼくにはそれが何を意味しているか分る。長い受刑生活では仕方がない。

×月×日　下手を承知で小説を書いてゆこうと思う。文学をやるのにあるていどの教養は必要だとおもって、この不自由な生活のなかでぼくは次のような計画表をつくってずっとやってきた。例えば次のように。

第一日、国語（更級《さらしな》日記・文訳）、創作原稿二枚。第二日、国語（漢詩・文訳）、創作原稿二枚。第三日、国語（芭蕉《ばしょう》・蕪村《ぶそん》）、創作原稿一枚。第四日、数学、創作原稿一枚。第五日、英語（高二リーダー）、創作一枚。第六日、国語（故事漢文）、生物学（人体解剖図）、創作一枚。

しかし、ぼくは文学は文学だけでよいとおもう。あの有名な牧野富太郎博士ですら植物学では天下にその名をはせたが、かれはまったく独力でやったのだ。まして文学などにおいてをやである。がんばってみようと思う。教育課長と総務部長が転勤するので、映画の前にあいさつがある。総務部長はふつうの別れのことばだったが、教育課長のはすこしかわっていた。映画がおわったあと、めずらしく所長が教育課長のことについてずいぶんほめた。ぼくとはあれほど口論し、争った間でも、やはり刑務所というオリのなかのできごとのせいだろう、よそにゆくとなるとさびしさとあわれさをかれにかんじる。教育課長はサボリの名人だった。映画はひさしぶりにおもしろかった。現代ものは都会の刺戟《しげき》にふれられてなんともいえぬきもちだった。自由はいいなとおもう。

×月×日　雨のふる寒い日であった。行進は整列しただけで、ラジオ体操はやらずに房にかえってくる。原稿用紙百八十枚ほどに手を入れたので、シャバにかえるまでにこれを書き直そうとおもう。ゆうべは宮様の夢をみたので今日はなにかいいことがあるかとおもっていると、はたして新聞に恩赦に関する記事がでた。それによると、意味はよくわからないが、特赦、特別減刑、刑の執行免除というひろいはんいにわたるそうである。ぼくらにそれがもらえるかどうかわからないが、なにも音沙汰《さた》ないよりはすこしはいいだろう。まあ、一年先にはかえる話もでるだろうとおもっている。文選場のじじいが恩赦の記事が載っている新聞を持ってきたのでかりて読む。強盗とか、殺人、暴行犯罪とかいった反社会的な兇悪犯《きょうあくはん》は恩赦にならないとのことであった。正直なところ、がっかりした。山口先生に恩赦やそのほかのことについてすこしたずねてみた。その口ぶりによると、ぼくなどまだまだ一級などにはなれないということがわかった。内心、もしやこんどはとおもっただけに落胆した。あまり早くかえることは気にかけまい。いままでどおり、来年だ来年だとおもってすごそう。なによりも大切なことは、大いに勉強して小説家としての質をやしなうことだ。最低にもどったつもりで今日を規準に立ちあがろうとおもう。この房から一人がよそにうつって、かわりに漁網のおとなしいやつがやってきた。健ちゃんと口論する。一つなぐられた。なさけなかった。

×月×日　文選というものもあんまりながくやっているとすぐにあきがくるだけで、朝から拾うきがせず、別な男にひろわせて、ぼくは新聞を組んだり、ぶらぶらしたりして時をすごした。教育課に行って珠算の本を買ってもらうようたのむ。手紙がきていた。父ちゃんからで、家の地図がかいてあった。切手の代りに収入印紙がはってあったので、こちらで二十円料金をとられている。家のほうでまた生活に困っているのではないかとおもってみたが、家のことは心配いらないとかいてある。もし困っているようすだったら、賞与金のなかからいくらかでもおくってやろうかとおもった。父ちゃんはぼくがかえってくればどこかいいところへうつろうかとかいている。うれしかった。早くかえりたいとおもう。しかし、山口先生が健ちゃんにいったところによると、まだまだずいぶんかかるらしい。しかたがない。それだけのことをしてきたのだから。それに、仮釈の状況も年々悪化するばかりで、あまりはやくかえろうとおもっているとアテがくるいそうだ。舎房で健ちゃんと心にもない喧嘩をする。実にさみしい。漱石《そうせき》の「三四郎」を半ぶんばかり読む。べつな男が貸してくれといっていたので今夜じゅうに読もうとおもったが、読めなかった。創作、ちょっぴり書く。

×月×日　昭和二十九年から入って六年をすごした今年六十五の山田というじいさんが、仮釈放二十日間をもらってきょう復帰寮にあがる。刑務所には七度も八度もきていながら、やはりかえれるとなるとあんなにもうれしいものか。朝から復帰寮あがりを待って一日じゅう落ちつかず、仕事もせず、そわそわして印刷工場をあっち行ったりこっち行ったりしてうろうろしていた。七十近いじいさんでもシャバにでるのはうれしいのだ。ましてわれわれのような若い者がシャバに出るとなると、社会のつらさ、きびしさを忘れて、若いがためのよろこびを追うだろう。とにかく、ぼくより後にきた人間がさきにかえるのはあまり気持のいいことではない。このじいさんがはじめてここにきたとき、ぼくは父ちゃんを思い出したものだった。年も同じくらいだったから。部長から房に帰りがけに注意をうけている。あの部長は人間ではない。残業してやれやれと思って還房しようとしているわれわれにむかって十分間も説教やこごとをいう。五工場はだらしがない、整列するのにも何をするのにものろくさいという。きょうの説教は、われわれが山口先生のあとについて行ったのを部長が、待て、といったのを、ぼくらはいつものことなのでだまってそのままゆこうとしたので、これを怒ったわけだ。部長と山口先生とはよくないらしい。部長は、けんかやタバコのようなかんたんな反則よりこんなことのほうがもっとわるい、とこごとをいった。わけのわからないことだ。かれには懲役人に道徳をかたる資格はない。十工場のまえのバラの花がうつくしい。

×月×日　あいかわらず工場の生活はおもしろくない。××高校の通知表の原稿がくる。組みかたがたいそうむずかしい。とくに斜線をどういうふうにやろうかとずいぶんくふうした。どうやらとちゅうまでうまくいったが、あんなに時間をとるようでは社会にでて一人まえの印刷工として通用しないとおもってがっかりした。入浴のときだった。ぼくはいつものとおり、中のほうで洗わないでそとであらっていると、なんといったか名前はしらないが、自動車のきんむをしている先生からいきなり青竹でシリをなぐられ、中にはいれ、といわれた。もうひとりの男は人が多くてはいれないのに無理をしてはいったようだった。しかし、ぼくは意地になって腰をおろしていると、おもったとおり、青竹で再三なぐられた。すこし文句をいうと、またシリをなぐってきた。手でよけたとき、手の甲がすりむけて、あとではれあがった。はらがたつが、これが懲役だとおもった。その先生は、あとでぼくらの工場の者が外にはみだしてあらっているのをみても、べつになにもいわなかった。青竹でなぐってまでおこるリクツがわからない。ほかの先生も入浴のとき箒《ほうき》の柄を持って立ち、早くあがれ、話をするな、とどなるのだが、おどかさなければ懲役人の監視はできないみたいだ。

×月×日　いずれはそうなることとおもっていたが、それが今日こようとはおもってもいなかった。午前中だった。分類の先生がやってきて、健ちゃんを復帰寮へつれていった。健はぼくに、ただ、シンボウしろヨ、といっただけだった。ぼくは泣き顔をみせてはいけないとおもって、しいて笑って送ってやった。短い同せい生活であった。一年にもならない。それはふたりの仕合わせな生活であった。はりつめた気持も、舎房にかえって、ひとりになるとゆるんで、点検がおわると、社会に出た健ちゃんのしあわせをいのりながら泣いた。おもいきり泣いた。これからどうすればいいかわからない。工場でも舎房でもじぶんというものがなくなったような気もちである。かれの出所によってこれほど大きなかなしみをうけるとはおもわなかった。教誨堂《きょうかいどう》の片すみに健の青衣がぬぎすてられてあるのをみた。黒の階級章がぼくに別れをいっているようであった。

×月×日　いつ出せるかわからない健ちゃんへの便りをかいた。ぼくはなんとかしてこれを出そうとおもう。ヤミの手紙を出してもらうことを考えたが、どうやらムリのようだ。神さまに健の幸福をいのろう。早くシャバに出たい。もしかすると、ぼくは満期までここにおかれるかもしれない。

×月×日　健ちゃんから便りがきてくれることをぼくは神さまに祈る。だが、その前に、山口先生が健ちゃんへのぼくの便りをだしてくれたかどうか、それがはたして健ちゃんの手もとにとどいたかどうか、とどいたとしても彼が返事をかいたかどうか、また山口先生がそれをうけとってぼくにくれるかどうか、いろいろ気をまわしてみる。ここの職員はみんな要領だけで、サボっているから手紙もおくれる。しかし、万一、健の手もとにぼくのたよりがとどかなかったとしても、ぼくの信ずる健は、何かの方法で連絡をとってくれるだろうとおもう。それよりほかにどうすることもできない。それから、しんぱいなのは家のことだ。父ちゃんからも、兄ちゃんからも、もうずいぶんながいあいだたよりがこない。兄ちゃんはずっと前の便りで、父ちゃんたちは元気に毎日送っているから安心しろ、といってきたが、こう手紙がこないと心配になってくる。夜、ときどき、自分はこのまま気が狂うのではないかとおもってぎくりとする。健のことや、出所してからのこと、社会での生活や将来などについて考えているうち、つい、おれは気違いになりかかっているのではないかとおそれるのだ。ところで、健からの手紙がこないのは、法務省からの検査官がくるため忙しいので検閲ができないからではなかろうか。そうだとすると、まったくばかばかしいことだ、二、三日前から刑務所内のほうぼうでは巡閲があるというのでてんやわんやである。教育課に行けば行ったで朝早くからバタバタしているし、工場に帰ると庶務や用度がきて、いろいろな書類の整理と、その綴《と》じこみを依頼してくる。職員は日ごろサボっているので、こういうときは大あわてだ。大掃除はまるで年末なみだ。それに、印刷のほうは期限のある新聞などの仕事があるので、天井のゴミおとしはやらない。機械は四台とも動いていた。巡閲前でウロウロして落ちつきのない先生たちをみていると、あの人たちも食ってゆくためには、ぼくたち受刑者と同じような生活の場がすてられないのだとおもった。彼らは一生の半分を刑務所のなかですごす。そうなると、どちらが終身懲役だかわからないではないか。

×月×日　健のことを気にかけまいとしてもだめだ。健はいまごろどんなきもちで生活しているかしらないが、ぼくはかれのことをおもいつづけている。かれにまちがいがなければよいがとおもう。あんな調子の男だから、なにかことがあるとすぐ弱くなって折れてしまうのではなかろうか。けさ、舎房の食番をおえて、そのあき箱を外に出しにゆくとちゅう、中央でなにか反則でもしたのだろう、一工場の者が二人、坐《すわ》らせられて、ひとりはビンタをなんどもはられ、もうひとりはシャツ一枚の背中を革手じょう用のベルトで看守になぐられていた。理由は、ただ帳面を五冊、ほかの工場のものへまわそうとしたことらしい。きのう、ここにいる職員が終身懲役人とおもったたけに、受刑者を気違いのようになぐる彼らの気もちがわからないではなかった。

×月×日　山口先生から急に呼び出しをうけた。ぼくはすぐ健からの便りのことだなとおもったが、山口先生は健が精神分裂病にかかって療養所に入っているということをおしえた。ぼくはしばらく口がきけなかった。それはかれの病名がこわかったのではなく、健がいつか、おれはシャバに出たらひょっとすると前のように頭がヘンになるかしれない、といったことをおもい出したからだ。しかし、健はぼくの考えでは以前とあまりかわっていないだろう。社会の人たちからみればそれがヘンにとれるだけだ。あれが精神分裂病とよばれるものだったら、ぼくだって社会に出たらどうあつかわれるかわからないとおもった。ぼくが健についていてやれば、彼もそんなことにはなるまい。早くここを出たいとおもうことしきり。

×月×日　ぼくは果して小説家になれる才能があるだろうか。実のならない苗木に肥料をやっても、それはムダだ。そのムダをぼくはくり返しているこっけいな人間ではなかろうか。しかし、人生が初めから終りまでムダな肥料のやりずくめでなに一つ実がならないとすれば、それはそれでまたよいのだ。今日、県庁の試験問題がきた。つい、いたずら心をおこして、それを所内のある先生に売りつけようかとおもう。その娘がこんどの試験をうけるときいていたので利用しようと考えたのだ。あとで自分のやろうとしたことが卑劣だったのにおどろいた。自分はまだまだ未完成な人間だとおもう。舎房にかえってねむったら健の夢をみた。夢がさめてもじつにたのしかった。

×月×日　刑務所というところはおもしろいところだ。さかんに物々交換がはやって、五百円の新品の万年筆が五十円の羊かん二本にかわる。その羊かんと交換した万年筆は、こんどは掃除の者に三本ぐらいのタバコととりかえられる。まったくアキレた話だ。五百円の万年筆が三本のタバコである。「しんせい」だったらわずか六円にしかあたるまい。あんがい、人生はこんなところにあらわれているのかもしれない。ぼくはこのごろ文学のことばかりかんがえているようなほんとうにつまらない人間にみえてきた。一般の勉強をしなければとおもうが、健がいなくなってからはずるずるとなまけている。所長はこの三月限りで××県に移るという。そのあとどういう人がくるかしれないが、それほどよくはならないだろう。夜、勉強しながら、ふっと家にかえったときのことを考える。父ちゃんは四十七、母ちゃんは四十一、妹と弟は中学生になったばかりだ。兄ちゃんは自衛隊だからなかなか家にはかえらないだろう。もしかりにぼくが家からはたらきにゆくとすれば、ぼくの将来の夢も、小説家になることも生活のためにすてなければならないだろう。ぼくが家のためにはたらく以上、それは避けられないことなのだ。ぼくは家にかえるよりもひとりで東京にゆき、どこかへ住みこんではたらこうかともおもう。もしそれまでに健ちゃんの病気がなおっていればいっしょにつれて行ってもいいが、もしなおっていなければ、かれにはすまないが、ひとりで上京するまでだ。

×月×日　所長が転勤のあいさつがわりに職員全部に何かくばるそうで、ノシ紙が印刷されていた。あすは試験問題がくるそうで、まにあわないといけぬとおもい、きょうじゅうに新聞を組みあげようとおもったが、とうとう一面ぶんをのこしてしまった。健からはずっと便りがこない。

×月×日　たまに巡閲がまわってきても、建物や作業の状況などよく見るけれど、矯正ということはまるで心にないようだ。受刑者にきくわけにもゆくまいし、ただ表面をながめてまわるだけである。あんなことで矯正がきいてアキれる。税金から給料をもらってあちこち要領よくまわっているというかんじだ。朝からばんまで犯罪者をへらすことをかんがえているといいながら、三年目か四年目に巡閲にくるだけでは何のタシにもならぬ。それで矯正だとか、犯罪減少の方法だとかがなりたてるのだからいいきなものだ。それとも、受刑者のなかから巡閲吏面接をねがいでる者を待っているとでもいうのだろうか。あほらしい。そんなことをすれば、長期満期までおかれることは目にみえていいる。いいたいことが山ほどあってもみんな満期まではと辛抱しているる。ここにいるのは半分が再犯者だが、どんなにこのなかの教育がわるいかしれようというものだ。所長が転勤のため別れのあいさつがあるとかで午後から講堂へあつまる。所長の話はだらだらとしたものだ。次は副長がわれわれ生徒（受刑者）の代表としての所長へのお別れのあいさつをした。ぼくは、この所長はほんとうはひとりでカラまわりばかりしていたのだろうとおもい、一種奇妙なあわれさを感じた。たしかにかれはじぶんではせいいっぱい青少年受刑者の矯正に力をそそいだつもりだろうが、ぼくらのがわからみると、それは所長だけのひとりがってんであって、全職員のほとんどはここに給料をもらいにきているというにすぎない。早いはなしが教育にしてしかりだ。半年の期間で文盲者に文字がよめるようにさせようという。しかし、所長はそれでりっぱに教育をやったつもりかしれないが、じっさいは教育課でおしえてくれることといったら、とりとめのないはなしや気まぐれな学科でしかない。午後、浪曲がある。所長のおきみやげだそうである。女ふたり、男ひとりであった。しかし、きいていいて人情がかったところにくると、やっぱり泣いてしまう。終ってから山口先生が、ぼくの帽子はよごれていないので、文選しながらサボっていてもすぐ目だつ、というイヤミをいった。

×月×日　某高校の入試試験問題を印刷した。まるで天才教育を目ざしたような問題で、ことに国語はむずかしかった。監視にきている学校の先生が神経質にしじゅうウロウロされたので仕事がやりづらかった。父ちゃんに便りをだそうとおもってかいてきたが、とうとう許可をもらうことをわすれた。舎房にかえって一日じゅうのことをかんがえる。じっさい、自分ではいつかえれるかわからないのに、かえることばかりおもっている。おれはシャバに出てから、じぶんがあゆんできた道を小説にしてひろく世のなかのひとにしってもらいたいとおもう。ただそれだけのことで、シャバにでてどうやって勉強すればりっぱな文章がかけるというのか。夜、ラジオがおわってから、十工場のNというヘンタイ性欲のやつがだれかとけんかをはじめ、やかましくてねむられない。あんまりしつこくつづくので、あちこちの舎房から、静かにしろとか、やめろとか怒声がとんでいた。が、どうしてもやめそうになく、それどころか、しまいには大きな声で泣いたり、わめいたり、ひとりで叫んだりしていた。

×月×日　新しい所長がきてあいさつするので教誨堂へゆく。べつに目あたらしいあいさつもない。いつも新任のときにはなすこととおなじことである。所長はじぶんで、顔はまずいが心は善良だ、などといっているあたりハナもちがならない。そのあと、山田という医務課の先生が退職になったときいた。先日来、喫煙事故がひんぴんとしておこっていたが、それは山田先生が看病夫にタバコをやっていたらしい。それがわかり、看病夫は、ちょう罰となった。きっかけは、看病夫が舎房にかえって同房のやつにこっそりもらしたからだ。

山田先生の退職金は、五年勤務で二万五、六千円少々だとか。あわれなことである。山口先生の話では、山田先生は看病夫の実家から洋服をもらったり、ほかの品物をもらったりしていたとか。しかし、どんなウラがあるにせよ、とにかく山田先生は妻子もあることだし、これからほかにつとめるといっても、三十をこした世帯もちが生活できるような給料でやとうところがザラにあるともおもえない。わずかなワイロをとってタバコを受刑者にやったくらいで免職とは、刑務所の職員なればこそで、世間には通用しない。その自由な世間に彼らの働き口がないとすると、イヤでも先生がたはここで停年懲役をつとめなければならない。ただ、われわれが勤勉なのと、かれらがサボっているのとのちがいだけだ。——夜、ひさしぶりに英語の単語帳をとりだしてみたが、ずいぶん忘れているのにおどろいた。

（「新潮」昭和四十一年五月号「少年受刑者」を改題）

# 解説

権《ごん》田《だ》萬《まん》治《じ》

初期の短編の秀作である『或《あ》る「小倉日記」伝』や『断碑』などをはじめ、松本清張が小説の中で描く男の肖像にはしばしば深い孤独の影が漂っている。心の奥底に強烈な野望とロマンチシズムを秘めながら、世にいれられず、女性にもかえり見られることもなく、ひとり暗い青春を生きざるをえない男の悲しみといいようのない空《むな》しさ。かすかな諦観《ていかん》をたたえながら、松本清張はこういう男の悲劇を透徹した作家的視線で凝視している。思うに、このような暗い男たちの心情には、松本清張自身の青春時代の体験が屈折した形で投影しているに違いない。

ところで、このような抑圧された人間は、一つのきっかけが与えられると、感情が爆発し、突然犯罪者に変貌《へんぼう》する可能性がある。そういう男の犯罪とその動機に注目すれば、一編の推理小説が生まれるわけである。松本清張は『殺意』という短編で、可《か》愛《わい》がってくれた上役を殺した犯人の意外な動機を鋭くえぐって見せた。『殺意』の主人公は、表面的な恩情にかえって屈辱感を募らせ、ついに殺人を犯すのである。

本短編集の表題作である『憎悪《ぞうお》の依頼』もまた、同じように孤独な男の秘められた殺人動機を追究した推理小説である。

現代推理小説は、三つの段階を経て発展したといわれる。犯人の意外性をねらった、だれが殺したかを主題とするwhodunit、トリックを重視する、犯行方法に重点を置いたhowdunit、そして動機の解明を追究するwhydunitへと、力点が次第に移動してきたというのである。

このwhodunitというのは、だれがやったのか？　Who done it? の省略形で、英語では推理小説の別名である。

犯人の意外性から動機の重視へと推理小説の流れが変わってきた背景には、トリックの行き詰まりと、ミステリーにも他の小説と同じくらい小説的な魅力が求められるようになったという状況変化がある。

こういう現代推理小説の流れの変化を、英国のジュリアン・シモンズは、探偵小説から犯罪小説への変貌としてとらえているが、日本で、こういう変革の旗手となったのは、社会派推理小説の祖とされる松本清張である。

氏は、日本の推理作家の中で、動機の重視を主張した最初の人であり、『推理小説の読者』の中で、「今の推理小説が、あまりに動機を軽視しているのを不満に思う」、「動機を主張することが、そのまま人間描写に通じるように思う」と述べ、さらに動機に社会性を加える必要があることを強調している。

こういう観点からすると、『憎悪の依頼』は、動機の究明を主題とするwhydunitであることは明らかだろう。

この作品は、金銭貸借のもつれから、知り合いの男を殺した男の告白という形式で、殺人の真の動機を浮き彫りにしている。振られた女への復讐《ふくしゅう》が成就《じょうじゅ》したとき、突然この主人公の心に生まれた激しい殺意。フロイトの精神分析学が好んで扱う、愛憎の奇怪な葛藤《かっとう》を作者は、鮮かに浮き彫りにしている。主人公の悲しみが伝わって来る作品といえよう。

『美の虚像』は、殺人のような血まみれの犯罪は扱っていないが、美術品の贋作者《がんさくしゃ》を捜すもので一種のミステリーといっていい作品である。

松本清張は、若いころ印刷屋で版下を書いていたこともあり、絵に強い関心を抱いている。したがって美術界を扱った小説もいくつもある。長編の『天才画の女』、短編の『真贋の森』、『岸田劉生《りゅうせい》晩景』などはその一例だが、この『美の虚像』も美術界の画商、評論家、画家の微妙な関係を見事に描き出していて面白い。有名なコレクターが放出した欧米の古典的名作に贋作がまじっているといううわさを耳にした美術記者が贋作者を追及する話だが、意外な犯人と犯人がなぜ贋作をしなければならなかったかを巧みに結びつけて解決に持って行くストーリー展開はまことに鮮かである。海外には、絵画の密輸を扱ったギャビン・ライアルの『拳銃《けんじゅう》を持つヴィーナス』やメトロポリタン美術館襲撃計画を描いたトマス・チャステインの『パンドラの匣《はこ》』など美術ミステリーが多いが、日本では余り見当たらない。その意味でも注目すべき一編といえよう。

『すずらん』は、本短編集の中で最も推理小説らしい作品で、一種のアリバイ崩しである。

ある画商の愛人の砂原矢須子《やすこ》が行方不明になり、捜索願が出された。やがて矢須子のカメラが、出掛けるといっていた北海道の札幌で見つかり、中に旭川のスズラン群生地で撮影した写真が残っていた。

だが、死体はどこにも発見されない。警察はやがて、新進画家の秋村平吉が矢須子と親しいらしいことをつかんだ。だが、平吉には鉄壁のアリバイが。

この作品では、アリバイ・トリックに写真を使うのだが、もう一つそれに加えて植物が小道具に巧みに利用されている。こういう推理小説の小道具として動植物を利用する試みは、斎藤栄や森村誠一がその後盛んに行っているが、『すずらん』はその意味でも先駆的な作品といえよう。

松本清張の推理小説の中では、アリバイ崩しに秀作が多い。代表作の『点と線』をはじめ『時間の習俗』などの長編はその一例だが、短編にも『危険な斜面』など優れたものがある。

これは松本清張の推理小説が倒叙的な手法を使って成功しているのと関係がある。倒叙的手法とは、犯人の側からまず犯罪計画とその実行を描き、後半で捜査の側によるその計画の崩壊を扱うもので、殺人犯人をあらかじめ一人にしぼっておいて、アリバイを崩すいわゆるアリバイ崩しの推理小説は、この倒叙的手法がぴったりあてはまり、松本清張の推理小説に合っているのである。『すずらん』はその意味でも氏の良き推理小説的資質を発揮した一編といえよう。

『女囚』は、父親を殺した女囚の、〝殺してよかった〟という奇妙な確信の独善性を浮き彫りにした作品である。

広瀬勝世は『女性と犯罪』の中で、「男性犯罪と比べて女性犯罪では、利欲に基づくものや攻撃的傾向のものは、近年増加したとはいえ数の上では明らかに少ない」と述べるとともに、女性犯罪の特徴は「受動犯罪と情動犯罪」にあり、とくに受動性はあらゆる犯罪に共通して見られると指摘している。

『女囚』で父親を殺した筒井ハツの犯した罪もこのような受動的犯罪である。父親の甚二は飲んだくれで賭博《とばく》好きの、酔っては暴力を振るうどうしようもない人間で、ハツは母親が殺されると思って、父親を殺したのだった。一審判決に服し、父親を殺したことで妹たちも幸せになったという確信を持っているハツを見て所長の馬場英吉は法の不合理を痛感させられるが——という設定で、結末の意外性が面白い。筋立てはまったく違うが、この作品を読んで私は菊池寛の『若杉裁判長』という短編を思い出した。

『文字のない初登攀《はつとうはん》』は、R岳V壁の初登攀に成功したにもかかわらず、それを証明してくれる人の家庭の幸福を祈って、あえて証言をしてもらうことも願わずに、寂しく山岳史の一ページから消えて行く孤独な山男を描いた作品である。

松本清張には優れた山岳ミステリーの『遭難』がある。岳人に悪人なしという伝説に挑んだ作品で、夢をはぐくむ美しい山々が人間の醜い野心や嫉妬《しっと》をかき立てることがあり得るということをこれらの作品で松本清張は大胆な形で提示している。学生時代山登りをした森村誠一も『密閉山脈』など多くの山岳ミステリーをのちに書いているが、『遭難』やこの作品はそれらに先がけた作品であり、また松本清張がまったく登山の経験がない人だけに、作中の濃密な現実感には驚かされる。

『絵はがきの少女』と『大臣の恋』は人間が昔の追憶に抱くロマンチックな幻想と非情な現実との落差を描いた作品である。私は、ハーディの『夢多き女』という短編が好きだが、この二つの作品には、夢なしには生きられない人間と夢を押しつぶしてしまう重たい現実が対照的に、あるときは皮肉な目で描かれており、作者のペシミズムを感じさせる。

『金環食』は、占領下の日本で起こった言論弾圧を描いた作品である。金環食の科学観測で、科学的見地から日本の観測の優れた点を報道した記事を書いた記者が、占領軍の圧力で地方に飛ばされてしまう。現在ではとても事実とは思えないが、占領下では現実にこういうことがあったのである。

松浦総三の『占領下の言論弾圧』によると、占領が始まった昭和二十年十月五日から二十三年七月十五日まで、日本の全出版物は占領軍によって事前検閲を受け、それ以後は左翼的な総合雑誌以外は事後検閲になった。さらに二十四年末からはそれら総合誌も事後検閲になったという。『金環食』の時代設定は、二十三年五月だから、事前検閲があったと思われるが、この作品ではその点について触れていない。しかし、当時は事前検閲でパスしたものがあとで問題にされることも現実にあったし、また、二十一年十一月二十五日からは、気象記事などは事前検閲が緩和していたので、『金環食』のようなことが起こり得たのである。占領下の言論弾圧を描いた貴重な作品といえよう。

『流れの中に』は自叙伝の『半生の記』などを読むと、ある程度自伝的要素を盛り込んだ作品といえるものである。私小説ぎらいの作者だけに、事実そのままは出していないが、主人公の父親などにそういう印象を受ける。その意味では、『骨壺《こつつぼ》の風景』(『岸田劉生晩景』所収)などと合わせて読むと興味深いだろう。

また、『壁の青草』は刑務所の生態を同性愛的傾向を持つ少年囚の目を通して描いた異色作で、刑務所に勤める人間が批判的にとらえられているのが人目をひく。

このように本短編集には、推理小説ばかりでなく松本清張の多彩な短編の魅力を知る上で格好の作品が収録されており、中味の濃い内容になっている。読者は松本清張の世界の奥行きの深さに目を見張ることだろう。

(昭和五十七年八月、文芸評論家)

「女囚」は新潮社刊『岸田劉生晩景』（昭和五十五年十月）に収められた。
それ以外の作品は本書初収録である。

# 表記について

新潮文庫の文字表記については、原文を尊重するという見地に立ち、次のように方針を定めました。

一、旧仮名づかいで書かれた口語文の作品は、新仮名づかいに改める。
二、文語文の作品は旧仮名づかいのままとする。
三、旧字体で書かれているものは、原則として新字体に改める。
四、難読と思われる語には振仮名をつける。

なお本作品集中には、今日の観点からみると差別的表現ととられかねない箇所が散見しますが、著者自身に差別的意図はなく、作品自体のもつ文学性ならびに芸術性、また著者がすでに故人である等の事情に鑑み、原文どおりとしました。

（新潮文庫編集部）

# 憎《ぞう》悪《お》の依《い》頼《らい》

新潮文庫　ま－1－45

昭和五十七年九月二十五日　発行
平成二十一年十月二十日　六十刷改版
令和六年十二月十五日　六十八刷

著者　松《まつ》本《もと》清《せい》張《ちょう》

発行者　佐藤隆信

発行所　株式会社　新潮社

郵便番号　一六二—八七一一
東京都新宿区矢来町七一
電話　編集部(〇三)三二六六—五四四〇
読者係(〇三)三二六六—五一一一
https://www.shinchosha.co.jp

価格はカバーに表示してあります。

乱丁・落丁本は、ご面倒ですが小社読者係宛ご送付ください。送料小社負担にてお取替えいたします。

印刷・錦明印刷株式会社　製本・株式会社植木製本所



ISBN978-4-10-110951-0 C0193